ELBET BİR GÜN

"Dönüş"

MEHMET DAĞCI

1.Baskı
Şubat, 2025

ISBN: 979-8-9883708-9-5

Dizayn Yönetmeni:
Hakan DAĞCI

Editör:
Levent Erkan BAŞEĞMEZ

Bu kitabı,

Güzel günlere bir gün daha yaklaştık diyerek hak, hukuk ve hakikat mücadelesi veren ve o günleri göremeden bizlere veda eden gerçek kahramanlara adıyorum...

Mehmet DAĞCI

ÖNSÖZ

Bu kitabı yazmak için kalemi elime aldığımda, aklımda sürgün yıllarını anlatmak vardı. İlk kitabım "Henüz Değil"in bir devamı olacaktı. Verdiğimiz hakikat mücadelesinin ve yeni kurulan hayatların hikayelerini paylaşmayı düşünüyordum. Bu süreçte pek çok acı yaşanmış, sırt çantasına sığdırılan hayatlar adeta bir tohum gibi vatandan uzak diyarlara saçılmıştı. Her bir yolculuğun hikayesi başkaydı. Her yeni kurulan hayatın doğum sancıları, sevinçleri, yaprak dökümleri vardı. Kaleme alınsalar kütüphaneler dolardı.

Ancak kalemim beni geçmişe değil, geleceğin ümit dolu ufkuna götürdü. "Bir gün daha yaklaştık" diyerek beklediğimiz güzel günlerin hayali sardı kalbimi. Bu öylesine güçlü bir duyguydu ki, kopamadım yüreğimin beni götürdüğü yerden. Düştüm bu hayalin peşine karşı konulmaz bir merakla. Anadolu'da buldum kendimi; vatan toprağına yüz sürdüm, vefalı dostlarla kucaklaştım, pişman gönüllerle yüzleştim. Suskun ve sessiz hayatlardaki fırtınalara, vicdan azaplarına ve pişmanlıklara şahit oldum.

Bir zamanlar pek çok ülkeye rol model olan Türkiye, 15 Temmuz sonrasında bambaşka bir ülkeye dönüştü. Baskıcı ve otoriter bir rejim yargı bağımsızlığını, basın özgürlüğünü,

5

kuvvetler ayrılığını, denetim ve kontrol mekanizmalarını yok etti. Avrupa Birliği'ne üyelik müzakereleri askıya alındı. Türk Silahlı Kuvvetleri Ortadoğu'ya sokuldu. Sınır güvenliği ortadan kalktı. Milyonlarca kaçak göçmen ülkeye sokuldu. Ülke çete, mafya ve radikal örgütlerin, uyuşturucu trafiğinin, kara paranın merkezi haline geldi. Türk lirası on kat değer kaybederken, dünyanın en yüksek enflasyon ve faiz rakamlarına ulaşıldı. Tüm bunların sonucunda halk açlık, fakirlik ve sefalete mahkûm oldu. Alın terinin ve emeğin değeri kalmadı. Yüzbinlerce donanımlı ve tecrübeli insan tasfiye edilince; devlet kurumları işlemez oldu. Güvenlik ve asayiş kalmadı. Ülke uzun soluklu karanlık bir tünele sokuldu. Tüm bunların sonunda karamsarlık dört bir yanı sardı. "Bu devran dönmez, bu zulüm bitmez" diyenlerin sesleri yankılanır oldu. Ümitler, tebessümler, hayaller, yeis batağında boğuldu.

Oysa hiçbir zulüm sonsuza dek sürmemişti. Tarihte nice devranlar dönmüş, imkânsız denilenler olmuş, rüyalar gerçekleşmiş, zalimlerin saltanatı son bulmuştu. Mustafa Kemal Atatürk "Milletin bağımsızlığını yine milletin azim ve kararı kurtaracaktır" dediğinde; yurdun dört bir yanı işgal altındaydı. Martin Luther King ırkçılığın zirve yaptığı günlerde "Bir hayalim var" demişti. Nelson Mandela yirmi yedi yıl süren esarete, Jose Mujica on iki yıl süren karanlık geceye rağmen hayal kurmaktan vazgeçmemişti.

Bizim de güzel günlerin geleceğine olan inancımız kaybolmadı. Gerek ülkede gerekse sürgünde milyonlarca insanın hayali ve isteği, bu karanlık günlerin ve zulüm düzeninin son bulması. Bu kitapta, o hayalin aslında ne denli yakın olduğunu göreceksiniz. Kin ve nefret tohumlarıyla dikilmiş kalelerin birer birer yıkıldığına tanıklık edeceksiniz. Geçmişin gerçeklerinden sapmadan, hakikatin ışığında geleceğe yelken açacaksınız. 15 Temmuz gecesinin saklanan yüzü, kanlı kumpas planının detayları ve gerçek kahramanların yazdığı destana tanık olacaksınız. Aynı zamanda bu enkazın nasıl kaldırılacağına, küskünlüğün ve dargınlığın nasıl son bulacağına ve memleketin bu bataktan nasıl çıkacağına dair fikirlerimi bulacaksınız.

Daha da ötesi hayal kuracak ve okuduğunuz her bir sayfada yüreğinizin sizi götürdüğü yerde kendinizi bulacaksınız.

KAVUŞMA

"Değerli yolcularımız, yaklaşık 30 dakika sonra iniş için alçalmaya başlayacağız. Lütfen koltuklarınızı dik duruma getirip, emniyet kemerlerinizi bağlayınız."

Belki de yüzlerce kez duymuştum bu anonsu! Ancak bu seferki başkaydı! Sürgünde geçen onca yılın sonunda, vatana, uğruna canımı feda etmeye yemin ettiğim topraklara kavuşma vaktinin anonsuydu bu! Hemen koltuğun kenarındaki cama ilişti gözlerim. Belki de görünüyordur Şehr-i İstanbul'un yedi tepeleri ya da Süleymaniye'nin minareleri diye geçirdim içimden.

Bu şehirden veda etmiştim vatana! Şimdi de bu şehirde vuslat anına doğru yaklaşıyordum. Hiç tatmadığım bir duyguydu bu. Özlem, buruk bir sevinç, yılların biriktirdiği bir merak ve gönül kırıklığının iç içe geçtiği bir duygu! Karanlık günlerin sonunda tanyerinin ağardığı vaktin derin sessizliği eşlik ediyordu sanki. Uçak yavaş yavaş alçalmaya devam ediyor. İstanbul bulutların arasından kendini göstermeye başlıyor usulca! Gökyüzü masmavi, güneş pırıl pırıl aydınlığını saçıyor! Sanki bu anı bekliyor her şey! Sanki birazdan yaşanacak vuslat anına hazırlanmışlar.

Tüylerim çoktan diken diken olmuş, uçağın camından gözlerime yansıyan her bir kare onlarca şey hatırlatıyor! Harp Okulu yıllarım gözümün önüne geliyor. Karış karış İstanbul'un her bir caddesini gezdiğim, iyotlu deniz kokusunu içime çektiğim, garibanlık olsa da kendimi şehrin en şanslı çocuğu hissettiğim yıllar. Tam o sırada Çamlıca tepesine takılıyor gözlerim. Sevdiğim kıza, sanki koca şehir benimmiş gibi, boğazın eşsiz manzarasını gösterdiğim şehrin en heybetli tepesi. Ne günlerdi diye geçiriyorum içimden! Daha mesleğinin başında gencecik bir teğmendim o yıllar. Koca koca hedefler koymuştum kendime.

Uçak artık son alçalma manevrasına başlamıştı. Evlerin çatıları çoktan seçilir olmuş, trafikte usulca yol alan arabalar görünür olmuştu. İnince neler yaparım diye aklıma hiç gelmemişti. Toprağı mı öperdim, al bayrağın karşısında uzunca bir selam mı dururdum? Yoksa gözlerim dolar da öylece kala kalır mıydım? Kış vaktinin uzun geceleri gibi upuzun süren karanlık günler sona ermiş, çok uzun ve derin bir uykudan uyanan milyonlar yolumuzu gözler olmuştu.

Binlerce insan ulaşmıştı son birkaç aydır vatana. Kışın ayazında en çetin koşullarda bekleyenler artık baharın kokusunu çekiyordu içine. Gözlerini ve gönüllerini hakikate henüz açanlar ise mahzun bir keder içindeydiler. Keşke daha önce farkına varabilseydik ifadesiyle başlıyordu her mesaj. Keşke gözümüzün önündeki yangına bir damla su da biz atabilseydik diyenlerin sesleri duyuluyordu dört bir yandan. Ancak nasıl oldu bilinmez, öfkeden çok teselli veren bir ruh hali sarmıştı beni. "Herkesin bir imtihanı vardır hayatta ve biz de payımıza düşeni yaşadık" diyordum.

Bizleri yakan zulmün ateşi dört bir yanı sarmış, "bize dokunmasın da bin yaşasın" denilen yılanın zehri suskunların ocağına düşeli çok olmuştu. Sofralarının bereketi kaçmış, yüzlerindeki tebessümün yerini kaygı almış, fakirlik ve çaresizlik sarmalında bir hayata mahkûm olmuşlardı. Hırsızlık, yolsuzluk, şiddet, gasp normalleşmiş, dürüst insanlar emeklerinin karşılığını alamaz olmuşlardı. Daha da kötüsü mafyaların, çetelerin, örgütlerin ortasında güven hissi yok olmuş, kara para, fuhuş ve uyuşturucu bir kanser gibi okullara varıncaya kadar etraflarını sarmıştı. Yıllardır bu ağır enkazın altında yaşamaktan yorgundu pek çoğu. "Bir zamanlar ne kadar huzurluyduk, ne güzeldi bu memleket, ne kadar da coşkuluydu her bayram" diyenleri dinler olmuştuk. Şimdi bunlar geride kalmış, Anadolu çetin ve kasvetli bir karakışın ardından yeni ve taptaze bir bahara ve yeniden şahlanacağı günlere uyanıyordu. Bu enkazı elbirliğiyle kaldıracaktık elbette. Acı çeken de acıya sessiz kalan da nihayetinde aynı çizgiye gelmişti. Omuzlar yeniden birbirine değer, kardeşlik türküleri yeniden söylenir olmuştu. Bir zamanlar ülkeme dönersem Edirne'den, Ardahan'a, Hakkari'den, Muğla'ya kadar tüm dostların acı bir kahvesini içme sözü vermiştim. Yeniden yollara düşecek, memleketin her bir karışını arşınlayacak, vefalı dostlar ve dahi pişman ve hüzünlü bakışlarla buluşacaktım.

Gözyaşlarıma artık söz geçiremez olmuştum. Yanaklarımdan aşağı süzülmelerine engel olamıyordum. Uçağın merdivenlerinden inip, vatan toprağına ayağımı bastığımda "Allah'ım sana binlerce kez şükürler olsun, bugünleri gösterdin bana!" diyordum. "Güzel günlere bir gün daha yaklaştık" diyerek, günleri birer tesbih tanesi yapıp vuslat anını bekleyerek geçen yıllar boyunca "elbet bir gün vatan hasreti sona erecek" demiştik. Ümitlerin yok olduğu, zulmün tüm ağırlığı ile masum insanların üstüne çöktüğü o karanlık günlerde; karda çiçekler açtırmaya, fırtınanın ortasında bahçıvanlık yapmaya çalışmıştık. Omuzlarımızda ağır bir yükle uyandığımız her sabaha acaba bugün o gün mü diyerek geçmişti o günler. Gelmez diyenlere, olmaz diyenlere inat, umutla ve sabırla beklediğimiz bahara kavuşmuştuk artık. Şimdi zaman bir adım geriye çekilme ve "ben" yaptım, "ben" ettim tuzağına düşmeden adalet, eşitlik ve özgürlük temelini alın terimizle atma zamanıydı.

Seneler evvel gemi komutanlığını devrederken de aynı his doldurmuştu gönlümü. 4000 tonluk bir ağırlığın omuzlarımdan indiğini hissettiğim gündü o gün. Gemi komutanı olarak dünyanın dört bir yanında denizlerde şanlı bayrağımızı dalgalandırmış ve her defasında personelimi sağ salim ana limana avdet ettirmiştim. Şimdi de hakikat savaşında zorlu olan yolu seçmiş, kurşundan ağır bir yükü üstlenmiş ve nihayet yalan ve algı kalelerinin yıkılmasına şahitlik etmiştik. Omuzlarımdan özgürlüğü gasp edilen her bir masum adedince yük kalkmıştı sanki. Artık emaneti hakikate uyananlara devretme zamanı gelmişti.

Gönlümde bir burukluk da yok değildi hani. Bir kelamın, bir selamın, bir kuruşun elmas değerinde olduğu bir dönemden geçmiştik. Keşke daha fazla yapsaydım, keşke daha fazla koştursaydım, keşke heybemi bu bereketle tastamam doldurabilseydim diye geçirdim içimden. Tüm bu duyguların arasında, her bir zerresini ciğerlerimin tüm hücrelerinde hissedercesine bir nefes daha çektim hasretiyle yanıp tutuştuğum memleketimin havasından. Sonra eğildim yere, bir tutam toprağı alıp sıktım elimin içinde. Artık vatana kavuşmuş, yıllardır kurulan hayaller gerçek olmuştu.

SELAM

Memlekete döneli daha bir hafta olmuştu. Ancak söz verdiğim üzere, gönül bağı ile vefa abidesi olmuş dostları ziyaret etmek üzere yollara düşecektim. Öncesinde İstanbul'da yapacağım birkaç görev vardı. İstanbul'un incisi şüphesiz ki boğazdı. Daha Harp Okulu öğrencisi iken Karadeniz'de bir seyre gitmek için Tuzla'dan halatları fora etmiş ve boğazın eşsiz manzarasını en güneyden, kuzeydeki en uç noktasına kadar hayranlıkla izlemiştim. Üstelik o dönemde her iki yakası da yemyeşildi, gökyüzü ve denizin mavisinin arasında mütevazi evler kuruluydu. Son otuz yılda koca şehir beton yığınına dönmüş, her bir yeri ranta açmışlardı. Ancak beni boğazdan uzak tutan, betonun griliğinde kaybolan anılarım değil; 15 Temmuz'da harp okulu öğrencileri ve erlerin hunharca katledildiği, insanlıktan zerre nasibini almamış canavarların salyaları ile kirlettiği Boğaz Köprüsü'nü görmeye hazır olmamamdı. O manzara aradan yıllar geçmesine rağmen gözümün önünden bir türlü gitmemişti. Öfkemin nefrete ve intikam arzusuna dönmesine izin veremezdim. Yıllarca kin ve nefret tohumları ile bölünmüş, birbirine düşman edilmiş insanların aradığı en son şey intikam ateşinin yangınıydı.

Bu duygulardan sıyrıldıktan sonra ilk işim, kumpasçıların

"hainler mezarlığı" adını verdiği, o gecenin gerçek kahramanlarının gömüldüğü mezarlığı ziyaret etmek oldu.

Bu topraklarda kimler hain ilan edilmemişti ki? Gazi Mustafa Kemal, Kazım Karabekir, Sabahattin Ali, Ahmed Arif, Nazım Hikmet, Deniz Gezmiş, Ahmet Kaya ve daha niceleri kendi dönemlerinde hain damgası yemişti. Ancak zaman hakikati ortaya çıkarmış, bir zamanlar hain ilan edilenler gönüllerin tartışmasız kahramanları olmuşlardı. Gerçekler er ya da geç ortaya çıkıyor, adalet bir şekilde yerini buluyordu. Şimdi kapısından girdiğim bu mütevazi mezarlıkta yatanlar gibi...

Mezarlarının başına vardığımda bir asker selamı vermiş, gözümden akan yaşlar toprağa düşmüştü. O bir damla yaş aslında yaşanan onca yılı, acıyı, hüznü ve vuslatın buruk sevincini anlatıyordu. "Artık mahsun olmasın ruhlarınız, solgun durmasın toprağınız. Gelecek nesiller için, evlatlarımız için yeniden inşa edeceğiz, o her şeyden çok sevdiğiniz güzel vatanı. Her gün akın akın gelecek insanlar, toprağınıza karışacak sevinç ve pişmanlık gözyaşları" diye ekledim.

O anda usul usul yağmur yağmaya başladı. Biraz önce toprağa düşen gözyaşlarımla buluştu. Gökyüzü ağlar mıydı, bilmiyorum. Ancak bu da onun sevinç gözyaşlarıydı. Nelere şahit olmamıştı ki bu gök kubbe. Belki de bizler gibi bu anı, vuslatın hüzünlü coşkusunu beklemişti yıllarca.

Duygularımın kaç boyutta dolaştığı bir günün ardından kaldığım yere dönmüş ve hâlâ yaşadığım günün etkisinden kurtulamamıştım. Yastığa başımı koyduğumda içimde derin bir huzur vardı. Mezarlarında dahi gariban bırakılan o kahramanları ziyaret etmek, topraklarına dokunmak ve güzel günlerin geldiğinin müjdesini vermek nasip olmuştu. Bu duygular ve gönül rahatlığı ile gözlerimi kapadım.

Ertesi sabah Edirnekapı'daki şehitliğe gittim. Burada da

o gece sokağa çekilip, keskin nişancıların hain kurşunları ile toprağa düşenler yatıyordu. Bu kumpası planlayanlar terör ihbarı ve tatbikat bahanesi ile gencecik askerleri, harbiyeli öğrencileri köprüye göndermiş ve aralarında burada yatan şehitlerin de olduğu halkı sokağa çıkarmıştı. Amaçları bir galeyan ve provokasyon ile binlerce vatan evladının kanını akıtmaktı. Ancak o gecenin asıl kahramanları ellerinde silahlar, toplar, tanklar olmasına rağmen, kendi kardeşine silah çekmemiş, hain bir tuzağa düştüklerini anlayıp, ellerine kardeş kanı bulaştırmamıştı. Bu vatanı canları pahasına korumaya yemin etmiş yiğitler, ömürlerini, gençliklerini, hayallerini feda etmişlerdi.

Bu eşine az rastlanır bir yiğitlik, benzeri az görülen bir mertlikti. Orada yatan şehitlerin başında da bir asker selamı verip, "Artık gözünüz arkada kalmasın, sizi bu tuzağa çekip, yem olarak kullanan kumpasçılar için hesap günü geldi. Derin devletin devranı sona erdi! Huzur içinde uyuyun! Bilin ki yattığınız topraklarda bir daha böyle ihanetlerin olmaması için, hikayeniz nesiller boyu anlatılacak" dedim. Duygularım karmaşık olsa da aklım, kalbim ve mantığım şunu söylüyordu; Toprağın altındakini de toprağın üstündekini de akıtılan zehirden arındırmadan, zihinlerden geçmişin algı ve yalanlarını defetmeden tam bir huzur sağlanması imkansızdı.

Tarih boyunca insanlık birbirine benzer olayları yaşamış, haksızlıklar, hukuksuzluklar, sürgünler her dönemde olmuştu. Benzer kaderi yaşamış Mehmet Akif Ersoy da burada yatıyordu. İstiklal mücadelesinde ön saflarda yer almasına, milli marşımızı kaleme almasına rağmen ömrünün son yılları sürgün hayatı gibi geçmiş, on bir yıl çok sevdiği İstanbul'dan ayrı, Mısır'da zorlu bir hayatı olmuştu. Mezarı başında selam durmuş, sürgün yıllarında birkaç kez okuduğum "Safahat" kitabından, hafızama bir mıh gibi kazınmış şiiri dudaklarımdan dökülmüştü:

> Ye's öyle bataktır ki; düşersen boğulursun.
> Ümîde sarıl sımsıkı, seyret ne olursun!
> Hüsrâna rıza verme... Çalış... Azmi bırakma;
> Kendin yanacaksan bile, evlâdını yakma!
> Evler tünek olmuş, ötüyor bir sürü baykuş...
> Sesler de: 'Vatan tehlikedeymiş... Batıyormuş! '
> Sâhipsiz olan memleketin batması haktır;
> Sen sâhip olursan bu vatan batmayacaktır.
> Feryâdı bırak, kendine gel, çünkü zaman dar...
> Uğraş ki: telâfi edecek bunca zarar var.
> Feryâd ile kurtulması me'mûl ise haykır!
> Yok, yok! Hele azmindeki zincirleri bir kır!

Şehitlerle vuslat tamamlanır tamamlanmaz İstanbul'da yolumuzu bekleyen, benim de kavuşmayı hasretle hayal ettiğim silah ve kader arkadaşlarımla buluşmaya gelmişti sıra. Her meslekten, her kesimden binlerce insan akın akın Yenikapı meydanına geliyordu! Aralarında kadınlar, çocuklar, yaşlılar ve hastalar vardı. Bundan yıllar önce gerçek hainlerin sözlerine kanarak bu meydanı dolduranlar, adeta bir günahı temizlemek, bir utancı toprağa gömmek için en önde koşuyorlardı. Yollar insan seli olmuş, bir çığ misali kalabalıklar Yenikapı Meydanı'na akın etmişlerdi. Sanki Kurtuluş Savaşı'ndan yeni çıkmışçasına coşku ve duygu dolu bir şekilde İstiklal Marşı okunmuş, yıllardır istismar edilmekten mahzun düşmüş şanlı bayrak, tüm ihtişamı ile göndere çekilmişti. Güneşin ışıkları al rengini daha da bir parlatmış, bembeyaz ay ve yıldız gözleri kamaştırmıştı. Bu yeni bir dönemin, dirilişin işaretiydi.

Sahneye ilk çıkan herkesin tanıdığı bir simaydı. Yıllardır

yangının ortasında o mahkeme senin bu mahkeme benim koşturmuş, her tür baskıya ve zulme rağmen susmamış, susturulamamıştı. Şimdi de gür sesi ile "Adalet, eşitlik, özgürlük" sloganları atıyor, kalabalık coşkuyla onu takip ediyordu.

Sonrasında sözü alan bu zulme başlangıçta sessiz kalmış ancak hakikatin sesine uyanarak bu günlerin özlemini çekmiş birisiydi. "Bugün bu meydanı dolduran ve her tür hukuksuzluğa rağmen yüreğindeki vatan sevgisini dipdiri koruyan herkese selam olsun. Keşke bu yaşananlar karşısında dilimiz sessiz kalmasa, gözlerimiz görmezden gelmeseydi. Şimdi geçmişi değiştiremeyiz, ancak amasız, fakatsız, yüreğimizden dökülen özrümüzü, sizlere sunuyoruz. Benimle aynı hissi hisseden herkesten bir isteğim var. Kaldırın başınızı yerden, dikin hüzünlü gözlerinizi ve özür dileyin yanı başınızda duran vatan evlatlarından." Tüm meydan öylece dona kalmıştı. Sanki zaman durmuş, insanların hepsi bir fotoğraf karesine girmişti. Herkesin aklında o ağır soru vardı. Ya kabul etmezlerse? Ya ellerim boşta kalırsa? Ya bu yük yüreğimde ömür boyu kordan bir ateşe dönerse?

Meydandaki bu sessizliği şimşek gibi çakan ayak sesleri bozdu. Üniformaları ile Yenikapı Meydanı'na koşan harbiyeli gençler, o gece şehit edilen harbiyeli ve asker ailelerinin etrafını sarmıştı. Aralarından yağız bir delikanlı "Silah arkadaşımız ve şehitlerimizin yerini dolduramayız! Ancak size evlat olmaya, gönlümüzdeki ızdırap ile yoğrulmuş özrümüzü sunmaya geldik!" diyerek hep birlikte selam durmuşlardı. Herkes bir adım sonrasını beklerken yüreği acılı bir baba, tam bir asker edası ile selamı aldı. İki kollarını sonuna kadar açıp, o yağız delikanlıyı kucakladı. Sanki oğlunu kucaklıyordu. Sanki onun kokusunu içine çekiyordu. Sanki yılların tüm acısı o genç harbiyelinin samimi selamında erimiş, kapkara bulutlar dağılmış, koca bir meydan apayrı bir boyuta geçmişti. Biraz önce bir yaprağın kıpırdamadığı, çıtın dahi çıkmadığı meydanda yüzbinler birbirine selam duruyor, yüzbinler o selamı ve özrü asker selamıyla geri alıyordu. Her selamın sonunda yılların hasretini eriten, o güne dek görülmedik bir samimiyetle sarmaş dolaş olan, gözyaşları birbirine karışan, uzun kucaklaşmalar yaşanıyordu. Asırlardan beri asker millet olarak adını tarihe yazdıran millet yeniden şahlanacağı bir döneme giriyordu. Tüm tuzak, pusu ve kumpaslara rağmen bu milletin özünü değiştirememişler, ordusuna bakışını bozamamışlardı.

Bugün de tüm özürlerden daha samimi, tüm bağışlamalardan daha içten bir asker selamı, asker millet olarak tarihe geçen insanımızı yeniden bir etmiş, birleştirmişti. Keşke şu an her evi, her sokağı, her meydanı görebiliyor olsaydık. Zira Anadolu'nun dört bir tarafında milyonlarca el kalkıyor, selam duruyor, milyonlarca el o selamı, o özrü yere düşürmüyor, selam olarak alıyordu. Dudaktan çıkması, anlatması zor olan tüm duygular sanki bir selamın içine yükleniyor, yüreği yaralı gönüllerin tüm ızdırabı o selamı alınca, gönüllerden ağır bir yük kalkıyor, kardeşlik tohumları gibi yere gözyaşları düşüyordu. Anadolu'nun her bir karışı gözyaşları ile ıslanmıştı.

Artık Fetret Devri geride kalmış, yükselme ve şahlanma döneminin kapıları ardına kadar açılmıştı! Bu millet geçmişte olduğu gibi şimdi de yalnızca bu topraklarda değil, dünyanın dört bir tarafında barış ve insanlığın sancaktarı olacaktı. Artık adalet, eşitlik, özgürlük temelinde daha güçlü, daha huzurlu, daha yaşanılır bir Türkiye inşa edilecekti...

DİRİLİŞ

Bu süreçte zulmü yapandan ziyade zulme sessiz kalana gönül koyulmuştu. "Nasıl olur da kendi öz evladına yapılanları görmezden geldiler" diyen çok olmuştu. Belki korku belki de kıskançlık yatıyordu altında. Yine de halk her seçimde bu kirli düzene karşı tepkisini artan bir şiddette göstermişti. 7 Haziran 2015 seçimlerinde AKP kaybetmiş ancak MHP Lideri Devlet Bahçeli elinden tutmuştu. 2018 seçimlerinde muhalefetin ortak adayı seçim gecesi ortadan kaybolmuştu. 2023 seçimlerinde altılı masada siyasetin asıl yüzü ortaya çıkmış, tüm maskeler düşmüştü. Muhalefet yapmak için yola çıktığını söyleyenler rejimin kırmızı çizgileri içinde "mış" gibi muhalefet yapıyorlardı. Tüm bunlara rağmen halkın artık canına tak etmiş, 2024 yerel seçimlerinde AKP büyük bir hezimete uğramıştı. Ancak tablo yine değişmemiş, seçimlerden açık ara birinci parti olarak çıkan ve ülkenin en önemli büyükşehirlerinin neredeyse tamamını kazanan CHP muhalefet yapmak bir yana, rejimin yanlışlarını savunan, açıklarını kapatan bir tutum sergilemişti. Bu tablodan sonra siyaset ve siyasetçilere olan güven iyiden iyiye tükenmişti.

Halk artık sahte muhalif liderlerin hiçbirinin yüzünü görmek istemiyor, boş laflarına kulak asmıyordu. Yıllardır halkı sefalete mahkûm edip kendilerine şatafatlı yaşamlar kuran bu insanlardan, memleketin içine düştüğü enkazı kaldırması beklenemezdi. Zira tek dertleri koltukları, çıkarları olmuştu! Bu nedenle ülke düzlüğe çıkıp, siyaset başta olmak üzere tüm kurumlar onarılana kadar, bir teknokratlar hükümeti kurulması kararı verilmişti. Alanında en iyi akademisyenler, fikir adamları, bilim insanlarına davetler gönderilmişti. Özgürlükleri gasp edilen siyasi tutuklular da derhal serbest bırakılmış, bu ülkenin gerçek kahramanları olarak itibarları iade edilmişti.

Bu ve benzeri sahneler tarihte de dünyanın pek çok ülkesinde yaşanmıştı. Nelson Mandela 27 yıllık esaretin ardından, Güney Afrika'da Cumhurbaşkanı olarak seçilmişti. Uruguay Devlet Başkanı Jose Mujica, 12 yıllık bir zindan hayatı sonrası özgürlüğüne kavuşmuş, rejimin enkaz yerine çevirdiği ülkesinde yeniden ayağa kalkışın öncüsü olmuştu. Yakın tarihimizde de Süleyman Demirel, Bülent Ecevit ve pek çok siyasetçi, demir parmaklıkların ardına konmuş ancak bir zaman sonra adalet yerini bulmuştu. Halk onların hakkını teslim etmiş ve en üst düzeyde görevlerle ülkelerine hizmet etme imkânı vermişti.

Ankara'da ülkenin dört bir yanından ve dünyanın her yerinden gelen katılımcıların iştiraki ile yürütme fonksiyonlarını yerine getirecek, her birisi liyakatli, dürüst ve alanında söz sahibi kişilerden oluşan bir hükümet kuruldu. Yargı içinde militanlaşmış, mafya ve çetelerle kirli işlere bulaşmış, kalemini ve vicdanını satılığa çıkarmış olanlar ilk hamlede emekli edildi. "Yüzbinlerce insanı ihraç ettiler, onca haksızlık ve hukuksuzluğa imza attılar. Bize yapılanın aynısı onlara yapılsın" diyenler de vardı. Ancak bu dönem bir inşa dönemiydi. Yıkmaktan ziyade yapmaya, intikamdan ziyade affetmeye açılan kapılardan yürünmesi gerekiyordu.

Kan davası gütmek ülkeyi hiç bitmeyecek bir kısır döngüye sürüklemek olurdu. Bu süreçte en başta bu insanların eş ve çocuklarını korumak, onlara haksızlık yapılmasını önlemek zorunluydu. Bu nedenle bulundukları kademelerden emekli edilerek çocuklarının rızkına dokunulmamıştı.

İşkence suçuna karışan, örten, sorumluluğu altındaki kurumlarda bunların yapılmasına göz yumanlar ise bu toleransın dışında tutuldu. Onlar derhal yargı önüne çıkarılmış, işledikleri insanlık dışı suçların cezasını almışlardı. Aslında çoğunun her gece gördüğü kâbus, devranın dönüp hesap gününün geleceği andı. Yıllardır korku içinde yaşamışlar, bu korkuyu bastırmak için yaptıkları zulmü daha da artırmışlardı. Bu nedenle adı daha önce tespit edilmiş, tanık ifadeleri ile dosyaları uluslararası mahkemelere kadar intikal etmiş işkenceciler, rejim değişir değişmez kaçmaya çalışmış hatta aralarında intihar edenler olmuştu. Bu yolu seçerek büyük mahkemeye, asıl hesap verecekleri yere kısa yoldan gitmişlerdi. Adaletin daima iki yüzü vardı. Bir yüzü masumu koruma, diğer yüzü de suçludan hesap sormaya dönüktü.

Yeni inşa süreci de adalet temelinde yükselecekti. Kontrol ve denetleme görevi bulunan tüm kurumların başına bugüne kadar dürüstlüğünden tek bir ödün vermemiş, eli yetimin hakkına uzanmamış ehil insanlar getirilmiş, kendileri gibi dürüst ve donanımlı olan kadrolar ile derhal işbaşı yapmışlardı. Öncelikleri devletin her bir kurumunu bir virüs gibi saran hırsızlık, yolsuzluk ile rüşveti durdurmak ve hazineden çalınan paraları son kuruşuna kadar geri almaktı. Bu konuda belge ve delile dayalı olarak tüm yargı mekanizmaları işletilmeye başlanmış, çaldıkları paraları yurt dışına kaçıranlara karşı da özel bir birim kurulmuştu.

Atılan bu adımlar en çok halktan destek alıyor, onları yıllardır sefalet ve fakirliğe mahkûm eden rant ve talan düzeninin yıkılıyor olması her kesimden alkış topluyordu.

Bunlarla eşzamanlı olarak kamudaki harcamalar en aza indirilmiş, hizmet alımları, araç ve ekipman kiralamaları durdurulmuştu. Kontrol ve denetim mekanizmaları tam olarak işlemeden harcama yapılmaması kararı verildi. Yurdun dört bir tarafına milletin hakkından çalarak kurulan sarayların harcama kalemleri de tek tek kapatıldı. Teknoloji ve Kalkınma Üniversitesi kurularak, sarayların tamamı eğitime tahsis edildi. Bu üniversitelerde görev almak üzere dünyanın dört bir tarafındaki akademisyenlere ve girişimcilere davet gönderilmiş, teori ile pratiğin buluştuğu, büyük şirketlerle ortak projeler geliştirecek, araştırma, geliştirme odaklı bir yaklaşım benimsenmişti. Bu üniversitelerin bir diğer misyonu ise yıllardır yurtdışına verilen beyin göçüne son vermekti. Zira ülkenin gerçek potansiyelinin yalnızca küçük bir kısmı kullanılmış, tüm kaynaklar yandaş şirketlere aktarılmıştı.

Milletimiz tarihte birçok defalar yaptığı gibi yeniden şahlanışa geçmeye hazırlanıyordu. Eğitime, sanata ve bilime aktarılması gereken kaynaklar artık azınlık bir grubun şatafatlı hayatlarının finansmanı için kullanılmayacaktı. Öğrenciler ise kalacağı yurdun, yiyeceği yemeğin parasına değil, bu ülkeyi en ileri götürecek projelere, adımlara odaklanacaktı. Bu şahlanış öncelikle bireylerin, sonrasında da milletin ve devletin şahlanışı olacaktı.

Günler geçtikçe, ülkeyi geri bırakan ve potansiyelini yok eden rejimin aparatları birer birer yıkılıyordu. Bu öylesine büyük bir hedef ve değişimdi ki; yıllardır haram paralar ile işkembelerini dolduranlar ilk başta ayak diremeye kalksa da halkın birikmiş tepkisinin kendilerinde patlamasından korkuyordu. Geri adımlar atıyor, hatta çoğu kaçma yolunu tercih ediyordu. Haber programları ilk olarak, "çalınan paralardan devletin kasasına geri dönen miktarı" sonrasında da "kamu kurumlarında yapılan toplam tasarruf miktarını" paylaşıyorlardı. Her iki kalemdeki tutar bir çığ gibi büyüyor, bu tablo karşısında halkın desteği de bir o kadar artıyordu.

Bu arada bir ezber daha bozulmuş, ilk defa halktan kemer sıkmaları ya da fedakârlık yapmaları istenmemişti. Yeni dönemin odak noktası insandı. Yıllardır sosyal yardıma mahkûm edilmiş insanlardan yeni bir fedakârlık istemek, öncekilerin yolundan gitmek olurdu. Bu nedenle başta asgari ücret olmak üzere, çalışanların ve emeklilerin maaşları artırılmış, sofralarına yeniden bereket gelmeye başlamıştı. Harcamalar, hırsızlık ve israfı önleme fonunda biriken paralar, yıllardır kaçırılan vergilerden gelen kaynaklar, soygun düzeninde ekonomiyi iyi göstermek için ödenen tefeci faizlerinin getirdiği yükün azalması ile karşılanıyordu. Bu program ekonomiyi canlandırmış, alım gücü artan halkın talebini karşılamak üzere üretim katlanmış, yeni istihdamlar ile ekonominin çarkları dönmeye başlamıştı.

Ekonominin çarkları demişken, bir dönem haksız yere malı, mülkü gasp edilen ve ekonomiye lokomotiflik yapan esnaf ve iş insanlarının şirketleri iade edilmişti. Bu şirketlere çöken kayyım ve yandaşlar, bir akbaba gibi yıllardır içini boşaltmış olsalar da ekonomik dirilişte ve şahlanmada bu şirket sahipleri büyük rol oynayacaklardı. Pek çoğu geçmişin hesabında değil, geleceğin arayışındaydı. Derhal kolları sıvamış, daha ilk günkü heyecanı ile kepenkleri kaldırmışlardı. Milletimizi yeniden bir araya getiren asker selamının içine konulmuş sanki gizli bir mutabakat vardı. O da kimsenin geçmişi sorgulamıyor olmasıydı. Böylesine büyük bir kadirşinaslık zor bulunurdu. Alınan her bir selam kırılan bir dikiz aynası demekti. O nedenle şirket çalışanlarının ekmeği ile oynamadan, işten çıkararak değil, hep birlikte çok çalışarak, büyük projelerle yeni istihdamlar oluşturarak geleceği inşa edeceklerdi.

Bu kapsamda ilk hedef ülkenin stratejik konumunun gerçek avantajını yakalamaktı. Kurulan teknokrat hükümeti AB ile temaslara geçmiş, AİHM kararlarının uygulanması başta olmak üzere, üyelik sürecini durduran her bir konuda adımlar atılarak mutabakat sağlanmıştı. Artık Türkiye AB'nin çerini, çöpünü, istemediği göçmeni tutan değil, dünyanın üçüncü büyük ekonomisine üretim yapan, onlarla yarışacak pozisyonlara göz diken bir ülke olacaktı.

Mehmet DAĞCI

ORDU

15 Temmuz kumpasının ana hedefi yargı ve orduydu. Onların deyimiyle ordunun başına balyoz gelmiş ve asırlık teamüller, okullar, disiplin, operasyonel yetenek yok edilmişti. Ordunun komuta kademesi derin devlet ile iş tutanlar, alt kademesi ise SADAT tarafından mülakatı yapılanlar ile doldurulmuştu. Komuta kademesi ile alt kademe arasında güven erozyonu oluşmuş, siyasetin kışlaya girmesi ile askeri disiplin yerle bir olmuştu. Makam aracında sınırdan insan kaçakçılığı yapan general, VİP imkânlarını kullanarak KKTC'den kaçak elektronik sigara sokarken yakalanan emekli korgeneral, adli tahkikat için jandarma karakoluna getirilen uyuşturucuyu pazarlayan askerler, mafya üyeleri ile makam odasında poz verenler, emrindeki askerlere cinsel tacizde bulunan birlik komutanı, üniformasını kırmızı bültenle aranan mafya patronuna giydiren amiral, 10 Kasım töreninde kavga eden teğmenler ve daha pek çok olay, hem ordunun itibarını düşürmüş hem de "balyoz ekibinin" verdiği tahribatı tüm çıplaklığı ile gözler önüne sermişti.

Bu durumun bedelini en ağır bir şekilde yine halk ödemişti. Zira 6 Şubat depreminde on binlerce insan donarak can verirken komuta kademesi inisiyatif dahi almamış, asker kışlada tutulmuş, "nerde asker, nerde devlet" feryatları yankılanmıştı.

Gözler 15 Temmuz kumpasıyla üniforması, rütbesi ve emeği gasp edilen gerçek kahramanlara çevrilmişti. İtibarları iade edilen bu askerlerin kışladan yükselen feryada kulak vermesi bekleniyordu. Bu kadar uzun bir aradan sonra mesleğe dönmek, bu yükün altına girmek ilkinden de ağır bir sorumluluk ve fedakârlık anlamına geliyordu. Birçok asker bu süreçte eşinden, çocuğundan ayrı kalmış, yapılanlar onuruna dokunmuştu. Öte yandan harp okulu öğrencileri ve mesleğinin ilk yıllarındaki subay, astsubay ve uzmanlar açısından askerlik içlerinde bir ukde, yarım kalmış bir hayaldi. Türkiye'nin dört yandan adeta bir ateş çemberiyle sarılı olduğu dikkate alındığında; her zamankinden daha büyük ve güçlü bir orduya ihtiyaç olduğu muhakkaktı. Bu nedenle üniformaları haksızca üzerlerinden çıkarılmış tüm askerlerin, arzu etmeleri halinde görevlerinin başına dönmeleri çağrısı yapılmıştı.

15 Temmuz'dan sonra sisteme girenlere de liyakat ve hakkaniyet esas alınmak suretiyle rütbe ve görevlerine devam edecekleri garantisi verilmişti. Zira her birisi bu toprakların çocuğuydu ve geçen yıllarda ordunun ve ülkenin düşürüldüğü durum onlar açısından da kaygı ve endişe vericiydi. Onlar da orduda nizam ve disiplinin sağlanmasını, terfi sistemindeki keyfiliğin sona ermesini, silah arkadaşlığının ön koşulu olan güvenin yeniden tesis edilmesini istiyorlardı. Geçen süre içinde liyakatten uzak bir biçimde omuzlarına rütbeler, isimlerin önüne payeler konulanların verdikleri yanlış ve beceriksizce kararlar ile yüzlerce şehit verilmişti. Orduyu Ortadoğu batağına sokanların, Mehmetçiğin kanı üzerinden hamaset yapmaktan geri durmayanların verdikleri emirlerin amacı sorgulanır olmuştu.

Artık her bir asker şahıs şunun tam olarak farkındaydı.

Bu düzende hangi makam, mevki ve rütbede olursanız, hangi görevlerde ne tür başarılar göstermiş olursanız olun yarın emekli edilmeyeceğinizin, hatta bir anda hain ilan edilmeyeceğinizin dahi garantisi yoktu. Keyfi kararlar ile bir gecede terfi, bir gecede emekli edilen, türlü zorbalıklarla istifaya ya da emekliliğe zorlanan sayısız asker vardı. Siyaset kışlanın ortasında yanan bir kor ateş gibi tüm değerleri, teamülleri yok etmişti. Askeri okulların mezuniyet törenlerinde genç askerler tepkilerini gösteriyor, Cumhuriyet'in temel değerlerine ve Mustafa Kemal Atatürk'e bağlılıklarını bir şekilde dile getiriyorlardı. Rejim her alandaki zorbalığını ordudan yükselen bu sesi de baskılamakta da gösteriyor, memleketin bu gencecik evlatlarının heyecanını vatan hainliği ile eş tutmaya çalışıyordu.

Bu karanlık tablonun sorumlusu olan, kışlayı siyaset meydanına çeviren ve kirli işlere bulaşanlar derhal görevden alınmıştı. Göreve dönmeyi kabul edenler ve görevdeki liyakatli askerlerden bir kurul oluşturulmuş, donanım ve rütbesine uygun olarak komuta kademesi yeniden şekillendirilmişti. Rejimin kapattığı Gülhane Askeri Tıp Akademisi'nin yeniden açılması ilk adımlardan biri olmuştu. Böylece ordunun kısa zamanda harp cerrahisi yeteneğine tekrardan kavuşması hedeflenmişti.

Her askeri birlikte göreve dönen ve görevde olanların katıldığı "asker selamı" törenleri tertip edilerek, 15 Temmuz gibi bir kumpasın bir daha yaşanmaması, canları pahasına silah arkadaşlığına zeval gelmemesi için yeminler edilmişti. Bu törenlerin en anlamlısı da Anıtkabir'de olmuştu. Binlerce askerin katılımı ile Mustafa Kemal Atatürk kabrinde ziyaret edilmiş ve Cumhuriyet'in yeniden emin ellerde olduğu ilk ağızdan iletilmişti. Mustafa Kemal'i bugüne kadar pek çok kirli emeline ve şahsi çıkarına kalkan yapanların, O'nun adını kullanarak çok sevdiği milletine zulmedenlerin dönemi sona ermişti.

Ordu'da yıllardır barış kadroları dahi doldurulamıyordu. Her birlikte personel açığı vardı. İşler yetişmiyor, mesailer uzadıkça uzuyordu. Yetişmiş personel açığı en çok pilot eksikliğiyle hissediliyordu. Pilotların yarıdan fazlasının tasfiye edilmesiyle envanterdeki uçakları operatif tutacak pilot kalmamıştı. Rejim tarafından bu açığı kapatmak için daha önce ordudan ayrılmış pilotlara çağrı yapılmış, gönüllü olarak geri dönenlere harbe hazırlık seviyesine bakılmaksızın kapılar açılmıştı. Sağlanan tüm imkanlara rağmen rızası ile dönenlerin sayısı 50'yi geçmemişti. Bu sayı yetmeyince görev süresi 18 yılı bulmadan ayrılan pilotlara geri dönme zorunluluğu getirilmişti. Durum o kadar vahimdi ki yeni pilotları yetiştirecek öğretmen pilot dahi bulunamıyordu. Çünkü pek çoğu tasfiye edilmişti. Bu nedenle Hava Kuvvetleri Komutanlığı, Pakistan'dan eğitmen sıfatı olan üç F-16 pilotu dahi talep etmişti. Sonrasında dış kaynaktan pilot sınıfı muvazzaf subay alımı adı altında ticari pilot lisansı "CPL" olanlara çağrı yapmışlardı. Rejim son olarak da hiçbir askeri eğitimi olmayan 4 yıllık fakülte veya yüksekokul mezunlarının pilot adayı olarak alınacağını duyurmuştu.

Askeri geçmişi ve eğitimi dahi olmayanların pilot yapılmaya çalışıldığı bir dönemin sonunda; mesleğine aşık, yetişmiş ve donanımlı personelin üniforması anasının ak sütü kadar kendine helaldi. Gerçek askerlerin ve kahramanların göreve dönmesi kadar normal bir şey olamazdı. Kısa bir intibak eğitimi ile harbe hazır olacaklardı. Bu süreçte türlü zorluklarla yoğrulmuş iradeleri, kazandıkları ilave donanım ve tecrübeleri ile ön saflarda koşmaya devam edeceklerdi.

Bu nedenle göreve geri dönme fedakârlığını gösterenler, artık taşınamayacak noktaya varan bu yükü hafifletecek birer kahraman gibi karşılanmıştı. Meslekten yıllarca ayrı kalsalar da daha ilk günkü gibi heyecanlı ve azimliydiler. Bununla birlikte 15 Temmuz sonrası kurdukları yeni hayatlara devam etme kararı alanlar da vardı. Aslında memleketin her bir yeri enkaz alanı gibiydi. Bu ülkeye hizmet etmek için illaki üniforma giymek gerekmiyordu. Zira mesleği elinden alınan ve üniformasından uzak bırakılan bu insanlar, dünyanın pek çok ülkesinde, en büyük şirketlerde işlere girmişler, en iyi üniversitelerde öğretim üyesi olmuşlar, kurdukları şirketlerde yüzlerce insana istihdam oluşturmuşlardı. Vatan sevgisi zerre kadar eksilmemiş bu insanlar, bulundukları alanlarda ülkenin yeniden inşasına katkı vermeye devam edeceklerdi.

Elbet Bir Gün

DERİN DEVLET

Ülkeyi bu karanlığa sürükleyen zulüm düzeninde en kilit rolü, derin devlet ve onların istihbarat teşkilatına sızmış mensupları üstlenmişti. Ülke çıkar ve menfaatlerini korumak amacıyla yurtdışı istihbarat faaliyetlerine odaklanması gereken kurum, rejimin kendi vatandaşlarına karşı kullanılan bir istibdat aparatına dönüştürülmüştü. Fişlemeler, dinlemeler, gizli kayıt ve çekimler ile istedikleri herkese şantaj yapabiliyorlar, susturuyorlar, malına, mülküne çökebiliyorlardı. Pek çok siyasetçi ve tanınmış ismin bir gecede yüz seksen derece dönüş yaparak, iktidarın en güçlü savunucusu olmasında bu yapı tarafından tutulan gizli dosyalar etkili olmuştu. Bir dönem mafya ile iş tutan emniyet mensupları tarafından işletildiği söylenen fuhuş otellerinde kimlerin kayıtları alınmamıştı ki! Mahalle muhtarından en üst seviyede bürokrat ve siyasetçisine kadar pek çok kimse kurulan bal tuzaklarına düşmüş, gizlice çekimleri yapılmış ve rejimin her dediğini yapar duruma gelmişlerdi.

Yapılan soykırımı aratmayan zulümlere bu denli sessiz kalınmasının bir nedeni de bu durumdu! Sesini çıkarmaya kalkanlar ya kendi ya da en yakınları hakkında fişleme dosyaları ile tehdit ediliyorlardı. Bu süreçte KHK'lılar hakkında çocuklarından, eşlerine, akrabalarına kadar sayfalar dolusu dosyalar oluşturmuşlar, geçmişlerini de didik didik etmişlerdi. Ancak onca deşelemeye rağmen bir açık bulamıyorlar, bu nedenle gerek yurt içinde gerekse de yurt dışında adam kaçırıyorlar, çiftlik adını verdikleri işkence merkezinde aylarca insanlık dışı muameleye maruz bırakıyorlardı. İstihbarat adı altında bu vatanın evlatlarına düşmana dahi yapılamayacak eziyetleri yapmışlardı.

Derin devletin dosyası o kadar kalabalıktı ki; onlara hizmet eden pek çok kişi koruma kalkanına alınmış, faili meçhul cinayetler kapatılmış, kardeşi kardeşe kırdıran pek çok provokasyon eyleminin üstü örtülmüştü. Hatta on binlerce insanın ölümünden sorumlu PKK terör örgütünü MİT'in içine sızan bu yapının kurdurduğu, yaptıkları eylemlerde istihbarat parmağı olduğu, pek çok yerde açıkça dile getirilmişti. Ergenekon-Balyoz davalarında buzdağının sadece görünen kısmı ortaya konulmuş ancak derinlere inilmesine izin verilmemişti.

Oysa bu kirli yapıyla zamanında çalışanlar pek çok itirafta bulunmuşlardı. JİTEM kurucusu Albay Arif Doğan, gazeteci Mehmet Ali Birand'ın 32. Gün programına çıkmış, yaptıkları kanunsuz isleri anlatmış ve Hizbullah terör örgütünü PKK'ya karşı kendilerinin kurduğunu itiraf etmişti. Derin devlete çalışan bir yapı PKK'yı kuruyor, diğer yapı da PKK'ya karşı Hizbullah'ı kurduğunu itiraf ediyordu. Bu durum ancak ihanet sarmalı olarak tanımlanabilirdi. Zira her iki terör örgütü binlerce masum insanımızın kanını toprağa dökmüştü. Derin devlet tarafından kullanıldığını itiraf eden Özel Harekât Polisi Ayhan Çarkın, Uğur Dündar'ın programında mafya-yargı-siyaset üçgenindeki kirli işleri anlatmıştı.

"Bizim çetenin lideri gelmedi mahkemeye. Hiçbir güç onu mahkemeye getiremiyor. O zaman elindeki tuğla neyse ben o tuğlayı biliyorum. O tuğla, 12 Eylüllerin, Uğur Mumcu, Çetin Emeç, Ahmet Taner Kışlalı, Bahriye Üçok, Muammer Aksoy ve cumhuriyete sahip çıkan gazetecilerin öldürülmesindeki tuğladır." diyerek isimler vermişti. Sanki tüm bu itiraflar yapılmamış, mahkeme kayıtlarına girmemiş gibi 15 Temmuz öncesinde yapılan ittifak gereği Ergenekon-Balyoz davaları kapatılmıştı. Böylesine karanlık bir yapı aydınlatılmadan ülkenin aydınlığa çıkması imkansızdı.

Bu arayışlar devam ederken bu yapının içine girmiş ancak sonradan pişman olmuş birinin itirafları sonrasında; Ankara'da konuşlu gizli karargâhlarına ulaşılmıştı. Buranın 15 Temmuz sonrasında insanların kaçırılarak işkence edildiği "Çiftlik" kod adı ile kullandıkları yer olduğu da anlaşılmıştı. Dikkati çekmemesi için dışarıdan bakıldığında sıradan bir çiftlik görüntüsü verilmişti. Ancak bu görüntünün arkasında, yer altına korunaklı bir kapıdan giriş yapılan bir karargâh inşa etmişlerdi. O kapının ardında labirenti andıran bölmeler ve zindanları çağrıştıran dehlizler yapılmıştı. Dikkati ilk çeken "Mevzu vatansa gerisi teferruattır" yazan bir tabelaydı. Duvarın diğer tarafına da "İstihbarat devletin şah damarıdır" yazısı asılmıştı. Anlaşılan bu tür söylemler ile yaptıkları caniliklere kılıf oluşturuyorlar, bu işlerde maşa olarak kullandıkları kişiler de kendilerini devlete ve onun emrindeki istihbarat teşkilatına çalışıyor sanıyordu.

Ancak güç zehirlenmesi yaşayan yöneticiler ya da derin devlet emrinde istihbarat teşkilatlarının nasıl bir zulüm aparatına dönebildiği tarihi bir gerçekti. Yalnızca Türkiye'de değil, dünyanın pek çok otoriter ve baskıcı yönetimi istihbaratı kendi halkına karşı kullanmış, muhalifleri fişlemiş ve mallarını, mülklerini, özgürlüklerini gasp etmişti. Bunların en bilinen örneği Stalin Rusya'sı idi. II. Dünya Savaşı'nın galiplerinden olan Rusya, Stalin gibi bir despot emrinde savaşın mağlubu Almanya, Japonya gibi devletlerden daha kötü duruma düşmüştü. İddialara göre, 20 milyon kişi zorunlu çalışma kampları, siyasi temizlik ve kıtlıklar sonucu hayatını kaybetmişti. Bu hazin tabloda NKVD olarak bilinen, Halk Komiserlikleri İçişleri Bakanlığı'nın büyük rolü vardı. NKVD muhalifleri izlemek, tutuklamak ve infaz etmekle sorumluydu. Halkın içinden pek çok kişi bu kuruma çalışıyor, aynı ailenin içinden dahi fişlemeler bu kişiler tarafından yapılıyordu. Bu nedenle toplumda kimse birbirine güvenemez olmuştu. NKVD aynı zamanda provokasyon ve algı çalışmalarını da yönetiyor, toplumun bu insanları devlet düşmanı olarak görmesi için her tür propaganda yapılıyordu. Böylece devlet eliyle yapılan tüm işkence, gasp, infaz ve hukuksuzluklar normal gösteriliyor, halka da korku salınıyordu.

Aynı yöntemler İran Devrimi sonrasında uygulanmış "Basij" adı verilen örgüt ve diğer istihbarat birimleri muhalif hareketleri ve sosyal örgütleri fişleme, takip ve infaz için kullanılıyordu. Özellikle basın ve sosyal medya üzerinde düşüncelerini ifade edenlere karşı nefes aldırmıyorlar, bu alanda yapılan tüm paylaşım ve haberler taranarak, düşüncenin bile yasak olduğu bir istibdat rejimi yaşatıyorlardı. Meydanlarda yapılan açık infazlar ise topluma korku dalgaları yaymak için kullanılıyor, devletin gücünün bir balyoz gibi muhaliflere ineceği ilan ediliyordu. İran dışında yaşayan muhalifler dahil pek çok adam kaçırma, zorla kaybetme ve işkenceler uluslararası raporlar ile kayıt altına alınmıştı. Binlerce kişinin bu yöntemler ile infaz edildiği iddia ediyordu. Kuzey Kore, Çin Halk Cumhuriyeti ve diğer pek çok ülkede de durum değişmiyordu.

Türkiye'de derin devlet ve son dönemlerde rejim buna benzer yol ve yöntemleri kullanmıştı. Bir devlet için son derece önemli olan istihbarat, o devleti oluşturan halka karşı kullanılınca korkunç bir infaz ve zulüm aparatına dönüşüyordu. Tıpkı bir bıçağın yemek yapmak, yaşatmak için de adam öldürmek için de kullanılabileceği gibi. Bu nedenle istihbarat faaliyetlerinin kanun ve yasalar ile çizilen çerçevede kalması, baştakilerin zaman içinde kendi çıkarları için kullanmaması için mütemadiyen denetlenmesi ve değiştirilmesi gerekiyordu. Maalesef bugünün modern devletleri dahil pek çok örnekte, istihbarat güç sarhoşu yöneticiler elinde, masum insanların hayatlarını karartmak için kullanılmıştı.

Çiftlik yerleşkesinde ortaya çıkan tablo tam da bunu doğruluyordu! Giriş kısmında sıra sıra koğuşların olduğu uzun bir koridor karşılıyordu. Bu koğuşların her birinde türlü işkencelere maruz kalmış masum insanlar tutulmuş olmalıydı! Belki de buraya getirilen insanlar, hayatları boyu unutamayacağı korkunç manzaralara şahit edilmiş ve sonrasında kendilerine iki seçenek verilmişti. Ya o koğuşlarda işkence edilenler gibi olacaklar, ya da rejimin her dediğini yapan onursuz birer kuklaya dönüşeceklerdi. Bu manzarayı görenlerin pek çoğu ikinci seçeneği seçmiş, derin devlete kul köle olmuş olabilirlerdi. Koridorun sonunda tozlu belgelerin, titizlikle arşivlendiği ve korunduğu odalar yer alıyordu.

İlk oda Dersim olaylarına ayrılmıştı. Bugünün Tunceli'si olarak bilinen bölgede, 1937-1938 yılları arasında 30 bine yakın Alevi ve Kürt kökenli vatandaş, isyan gerekçesi ile öldürülmüştü. Köyler uçaklar ile bombalanmış, evler yakılmış ve on binlerce insan da yerinden yurdundan edilmişti. Bu odada o dönemin istihbarat raporları, meclis konuşmaları, bombalamayı yapan pilotların isimlerine kadar detaylar yer alıyordu. Dersim olayları da bir isyan kelimesi ile kapatılmış, orada ölenler hain ilan edilmiş ve bir tabu olarak da konuşulması adeta yasaklanmıştı. O on binlerce kişinin içinde kaç bebek, kaç kadın vardı? Suçları var mıydı? Gerçekten devlete isyan mı etmişlerdi? Gerekçeleri hiç dinlendi mi? Bunların hepsi cevaplanacak sorular arasında geliyordu. Bu sorular tarafsız bir şekilde cevabı ile buluşmalı, geçmiş ile yüzleşilmeli, masum insanların üzerine atılan lekeler temizlenmeliydi! Zira bu toprakların altında yatan her bir masumun ruhu, bu acı ve ızdırabı duymaya devam ediyordu. Bu nedenle adalet ve hakikat yalnızca yaşayanlar için değil, bu dünyadan göçüp gidenler için de elzemdi. Geçmiş ile barışmak, gerekiyorsa yüzleşmek son derece önem taşıyordu.

Bu duyguların arasında gözler merakla bir diğer odaya kayıyordu. Her oda adeta geçmişin bir dönemine açılıyordu. 6-7 Eylül olayları olarak tarihe geçen gayrimüslimlerin malının, mülkünün yağmalandığı dosyalar çift kilit altına alınmıştı. 6 Eylül 1955'te, İstanbul'daki basta Rumlar olmak üzere Gayrimüslimlerin hedef alındığı olayların fitili, Atatürk'ün Selanik'teki evinin bombalandığına dair asılsız bir haberle ateşlenmişti. Bu haber, basında geniş yer bulmuş ve halk arasında büyük bir öfke yaratmıştı. 6 Eylül gecesi, İstanbul'daki Rum mahallelerine ve işyerlerine yönelik kitlesel saldırılar düzenlenmiş, saldırılarda binlerce dükkân yağmalanmış, evler ve kiliseler tahrip edilmişti. Sonrasında bu saldırıları yapanlar sorgulanmamış, devlet eliyle korunarak, cezasız bırakılmıştı. Bir kez daha toplumun bir kesimi hain ilan edilmiş, malları, mülkleri ve yaşamları gasp edilmişti. Bu topraklar için ne kadar tanıdık bir sahneydi. Bizlerin de başına gelen bunun bir benzeri değil miydi? Bir kumpas, kara propaganda ve halkın galeyana getirilmesi yetiyordu hain ilan edilip her tür zulme maruz bırakmak için. Bu yapılanlar devlet eliyle kapatıldığı, konuşturulmadığı ve sorgulanmadığı için tarihten ders de alınmıyordu. Neredeyse her on yılda bir bu kısır döngü devam ediyordu. Bir kesim hain ilan edilirken toplumun diğer kesimleri susturuluyor, korkutuluyor ve kontrol ediliyordu.

Yandaki odada olaylar değil isimler öne çıkıyordu. Kimler yoktu ki; Mehmet Akif Ersoy, Nazım Hikmet, Said Nursi, Deniz Gezmiş, Yusuf Aslan, Hüseyin İnan, Adnan Menderes, Zorlu Aydın, Necip Fazıl Kısakürek ve daha pek çok isme klasörler ayrılmıştı. O günlerde bunların hepsi hain ilan edilmiş, kimisi sürgüne, kimisi idama mahkûm edilmiş, kimileri de ömrünü mahkeme köşelerinde geçirmişti! Sağcısından, solcusuna, din adamından, şairine, yazarına, politikacısına, gencecik delikanlısından, yorgun yaşlısına kadar pek çok isim ortak kaderi yaşamıştı bu topraklarda. Yıllar sonra pek çoğuna itibarı iade edilmiş, bu odada üzeri tozlu dosyalar birkaç kez açılmış ve devletin ilan ettiği tabular bir şekilde yıkılmıştı. Bizlere ümit veren durum da bunun ta kendisiydi. Aslında insanımız hakikate uyandığında yalan kaleleri yıkılıyor, yıllar geçse de bu kaderi yaşayanlara hak ettiği değer veriliyordu. Ancak bu sürede gerçek suçluların cezasız kalması, bu insanların kanı ve canı üzerinden şatafatlı hayatlar kuranlara dokunulmaması daha da önemlisi kaybolan zamanın ve hayatların geri gelmemesinin telafisi yoktu.

Geçmişte olanları anlamak muhakkak çok önemliydi. Ancak bunca üstü kapatılmış, üzeri tozlu bırakılmış olayların, dosyaların ve odaların bir anda açılıyor olması adeta toz yutup da yutkunamayan bir insanın durumuna düşmek gibiydi. Görülen resimler, halktan saklanan yazışmalar, verilen gizli talimatlar koca bir lokma gibi boğazlara düğümleniyordu. Meğerse neler olmuş, neler yaşatılmış bu masum insanlara diye haykırası geliyordu insanın. Evet devlet kutsaldı, bizim milletimiz için tarih boyunca da böyle olmuştu. Ancak o kutsallık hakkın, hukukun, adaletin, doğrunun, merhametin ve gerçek imanın sancaktarlığını yapanlar için geçerliydi. Devletin kurumlarında oturdukları makamları şahsi çıkarı için satanlara ve bu ihaneti masum insanların hayatları ile kapatanlara hiçbir kutsallık derecesi verilemezdi. Çiftlik yerleşkesindeki bu tarihi ana şahitlik edenler, koca bir yükün altında eziliyorlardı.

Yüz yıllık Cumhuriyet tarihinin pek çok karanlık olayı, toprağın altına saklanmış bu gizli karargâhın içinde tutulmuştu. Gün yüzüne çıkması gereken gerçekler buradaki karanlık ve kasvetli odalarda saklanmıştı. Akıllara gelen soru ise bunca belge ve bilginin neden arşivlendiği, hakikatin ortadan kaldırılması yerine neden örtüldüğüydü. Öyle ya, bu "bir suçlunun bu suçun kanıtlarını yok etmek yerine arşivleyip saklaması" gibi bir durumdu. Bu soruya yanıt ise bir ömür bu kurumda çalışmış bir istihbarat yetkilisinden gelmişti. Her ne kadar derin devlet bu kurumlarda etkili olsa da dönemsel olarak değişiklikler olmuş, derin devleti oluşturan kesimler arasında da güç mücadeleleri yaşanmış. Her yeni gelen ekip kendi yaptıkları sorgulanmasın diye, bir önceki ekibin tüm kirli işlerini, en küçük detayına kadar dosyalatıyor olmalıydı. Bu bir nevi şantaj sarmalı idi. Bu sarmal içinden bir parçayı alıp yok etmek oldukça zordu. Dengeler bu dosyalar üzerine oturtulmuş, herkes domino etkisi oluşturacak en küçük bir adımı atmaya korkmuştu.

SAKLANAN TARİH

Çiftlik adı verilen şer yuvasında, her gün saklı kalmış bir gerçek daha ortaya çıkıyordu. Koca bir odada tam bir darbe arşivi yapılmıştı. 27 Mayıs 1960 darbesi, 12 Mart 1971 muhtırası, 12 Eylül 1980 darbesi ve 28 Şubat 1997 postmodern darbesinin tüm kayıtları, planları, toplantı tutanakları, görev organizasyonu birer birer arşivlenmişti. Herkesin gözü 15 Temmuz dosyasını arıyordu. Ancak ne bir klasör ne de bir belge bulunamamıştı. Bu durum dahi kumpasa ait ipucu veriyordu. 15 Temmuz'un orduya, yargıya ve millete yapılan kanlı bir kumpas olduğunu başta kendileri biliyordu. O yüzden diğer gerçek darbelerle birlikte arşivlenmemişti.

Bu bir bakıma sevindirici bir bakıma da kaygı verici bir durumdu. Zira sözde kahramanlar olarak ortada dolaşan asıl hainlerin kirli planları ve rollerinin detaylarına ulaşmak çok önemliydi. "Acaba imha mı ettiler?" sorusu akıllara gelmişti. Ancak bu durum şantaj sarmalı söylemine aykırı idi. O yüzden ileriki odalarda bulmak ümidiyle darbe klasörleri tek tek açılmaya başlandı. Darbe odasının diğer odalardan en büyük farkı, o dönemin gazetelerinin günlük baskılarının burada arşivlenmiş olmasıydı. Belli ki ortamın darbeye hazırlanmasında basın ciddi rol oynamıştı. Özellikle yakın tarihte olduğu için 28 Şubat sürecine giden olaylar ve haberler hâlâ hafızalarda tazeydi.

Odanın duvarları kırmızı renkte boyanmış, diğer odaların aksine, klasörlerin tozları alınmış, çelik kasaların içine yapılmış raflara özenle yerleştirilmişti. Ortada uzun bir masa ve tavandan indirilmiş sorgu lambasına benzeyen lambalar vardı. Belli ki birileri eski defterleri açmış, belki de o dönemin kirli işlerine karışanlara ait şantaj dosyaları yapılmıştı.

12 Eylül 1980 darbesi öncesi Türkiye, siyasi ve toplumsal gerginliklerin yoğun olduğu bir dönemden geçmişti. 1970'li yılların sonlarına doğru ülkede sol ve sağ ideolojiler arasında şiddetli çatışmalar yaşanmıştı. Bu dönemde, Maraş, 1 Mayıs ve Çorum Olayları gibi pek çok kanlı olay ve katliam hafızalara kazınmıştı. Yüzlerce insan hayatını kaybetmiş, binlercesi yaralanmış ve birçok insan yerinden yurdundan olmuştu.

1 Mayıs 1977'de Taksim Meydanı'nda gerçekleştirilen kutlamalarda, işçi sendikalarının katılımıyla kalabalık bir miting düzenlenmişti. Miting sırasında olaylar çıkarılmış, provokatörler 34 kişinin hayatını kaybetmesine, yüzlerce kişinin de yaralanmasına sebep olmuştu.

Maraş Katliamı, Alevi-Sünni çatışması çıkarmak için yapılmıştı. 24-26 Aralık 1978'de Alevi vatandaşların evleri ve işyerleri hedef alınmıştı. Katliamda yüzden fazla kişi hayatını kaybetmiş, birçok kişi de yaralanmıştı. Şehir bir savaştan çıkmışçasına tahrip edilmişti. 1980 yılında yaşanan Çorum olaylarında ise, çıkan çatışmalarda elliden fazla insan yaşamını yitirmişti. Bu olaylar, Türkiye'deki toplumsal kutuplaşmayı derinleştirirken, güvenlik endişesiyle toplumda bir korku ikliminin oluşmasına yol açmıştı. Derin devlet adeta tüm düğmelere aynı anda basmış, askeri darbeyi haklı çıkaracak tüm adımlar atılmıştı. İşin en acı tarafı bu kanlı olayların hiçbirinde faillerin bulunamamış olmasıydı. Yüzlerce masum insanın ölümünden sorumlu bu canavarların izi kaybedilmişti. Devletin tüm kurumlarına sızmış bir örgüt, yine devlet eliyle halka pusular, kumpaslar, tuzaklar kuruyordu.

Askeri darbe, bu gergin ortamda, ordunun ülkenin güvenliğini sağlamak adına müdahale etmesiyle gerçekleşti. Darbe sonrası, 650 bin kişi tutuklanmış, binlercesi işkenceye maruz kalmıştı! Elli kişiye idam cezası verilmiş ve idam edilmişti! Darbeyi yapan Genelkurmay Başkanı Kenan Evren'in verdiği bir söyleşide "İdamların infazında, toplumun tepkisini kontrol etmek için bir sağcı, bir solcu karışık infaz ediyorduk" sözleri, uygulamalardaki keyfiliği gözler önüne seriyordu!

Bu dönemde 120 bin kamu görevlisi de işten atılmıştı. Bu kişiler arasında öğretmenler, akademisyenler, devlet memurları ve diğer kamu çalışanları bulunmaktaydı. Ülke genelinde sıkıyönetim ilan edilmiş, siyasi partiler kapatılmış ve 14 bin kişiye siyasi yasak konmuştu. Bu tablo yıllar sonra 28 Şubat ve 15 Temmuz sürecinde karşımıza çıkacaktı. Aynı film başa sarılıyor, tekrar tekrar sahneleniyordu. Kurgu değişmiyor, her seferinde daha da şeytani planlar yapılıyor ve milyonlarca insanın hayatı karartılıyordu!

Gelecek nesillere ışık tutacak pek çok karanlık olayın en ince detayları, buradaki mahzenlerde gün yüzüne çıkmaya devam ediyordu. Bunların arasında "Diyarbakır Cezaevi" dosyaları tam bir utanç belgesiydi. 12 Eylül darbesi sonrası, burada tutuklular akla gelen her tür işkence yöntemlerine maruz kalmışlardı. Tutuklulara tek tip elbise giydirilmiş, kimlikleri yok edilmeye çalışılmıştı. Uzun süreli hücre hapsi, sosyal izolasyon ve iletişim kısıtlamaları her birinin psikolojisini daha da kötüleştirmişti. Bir dosya tamamen cinsel şiddet ve işkence fotoğraflarını kapsıyordu. Onlara bakmak zorunda kalanların midesi bulanmış, tüyleri diken

diken olmuştu. Bu nasıl bir sapkınlık, nasıl bir canavarlıktı. Derin devlet bu işkencelerin tüm kayıtlarını tutmuştu.

İşkence görenler arasında tanınmış Kürt Milletvekilleri, Solcu Aydınlar, mütedeyyin insanlar vardı. İsmail Beşikçi, Ertuğrul Kürkçü, Ahmet Türk, Müslüm Gündoğdu, Hüseyin Fırat, Aysel Kutluk, Emine Akkaya onlardan yalnızca birkaçı idi. Aradan yıllar geçtikten sonra yönetmen Çayan Demirel tarafından çekilen "5 No'lu Cezaevi" belgeseli, bu tanıkların yaşadıklarını anlatıyordu. Bu belgeseli izledikten sonra MİT'in de kurucuları arasında olduğu iddia edilen PKK'nın, neden bu kadar çok taraftar toplayabildiği tam olarak anlaşılabiliyordu. Derin devlet, önce pek çok Kürt asıllı vatandaşı insanlık dışı işkencelere maruz bırakmış, bunu yaparken devletin gücünü kullandığı için de onları kendi devletine düşman etmişlerdi. Malı, mülkü, onuru, gençliği, özgürlüğü gasp edilmiş birçok insan PKK gibi terör örgütlerinin istismarına açık hale getirilmiş, devlet baskısı, yokluk ve çaresizlikle gencecik fidanlar kendini dağda bulmuştu. Türkiye bu dönem sonunda on binlerce canı toprağa düşürecek kanlı bir terör sürecine itilmişti.

12 Eylül darbesinde sağcı, solcu, milliyetçi, sanatçı, yazar, akademisyen, aktivist pek çok insan benzer kaderi yaşamıştı. Pek çok sanatçı kendini sürgünde bulmuş, vatan hasreti ile bu hayata veda edenler olmuştu. Cem Karaca, Yılmaz Güney, Orhan Kemal, İsmail Bülbül, Zülfü Livaneli, Ali Asker, Selda Bağcan, Ali Ekber Aydoğan bu kaderi paylaşanlar arasındaydı. Anadolu önce yakılmış yıkılmış, insanlar fakirlik ve çaresizlik içinde kıvranırken askeri darbe çözüm olarak sunulmuştu. Darbe sonrasında ise bir silindir gibi bu ülke insanı üzerinden geçilmişti. Aslında okullarda ders olarak okutulması, ibret alınması için en küçük ayrıntısına kadar incelenmesi gereken bu sürecin üstü kapatılarak, darbeyi

yapanlara ömür boyu koruma kalkanı sağlanmıştı. Sürüdeki koyunları boğazlayanlar, yine o sürüye baştacı yapılıyordu.

Bu darbeye katılan pek çok isim devletin en üst kademelerinde görevlere getirilmiş, sonraki yıllarda ise komuta kademesinin neredeyse tamamı bunlar arasından seçilmişti. 15 Temmuz kumpasının kilit isimlerinden birisi olan Hulusi Akar bu darbeye üsteğmen rütbesinde katılanlar arasındaydı. Türkiye'yi koca bir karanlığa mahkûm eden, onlarca yıl geriye götürerek fakirleştiren, milyonlarca insanın hayatını karartan darbeciler; 15 Temmuz kumpasında sözde demokrasi kahramanları rolünü oynamışlardı. Geçmişi bilmeyen, onların yaptıklarından bihaber yaşayan halk da koca bir yalana, kirli maskelere ve yüzlere aldanmış, bu oyunun parçası yapılmıştı.

Kafalarda bu düşünceler dolanırken, kırmızı odada çelik kasaların ardında bir diğer kapı dikkati çekmişti. Kalın zincirler ve şifreli kilitlerle korunan kapının zincirleri kesildikten sonra içeri girebilmişti. Odanın yerleri siyah renkte fayanslar ile kaplı, duvarlar da koyu gri renge boyalıydı. Elektrik düğmeleri yeni değiştirilmiş olacak ki, ışık seviyesini ayarlayan anahtarlar seçilmişti. Bu mahzen adeta bir ev gibi döşenmiş, duvarda tablolar, köşe başlarında deri koltuklar ve büyük ekran televizyonlar, projektörler konulmuştu. Bir köşeye U şeklinde büyük bir masa konmuş, masanın en başına kırmızı bir koltuk, kenarlarına da siyah koltuklar dizilmişti. Akıllara bir dönem Kurtlar Vadisi dizisinde kullanılan toplantı odaları ve gizemli konuşmalar gelmişti. Acaba kanlı planları bu gizli ve korunaklı odada mı yapıyorlardı? Bu arada kütüphane şeklinde dizilmiş yüzlerce klasör göze çarpıyordu. Her birinin sırtında isimler yazıyordu. Çok geçmeden bu isimlerin faili meçhul cinayetlerle öldürülenler olduğu anlaşılmıştı. Zira alfabetik bir sırada dizilen isimler arasında, pek çok bilindik isim vardı. Abdi İpekçi, Uğur Mumcu, Çetin Emeç, Metin Göktepe, Hrant

Dink, Turan Emeksiz, Hasan Ocak, Ahmet Taner Kışlalı, Gaffar Okkan, Tahir Elçi bunlar arasındaydı. Her birisi kahpe kurşunların, sinsi bombaların kurbanı olmuştu! İsmail Ceylan, Ömer Gökçe, Seda Kutluk, Mehmet Çelik ve yüzlerce isim de yıllardır kaybolan çocuklarını arayan Cumartesi Annelerinin evlatlarından başkası değildi. Oysa bu yüreği yanan analar bin haftadan daha fazla bir zamandır, İstanbul Galatasaray Meydanı'nda toplanmış, yavrularının akıbetleri hakkında tek bir bilgi alabilmek için ömürlerini adamışlardı.

Şimdi inceleme ekibinin karşısında her birinin dosyası duruyordu. Herkesin nutku tutulmuştu. Odayı adeta ölüm sessizliği kaplamıştı. Çünkü o annelerden pek çoğu, evlatlarına dair tek bir bilgi alamadan göçmüşlerdi öbür dünyaya. Bu toprakların şahit olduğu en karanlık şeyler gelmişti her birinin başına. Ancak bugüne kadar bir türlü aydınlatılamamış, ölmüş olsalar da bedenlerine ulaşılamamış, bunu onlara yapan caniler ise devlet eliyle korunmuş, saklanmıştı. İnceleme ekibine dahil edilmiş ve bilirkişi olarak görevlendirilmiş yaşlı bir akademisyen bir köşeye çekilmiş ağlamaya başlamıştı. Kafasını kollarının arasına gömmüş, elinde bir kayayı sıkarcasına dosyalardan birini tutuyordu. Yanına usulca yanaşan ekipteki savcıya elindeki dosyayı uzatarak;

"Bu benim ağabeyim" demişti. "Bu benim ağabeyim!". Denilecek tek bir kelime gelmiyordu kimsenin aklına. Kimse dosyayı açıp, tek bir fotoğrafa dahi bakmaya cesaret edemiyordu!

"Rahmetli anam her cuma, bayram namazı sonrasında mezar ziyaretine gidecek gibi hazırlanırdı. Ertesi gün giyeceği elbiseyi temizler, ağabeyimin fotoğrafını kucağına alır, üç otobüs değiştirerek Galatasaray Meydanı'na gelirdi. Pek çok sefer ben de yanında gitmiştim. Her seferinde ağabeyimle o meydanda karşılaşacakmış gibi, ondan gelen bir mektubu açıp okuyacak ya da etrafımızı saran polislerden birisi bir haber verecekmiş gibi beklentiye girerdi. Sonra yüreği dayanmadı bu acıya, daha düğününü göremediği, kokusuna doyamadığı evladının yanına göçtü gitti. O günden sonra da bana kaldı cumartesileri beklemek. Ağabeyimin fotoğrafı elimde, bir haber alamayacağımı bilsem de gittim o meydana. Kimi zaman cop yedim, kimi zaman biber gazı soluyup, gözlerim kan çanağına döndü. Ancak yılmadım, yine gittim. Şimdi ağabeyim nerede biliyorum. Bilmem kaç cumartesi aradığım gerçeği elimde tutuyorum."

Artık sözün bittiği yerdeydiler. Ekiptekiler bir kez daha lanet etmişti tüm bunları yapan karanlık zihniyete. Ancak yüzleşmesi zor da olsa, ağır bir yük omuzlardan, yüreklerden, gönüllerden kalkıyordu. Derin devletin mahzenlerinde gizlenen kötülükler, birer birer açığa çıkıyor, hakikat güneşinin ışıkları zifiri karanlığı yok ediyordu!

Elbet Bir Gün

KUMPAS

Memlekete döneli birkaç ay olmuştu. Her gün bir öncekinden daha dolu geçiyor, bir yandan enkaz kalkarken, bir yandan da yaralar sarılıyordu. Bugün harp okulu yıllarımdan beri yediğimiz içtiğimiz ayrı gitmemiş, meslekte iken pek çok yerde birlikte çalıştığım ancak 15 Temmuz'dan sonra benle irtibatı bıçak gibi kesmiş bir silah arkadaşımla buluşacaktım. İki gün önce telefonum çalmış, kısık ve hüzünlü bir ses tonu ile "Mehmet beni hatırladın mı?" diyerek söze başlamıştı.

"Biliyorum bu süreçte sınavı geçemedim ancak seninle oturup tüm bildiklerimi anlatmak, omzumda taşıdığım bu ağır yük ve vicdan azabından kurtulmak istiyorum" demişti.

O güne kadar söylediğim tüm sözlerde kılı kırk yarıyor, etrafımdaki hiç kimseyi mahcup etmemek için büyük çaba gösteriyordum. Ancak karşımdaki yıllarca yan yana görev yaptığım, aynı sofradan defalarca yemek yiyip, yeri geldiğinde dertleştiğim birisi olunca gönlümün kırıklarında, derinlerde bir sızı hissetmiştim.

Bir öksürükle bunu atmaya çalışırken, "Tabii ki olur, nerde buluşalım?" dedim. "Harp okulu yıllarında öğrenci iken gittiğimiz Kadıköy'de küçük bir kafe vardı. Hatırladın mı?

Orası nasıl olur?" diye karşılık verdi. Şimdi de bundan 30 yıl öncesinde olduğu gibi, vapur iskelesinin önünden o kafeye doğru ağır adımlarla yürüyordum. Her adımda sanki harbiyeli yıllarıma dönüyor, geçmişin her bir karesi gözümün önüne geliyordu. Bu yolda ne çok hayaller kurmuştum. Cebimde beş kuruş para olmadan ne kadar çok adımlar atmıştım. Şimdi yıllar geçmiş, o hayaller yaşanmış, her biri artık birer anı olmuştu.

Kafeden içeri girince masaları hızlıca taradım. Tam da erken geldim diye düşünürken, biraz önce göz gezdirdiğim masadan gelen Poyraz'ın sesiyle irkildim. Sanki iki ömür yaşamışçasına omuzları çökmüş, saçının her bir teli ağarmış, bıyıkları, sakallarına karışmıştı. Koşar adımla kapıya geldi. Tek bir kelime etmeden bir asker selamı verdi. Selamını tereddüt etmeden aldım. Sonra öylece sarıldık.

Masaya oturduğumuzda "Seni hemen tanıdım, geçen yıllara rağmen çok da değişmemişsin" dedi. Ben "Ne oldu sana böyle? Yıllar seni benden daha çok yormuş" diyerek yanıt verdim. "Anlatacağım, beni bu hale sokan her şeyi, hem de her bir detayına kadar konuşacağız" dedi. Merakla onu bekliyordum. Aslında başlasam birkaç kitaba sığacak kadar çok şey vardı anlatacak. Ancak merakım tek bir kelime bile etmemi engelliyordu. Zira 15 Temmuz'dan sonra hiç beklemediği halde mevki ve makam sahibi yapılmış bir insan, nasıl olur da bu kadar çökebilirdi.

Bu arada garson masaya gelmişti. Elinde uzun bir menü ile siparişleri vermemizi bekliyordu. "İki çay" dedim usulca. "İki demli çay kâfi." Sonra gözlerim Poyraz'a çevrildi.

"Her şey 15 Temmuz'dan üç ay önce başladı" diye söze girdi. "Bir hafta sonu vardiya amiri olarak Kuvvet Karargâhında nöbet tutarken, Ergenekon-Balyoz ekibinden Zafer Albay karargâha geldi. Hafta sonu mesaiye gelen diğer subaylar gibi sivil elbisesini giymiş, odasına çekilmişti. Birkaç dakika sonra telefonum çaldı ve beni yanına çağırdı. Birlikte pek çok projeyi Kuvvet Komutanı ve Kurmay Başkanı'na sunmuş, oldukça da samimi hâle gelmiştik."

"Odasına girer girmez ayağa kalktı. Rahat ol, otur deyip, masasının yanındaki koltuğu gösterdi. Ben otururken karargâhta yasak olmasına rağmen çantasından çıkardığı viski şişesinden, üzerinde kuvvet amblemi olan kupalara doldurmaya başlamıştı bile. "Bugün kutlama zamanı" diye söze başladı. "Üç ay sonra bu karargâhta selam verdiğin pek çok kişi, ayaklarımızın altında inliyor olacak" diye devam etti. Ben şaşkın bir şekilde boş gözlerle bakınca, "Sana bir sır vereceğim. Ancak başını kılıçla kesip, koltuğunun altına verseler de kimseye söylemeyeceksin. Buna yemin edebilir misin?" dedi.

İçimdeki merak çoktan tüm bedenimi sarmıştı. "Tabii ki efendim" dedim. Önüme Aydınlık Gazetesi'nin fişleme listesini yayınladığı baskısını koydu. "Burada gördüğün isimlerin hepsi gidecek, hem de birer 'hain' olarak anılacak" dedi. Biran gözüm listeye ilişti. Pek çoğunu yakından tanıdığım, o güne kadar da başarıları ve çalışkanlıkları dışında tek bir şey duymadığım subaylar listeye girmişti. Daire Başkanları, Amiraller, çoğunluğu kurmay, donanımlı isimler tek tek listeye konmuştu. Bana "Birkaç ay sonra 100 yıllık Cumhuriyet tarihinin en büyük olaylarından birisi yaşanacak. Senin de bizim yanımızda olmanı istiyoruz. O gece senin gibi cesur ve vatanını seven askerlere ihtiyacımız olacak" dedi.

"İlk başta anlam veremedim. Nasıl bir gece olacaktı? Silahlı Kuvvetlerin en başarılı subayları nasıl "hain" ilan edilecekti? Aralarında benim de kıskandığım subaylar yok değildi. Kurmay olup, yurtdışında yüksek lisans yapıp, erken terfilerle üç-dört yıl önümüze geçmeleri benim de hoşuma gitmiyordu. Ancak hiçbirinin en küçük bir "hainliğini" ne görmüş ne işitmiş ne de şahit olmuştum. Bu sırada Zafer Albay elindeki kupayı sanki bir kadehmişçesine masada duran benim kupamla tokuşturdu. O sesle karışık duyguların içinden çıktım.

Bana "Seni anlıyorum, kafanda yüzlerce soru var. Ancak hiç merak etme. Biz hepsini düşündük. Her şeyi dakika dakika ayarladık. Bir tek senin gibi cevvallerin desteğine ihtiyaç var" diyerek kupayı başına dikti. Kendisine "Ben nasıl yardımcı olabilirim ki?" diye sorunca, "Şimdi bunları düşünme, şöyle hayal et. Birkaç ay sonra ordudaki kurmayların, amiral, generallerin yüzde yetmişten fazlası gitmiş olacak. Komuta kademesine, yurtdışı görevlere, buradaki daire başkanlıklarına gelecek senin gibi cesur subaylar arıyoruz. O hainlerin yerini alacaksın"

Bu sefer belki de yaşadığım şaşkınlıktan ya da içtiğim viskiden olsa gerek, kahkaha ile "İyi de komutanım ben ne kurmayım ne de yabancı dilim iyi. Ben düz bir binbaşıyım, bunun imkânı yok. Kim gönderir beni daimî göreve, kim beni Amiral yapar" diye eklemiştim.

Zafer Albay o anda bakışlarını bir ok gibi üzerime dikmiş, sanki Genelkurmay Başkanı oymuş da tüm kararları veriyormuş gibi "Biz yaparız" dedikten sonra, iki eliyle omuzlarımı kavrayıp "Biz istersek bu rütbeleri yerinden de sökeriz, buraya yıldızlar dolu rütbeler de takarız." diyerek kuvvetlice sarstı beni.

Sarhoş muydu, yoksa inanarak mı söylüyordu, anlayamamıştım. Ancak o hali içimi ürpertti. Gözlerini hâlâ gözümden ayırmamıştı. Ben bu sefer biraz da çekinerek "Siz kimsiniz?" diye sorup, elimi masadaki viski dolu kupaya uzattım. Tek seferde başıma dikmiş, bu ağır atmosferden çıkmak istemiştim. Omuzlarımdan elini çekerken "Biz bu toprakların esas sahipleri, bu sefil halkın efendileriyiz" diye mırıldandı. Odaya büyük bir sessizlik çökmüş, hiçbir fikrim olmadığı bir bulmacanın içinde kendimi bulmuştum."

"Tam da o sırada vardiya amiri telsizi imdadıma yetişti. Nöbetçi subayı erlerin numunelerinin hazır olduğunu rapor ediyordu. Zafer Albay'a dönüp "Komutanım müsaadenizle numuneye bakayım, bir emriniz olursa nöbetçi odasındayım" dedikten sonra, daha yanıtını beklemeden odadan çıktım. Adımlarım sanki kaçar gibiydi. Yaşadığım anlar ağır gelmiş, duygularım karmakarışık olmuştu.

Zafer Albay söylediklerine o kadar çok inanmış gözüküyordu ki; bir an "Ya doğruysa? Ya birkaç ay sonra taraflar ayrışarak, güç tamamen onların eline geçerse ne olur" diye düşündüm. Zira her ne kadar Zafer Albay'ı sevsem de yakın arkadaşlarının çoğu Ergenekon-Balyoz ekibinden, kendileri dışındaki personele bir böcekmiş gibi muamele edenlerden oluşuyordu.

"Biz bu sefil halkın efendisiyiz" demişti. Eğer hepsi öyle düşünüyorsa; personele yaptıkları muamele bunun yansımasıydı. Zira otuz yıllık askerlik hayatımda, pek çok defa şahit olmuştum bunların askerleri aşağılamalarına, tabiri caiz ise bir it gibi muamele etmelerine. Rütbeli personele dahi tepeden bakıyorlar, meslekte en kaymak görevlere geliyorlar, yurtdışı görevleri kendilerine bir hak görüyorlardı."

"İçlerinde öylesine bir nefret ve öfke vardı ki; Tuğamiral Cem Aziz Çakmak, Bir iki yıl içinde dışarı çıkacağız, çoluk çocuk demeden rövanş alacağız. Bu manzara tam tersine dönecek. Adamlar kaçacaklar bu ülkeden. Bak söyleyeyim. Aç kalacaklar. Çok can yanacak. Çocuğuna kadar." demişti. Kadın, çocuk, yaşlı diye bir kavram tanımayan, kendi çıkarları için her şeyi göze alan militan bir zihniyete sahip olduğunu herkese duyurmuştu bu sözleri ile."

"Hatta onlardan birisi ben genç bir üsteğmen iken gemi komutanlığımı yapmıştı. Bir telefonla bir albayın, amiralin yaptıramadığı işleri yaptırabildiğine şahit olmuştum. Bu sayede pek çok yurtdışı tatbikatına da bizim gemi görevlendirilmiş ve açıkçası bu ayrıcalık hepimizin de hoşuna gitmişti. Bu nedenle subay salonunda yemeklerde daima kendinden bahseder, hiç çekinmeden iktidarı eleştirir, "ülkeyi bu örümcek kafalı gericilerin yönettiğine hâlâ aklım almıyor" diye yorumlar yapardı. Hiçbir şeyden çekinmeyen bu hali onu dinleyenleri şaşkına çevirse de gemi komutanı olduğu için çok da karşı fikir söyleyen olmazdı.

Eğer bunlar gücü ele alacak olursa, ordunun ve ülkenin geleceği nokta çok karanlık olabilirdi. "Ya Zafer Albay'ın dedikleri gerçek olursa, ya ben evet demediğim için hain ilan edilirsem?" diye aklımdan çıkmayan bir soru vardı. Bu soruyu her düşündüğümde; Zafer Albay'ın güç sarhoşu olmuş gözleri ve omuzlarımda rütbelerimin üzerindeki elini hissediyordum. "Biz istersek bu rütbeleri yerinden de sökeriz, buraya yıldızlar dolu rütbeler de takarız." O an içime bir ürperme geliyor, eşim ve iki kızım gözlerimin önünde beliriyordu.

O gece nöbetimde bu duygular peşimi bırakmamış, sabaha kadar karargâhın avlusunda adeta volta atmıştım! Daha bu sabah sıradan bir güne başlamıştım. Ancak gecesinde kendimi bulduğum durum kurşundan ağır, sisli ve pusluydu. Aklıma sen de geldin. O listelerde ismin yoktu ama ya Mehmet'i de "hain" ilan ederlerse diye aklımdan geçiriyordum. Öyle ya harp okulunu, akademiyi, silahlıyı derecede bitirmiş, Amerika'da yüksek lisans yapmış, altı yıl erken terfi ile en genç fırkateyn komutanı olmuştun. Zafer Albay bile defaten bana seni sormuş, "Dağcı'yı tanıyor musun? Nasıl birisi?" diye hakkında bilgi sahibi olmak istemişti. Pek çok defa haset ve nefretle arkandan konuşulduğuna da şahit olmuştum. Ancak aklıma senin NATO Karargâhında, yurtdışı görevinde olduğun gelince rahatlamıştım. Zafer Albay birkaç ay sonra olacak bir şeyden bahsediyordu. Senin dönmene daha bir yıldan fazla zaman vardı. O yüzden bir olay olsa da sana bulaşmaz diye düşünmüştüm.

O gece bitip eve döndüğümde eşim "Bir şey mi oldu, betin benzin atmış, yüzün bembeyaz olmuş diyerek" merakla bana bakmıştı. Ona "zor bir nöbetti, tüm gece ayakta kaldım. Uyumak istiyorum" dedikten sonra sıkıca sarıldım. O sırada kızlarım baba diyerek yanıma koşmuştu. Onları da kollarımın arasına aldım. Öylesine sıkmışım ki, eşimin "Poyraz yavaş ol, kızları korkutuyorsun" diyerek kulağıma fısıldaması ile bıraktım. Kendimi yatağa atmış, yorganı üzerime çoktan çekmiştim. Sabaha kadar zihnimde taşıdığım kurşun gibi ağırlık göz kapaklarıma çökmüş, çoktan uykuya dalmıştım."

Kendimi Poyraz'ın anlattıklarına öylesine kaptırmıştım ki; kafede oturduğumuzu unutmuştum. Hemen göz ucuyla yan masaları taradım. İyi ki köşede bir masaya oturmuşuz diye içimden geçirdim. Garsonun bıraktığı demli çaylar çoktan soğumuş, ikimizde tek bir yudum almamıştık. Anlattıkları şeylerin sonucunu biliyorduk. Zafer Albay'ın söyledikleri bir bir olmuştu. Ancak ben aklımdaki soruyu sormak zorundaydım. "Zafer Albay senden ne yapmanı istedi? Kabul ettin mi onun teklifini" dedim donuk bir sesle. Aldığı rütbeler ve yaptığı görevler bu sorunun cevabını aşikâr ediyordu. Ancak benim asıl merak ettiğim; Zafer Albay'ın 15 Temmuz kumpasına ilişkin birçok detayı Poyraz'la paylaşıp paylaşmadığı idi.

Poyraz gözlerini benden ayırmadan anlatmaya devam etti. "O gün eşimin kollarımı sarsması ile uyandım. Bana neredeyse bir gün oldu hâlâ uyuyorsun. En azından çocuklar ile biraz vakit geçirsen" diye yakınıyordu. Koca bir gün nasıl geçmişti? Rüya da görmemiştim. Öylece uyuyakalmıştım.

Ancak başım adeta zonkluyordu. Bir bardak su içip, salona geçtim. Ailece kahvaltı yaptık. Dün yaşadıklarımı aklıma getirmemeye çalışıyordum.

Sonra mesaiye gittim. Sanki birileri beni izliyormuş gibi bir his vardı. Mesai arkadaşlarına göz ucuyla bakıyor, beni izleyen birisi var mı diye endişe ediyordum. Öğle yemeği için yemekhaneye indiğimde, Zafer Albay her zamanki arkadaş grubu ile yemek yiyordu. Göz göze geldik, başımla selam verdim. Çok özenmeden iki üç çeşit seçip, devrelerle oturduğumuz masaya geçtim. Her zamanki gibi masada koyu bir muhabbet vardı. Âdettendir her yemekte biri seçilir, sonuna kadar üstüne gidilirdi. Bazen askeri lisede, harp okulunda yaptıklarına kadar muhabbet derinleşirdi. İçimden bir ses "Bugün iyi ki beni seçmediler" diyordu. Bu kafa ile muhabbete meze olacak durumda değildim.

Yanıma oturan Yasin "Hayrola, çok durgun duruyorsun. Çocuklar iyi mi?" dedi. "Nöbet yordu hafta sonu, kendimi hâlâ toparlayamadım" diye geçiştirdim.

Kafamda hâlâ yaşadıklarım vardı ve bir türlü aklımdan çıkmıyordu. Yemeği hızlıca bitirdikten sonra masadakilere "Kurmay Başkanı'na arza çıkacağız. Benim birkaç dosyaya daha bakmam lazım" diyerek çıktım yemekhaneden. Çalışma masama oturur oturmaz telefonum çaldı.

Zafer Albay, "Poyraz en son çalıştığımız dosyayı alıp odama gelir misin?" dedi. Daha ben yanıt vermeden telefonu kapatmıştı. Ne dosyasıydı? Biz en son iki ay önce aynı projede çalışmıştık ve o da zaten onaylanmıştı. Anlaşılan hafta sonu açtığı konuyu soracaktı. Elime dosyalardan birini alıp çıktım odadan. Yan taraftaki tuvalette aynada üstüme baktım. Binbaşı rütbelerine gözüm ilişti. Birkaç yıl önce terfi töreninde birini daire başkanı, birini de eşim takmıştı. Saçımı son bir defa düzeltip Zafer Albay'ın odasının kapısını çaldım."

"Gir" sesiyle birlikte adımımı odaya attım. Bana ciddi bir ses tonuyla masanın önündeki koltuğu gösterip "Oturabilirsin" dedi. Bakışları, sözleri ve tavırları son derece resmî idi. Oturup, dosyayı da önümdeki sehpaya koydum. "Hangi dosyayı getireceğimi bilemedim. Tam soracakken telefonu kapattınız." diyerek gergin havayı yumuşatmaya çalıştım.

Bana "Poyraz bırak dosyayı şimdi, kararını verdin mi? Tarafını seçtin mi?" diyerek doğrudan söze girdi. "Bilirsin seni severim. O yüzden bu süreçte yanlış tarafta olmanı istemem. Doğru tarafta olmanın mükâfatını da sana anlattım. Nedir kararın" diye ekledi.

Kaçmaya çalışsam da kafamda ben de sormuştum bu soruyu kendi kendime. Daha benden ne istendiğini bilmiyordum. Bu vaziyette önünü, sonunu bilmediğim bir işin içine çekiliyordum. Ancak Zafer Albay'ın baskı ve ısrarı aralıksız devam ediyordu.

Kendisine "Komutanım ben de sizi sever sayarım. Ancak ne yapacağımı bilmediğim bir işte karar vermemi istiyorsunuz. Bu çok farklı bir durum, boş kâğıda imza atmak gibi bir şey" dedim. Bu sefer ayak ayak üstüne atıp bana, "Attığın imzanın karşılığı büyük olacak. Ancak benim korkum o kâğıdın tamamen boş kalması. Zira hainlerin tarafına yazılırsan sahip olduğun her şey, işin, rütbelerin, pasaportun, özlük hakların, malın, mülkün, özgürlüğün, her şeyin gidecek elinden. Tabi o durumda eşin ve çocukların yanında durur mu, "hain" damgası yemiş birinin lekesini taşımak ister mi, o da merak konusu. O yüzden bu fırsatı kaçırma. Tarafını seçtiğin anda kafandaki tüm sorulara yanıt bulacaksın. Bundan zerre şüphen olmasın" diye devam etti."

"Zafer Albay'ın tonu şimdiden tehdide kaymaya başlamıştı. Sahip olduğum her şeyi nasıl elimden alabilirlerdi ki, bu kadar güçleri var mıydı? Dalgın bakışlarla bunları kafamdan geçirirken kapı çaldı. Zafer Albay hızlıca kapıya yanaştı ve "Sen evrakı bırak, ben inceledikten sonra imzalarım" diyerek kapıyı kapattı. Belli ki başkasının benim odada olduğumu bilmesini istemiyordu.

Elindeki evrakı masaya fırlattıktan sonra bana "Poyraz bu son soruşum. Fazla vaktim yok. Ancak senin yapacağın işi yapacak adam da çok. Maksadım seni de ihya etmek, bu zafere ortak etmekti. O yüzden kararını verip odadan çıkabilirsin" diye ekledi. Sanki bir film sahnesinde gibi üzerimde baskı kurmuş ve psikolojik üstünlüğü çoktan sağlamıştı. Ben de artık bu duygularla boğulmaktan yorulmuştum. Bir an önce ne olacaksa olsun düşüncesi ağır basmaya başlamıştı. Asıl mühim olanı ise canımdan çok sevdiğim eşim ve çocuklarımı kaybetme ihtimalinden bahsediyor olmasıydı. Onlar hayatta sahip olduğum her şeydi ve onlarsız yapamazdım. "Tamam" dedim, "Tamam yanınızdayım, tarafım sizin tarafınız Komutanım" diyerek ekledim."

"Bir an tüm hücrelerim ürperse de belirsizliğin ağırlığını atmak iyi gelmişti. Bu sözleri duyan Zafer Albay yanıma geldi. "İşte bu, ben biliyordum senin bana güveneceğini. Aferin, doğru olanı, sana yakışanı yaptın" diyerek omzuma vurdu. Sonra çantasının içinden bir dosya çıkardı. Kırmızı kapaklı dosyanın arasında boş sayfalar ve her birinin altında el yazısı isimler ve imzalar vardı. En tepede ise daha önce hiç görmediğim bir antet bulunuyordu.

Bana imzasız sayfalardan birini uzatarak "Boş sayfaya imza atacağını nerden bildin? Gerçekten de düşündüğüm kadar zekisin" diyerek alaycı bir gülümseme belirdi yüzünde. "Bu ne Komutanım?" dedim. "Biz seni seçerek, tarafını seçme fırsatı sunarak sana olan güvenimizi gösterdik, şimdi sıra sende. Sen de bu boş kâğıda imza atarak, bize olan güvenini ortaya koyacaksın. Eğer seninle yaptığımız konuşmalar ve sonrasında şahit olacaklarından bir tek kelimesini başkasına söylersen, bu kâğıtta beyan ettiğin her şeyden sorumlu tutulacaksın. İşin kuralı bu ve emin ol ben de senin gibi boş kâğıda imza atanlardanım" diyerek ekledi."

"Koca bir buz kovası başımdan dökülmüş gibi hissettim o an. O kâğıda her şey yazılabilirdi. Benim ağzımdan çıkmayan, yapmadığım her şey bana ithaf edilebilirdi. Ancak içimden bir ses sürekli "Aksini yapmam durumunda başıma gelecekleri" hatırlatıyordu. Sonra elim masada duran kaleme uzandı, boş kâğıda adımı soyadımı yazıp imzayı attım. Zafer Albay kâğıdı alıp, diğerleri ile kırmızı dosyanın arasına koydu ve çantasını kapattı. "Hoş geldin aramıza" derken yüzündeki ifade bir görevi başarmanın sevinciydi. Belli ki beni bu plana dahil etmek onu rahatlatmıştı.

"Kafamdaki sorulara ne zaman cevap bulacağım?" diye sordum. "Sen sormadan ilk soruyu ben yanıtlayayım. Evet, yalnız değilsin. Senin gibi pek çok personel bu boş kağıtlara imza attılar. Deniz Kuvvetleri Karargâhında yirmiye yakın imza var. Her bir daire ve başkanlıktan seçtik. Ancak bizler size söyleyinceye kadar birbirinizi tanımayacaksınız. O gece gelmeden birkaç gün önce hepinizi toplayıp yapılacakların detaylarını anlatacağız." dedi. Böylece benim yıllarca sürecek kâbusum başlamış oldu."

"O günden sonra her hafta Zafer Albay ile buluşmaya başladık. Bu buluşmalar genelde Ankara'da gözden uzak mekanlarda oluyordu. Zafer Albay bana "Her şey çok güzel ilerliyor. Kademe kademe hedefe gidiyoruz diyordu. Bir görüşmemizde, iki duble rakıdan sonra tam da zamanı deyip sorularımı ardı arkasına sordum. "Biz istediğimizi yaparız demiştiniz. Siz kimsiniz ve ben o imzayla sizlerden birisi mi oldum?"

Bana "Ergenekon-Balyoz davaları sonuna kadar

götürülseydi bu soruyu sormana gerek kalmayacaktı. Ancak 17-25 Aralık yolsuzluk operasyonlarında Erdoğan ve bakanların çaldıkları paralar ortaya çıkınca, bizim için gün doğdu. O ses kayıtları buzdağının görünen kısmıydı, onların hırsızlık ve yolsuzluk çarkının tüm kayıtları elimizdeydi. Böylece Erdoğan'ı masaya çağırdık. Bu davaları kapatma karşılığı, biz de tapeleri kapatacağımızı bildirdik. Böylece ordu, yargı, emniyet ve bürokrasideki tüm birimlerimiz ile onları destekleme sözü verdik. Karşılığında da davalar düşürüldü. Bizler dışarı çıkarken, o operasyonları yapan polis, savcı ve hakimler içeri sokuldu. Ergenekon-Balyoz davası savcı ve hakimleri şeytanlaştırıldı. Anadolu'nun köylerinden çıkıp bizlere kafa tutmaya çalışan akılsızların başı birer birer ezilmeye başlandı. Emniyetin tüm birimlerinde amirlerin ve müdürlerin yerleri değiştirildi. Elimizde klasör klasör dosyaları olanlar, diğer bir deyişle ipi elimizde olan herkes makam sahibi yapıldı. Bizler de yeniden görevlerin başına dönerek, ordunun kontrolünü yeniden ele aldık. Bu arada Perinçek'in yarım asırlık tecrübesi ve üstün zekâsı ile siyasi pazarlıklar tamamlandı. Aydınlık Gazetesinde ordudaki hainler bir bir listelendi. Ordu ve yargıyı ele geçirmeden bu ülkede yaprak dahi oynatamazsın. O yüzden temmuz ayının ortasında son adımı atacağız? O kurumları da bunlardan temizleyip eskiden olduğu gibi kontrolü tamamen ele alacağız" dedi.

Anlattıkları çok üst düzey bilgilerdi. Nasıl olurda albay seviyesinde bu bilgilere vakıf olabilirdi?

"Ergenekon Balyoz davalarında delil olarak kabul edilen "irticayla mücadele eylem planında" Albay Dursun Çiçek'in ıslak imzası vardı. Bu tür olaylarda risk almamak için albayları kullandıkları düşünülebilirdi. Biraz da teyit maksatlı "Bu konumda nasıl olur da bu kadar çok şey biliyorsunuz?" dedim.

Önündeki peynir tabağından bir parça alıp, üstüne dördüncü

duble rakıyı içerken "Poyraz karşında geleceğin Kuvvet Komutanı duruyor. Tabii ki üst düzey bilgiler bileceğim. Hele şu işi bir becerelim, gerisi kolay" dedi. Biraz daha cesaretlenmiştim." "Böylece o aklımdaki kilit soruyu sordum. "Temmuz ayında ne olacak?"

Önce bir dinleyen var mı diye diğer masaları süzdü ve gözlerimin içine bakıp "Darbe olacak" dedi. Bu sefer önündeki kadehi başına dikme sırası bana gelmişti. Darbe mi? Bu devirde bir darbe nasıl olurdu. Hem Ergenekon-Balyoz ekibi de olsa sayıları çok fazla değildi. "Darbe mi yapacağız?" dedim usulca.

Zafer Albay bir kahkaha attı. "Korkma oğlum. O bildiğin darbelerden olmayacak. Darbe süsü vereceğiz! Bu hainleri terör ihbarı var diye sokaklara çekip, karargâhlara çağırıp, halkı da üzerlerine salacağız. Merak etme Erdoğan, kilit Bakanlar, Emniyet, İstihbarat, Genelkurmay Başkanı Hulusi Akar ve Kuvvet Komutanlarının hepsinin haberi var. O gece hepsi korunaklı yerlerde, kendilerine verilen oyunu oynayacak. Bir nevi tiyatro olacak" dedi.

Anlattığı her yeni şeyde kafam daha da çok karışıyordu. "Terör ihbarı dediniz, terör saldırısı mı olacak o gece? Kafam çok karıştı" dedim. "Biraz saksıyı çalıştır. Ankara'nın göbeği Sıhhıye'de, Genelkurmay Karargâhının yanı başında neden o bombalar patladı? Bunlar o gece terör saldırısı ihbarı var, herkes birliğine gelsin emri aldıklarında bu sazanlar inansın diye" dedi.

Duyduklarım kanımı dondurmuştu. Nasıl yani, o patlamalarda aralarında yirmi dokuz silah arkadaşımızın da olduğu yüzlerce masum insan şehit edilmişti. Günlerce arkalarından gözyaşı dökmüştük, yas ilan edip teyakkuza geçmiştik. Tüm bu kanlı saldırıları bunlar mı planlamıştı. Bu nasıl bir gözü kararmışlıktı? "Bu kadar da değil, sırf bu oyun için bunca insan mı öldürüldü?" diye ekledim. "Mevzu vatansa, gerisi teferruattır koçum" dedi. Milyonlarca insandan üç yüz beş yüzü vatan için ölmüş. Savaşta olsak on binlercesi ölürdü" diye ekledi."

Artık vücudum ve zihnim duyduklarıma tepki vermeyi bırakmıştı. Son bir yıldır, terörle yatıp, terörle kalkıyorduk. Her ay terör tatbikatları yapılıyor, personel toplanma planları deneniyor, insanların zihni daha büyük bir terör olayı olacakmış gibi kurgulanıyordu. Hatta bir seferinde toplanma planı denemesinde birliğine geç gelenler isim isim talep edilmiş, asla ve kata böyle bir disiplinsizliğin tekrar etmemesi için emirler verilmişti. "Genelkurmay Karargâhının 300 metre ötesinde böylesine kanlı saldırıyı yapanlar, daha neler yapmaz ki" denilerek korku iklimi oluşturuluyordu. "Uyanık olacak bu saldırı ihbarlarına karşı hazır bulunacağız" diyerek personele nutuklar atmışlardı!

Bu düşüncelerimden beni, Zafer Albay'ın kadehini boş bardağıma tokuşturması kurtardı. "Hadi yavaşladın. Bu gece madem açıldık, felekten bir gece çalacağız artık" dedi. Ben demeden bardağımı doldurmuştu bile. Rakıyı sek içemem deyip bir kısmını diğer bardağa aldım, üzerine biraz su ekledikten sonra "Komutanım, anlattıklarınız çok büyük işler, emin misiniz tüm bunların olacağına? Hadi size söz veren siyasiler sözünde durmaz, hadi o gece bizler darbeci durumuna düşersek ne olacak?" diye sordum. Kafamdan o gece olabilecekleri geçiriyordum.

Bana "Çok dert etme, her şey dakika dakika planlandı. İçerde boşuna mı yattık yıllarca... Her ihtimali, en küçük detayı, en ince ayrıntıyı onlarca defa düşündük. İki yıldır yürüyen davaları bahane edip, mesai dahi yapmadık. Tek bir görevimiz ve odak noktamız vardı. O da bu planda şeytanın aklına gelmeyeni düşünmek. O gece geldiğinde herkes asker darbe yapıyor sanacak ancak tarihte bir ilk olacak ve askere darbe yapılacak. Hem de kendi komutanları tarafından." dedi.

Elbet Bir Gün

VİCDAN AZABI

Aklım Poyraz'ın anlattıklarında kalmıştı. Aslında hiç kalkmadan sabaha kadar devamını dinleyebilirdim. Ancak saatlerce aynı yerde oturmak dikkat çekmişti. Poyraz'la ertesi sabah kaldığım yerde buluşmak üzere ayrıldık. Akşam yastığa başımı koyduğumda içimde bir dinginlik vardı. Zira kendini bu memleketin efendisi görenlerin saltanatı artık sona ermişti. Poyraz gibi niceleri kullanıldıklarını anlamış ve bu kirli düzenin nasıl işlediğine dair itiraflar peşi sıra gelmişti.

Devletin her kurumunu saran ve milletin kanından, ekmeğinden beslenen bu yapı, Türkiye'nin gerçek potansiyelini de sömürmüştü. O yüzden İkinci Dünya savaşına girmeyen Türkiye, savaşta yerle bir edilen ülkelerin dahi gerisinde kalmıştı. Daha da ötesi savunduğumuz, yardıma koştuğumuz Güney Kore ekonomide, teknolojide en ön sıralara çıkarken, biz yerimizde sayıyorduk. Çünkü her on yılda bir darbe oluyor, milletin başına terör belası sarılıyor, insanlar birbirine kırdırılıyordu.

15 Temmuz da adeta balyoz gibi ülkenin tepesine inmişti. KHK adı altında bir soykırım aracı ile milyonlarca insan işinden, özgürlüğünden, malından, mülkünden edilmişti. Bu sefer de Gülen Grubu hedef alınmış, halkın gözünde

şeytanlaştırılmış ve rejime muhalif herkes bu torbaya atılmıştı. KHK'lılar arasında sağcısı, solcusu, Alevi'si, Sünni'si, Türk'ü, Kürt'ü her kesimden masum insan vardı. Ortak özellikleri kurulan yalan ve talan düzenine boyun eğmemeleri, dürüst ve donanımlı olmalarıydı.

Bu duygular arasında gidip gelirken kapı çaldı. Anlaştığımız üzere Poyraz gelmişti. Hava bugün oldukça güzel olduğundan bahçede bir masaya geçtik. Dikkatimi çeken ilk şey Poyraz'ın saç sakal tıraşı olmasıydı. Dünkü evsiz, barksız görüntüsü gitmiş, yerine benim tanıdığım Poyraz gelmişti. "Sıhhatler olsun. Şimdi tanıdım seni" diyerek küçük bir şaka yaptım.

Bana "Belki inanmayacaksın ama dün ilk defa deliksiz bir uyku uyudum. Her gece kâbuslarla uyanıyordum. Her gece hesap vereceğim günün korkusuyla yatağa giriyordum. Daha da önemlisi seninle ve diğer sınıf arkadaşlarım ile karşılaştığımda olacaklar, gözlerimin içine baktığınızda sizle yüzleşecek olmak çok ağır geliyordu. Ancak dün benim selamımı aldın. Benimle oturdun, beni dinledin. Bundan gayrısı gam değil benim için. Sana ne anlattıysam mahkemeye de anlatacağım. Öbür dünyaya bu yükle gitmek istemiyorum" diyerek yanıtladı.

O sırada gözlerinden birkaç damla yaş akmıştı. Sanki o damlalar şahitlik ediyordu söylediklerinin samimiyetine. Omzuna elimi koyup "Güzel günler başladı, hepimiz için" dedim ve sonra masaya oturduk.

Poyraz sanki anlatacaklarını önceden hazırlamış gibi başladı söze. "Haziran ayında Zafer Albay'la olan görüşmelerimiz arttı. Ankara'da Balgat'ta bir apartman dairesinde buluşmaya başladık. Sonra bize Kuvvet'ten tanıdığım birkaç kişi de katıldı. Zafer Albay "Merak etme buradaki herkes aynı taraftan. Hepiniz aynı işi yapacak. Bu "hainlerin" sonunu getireceksiniz" diyerek bizleri rahatlatmıştı. Toplantılarda bizim sınıftan, alt ve üst devrelerden toplam beş altı kişi oluyordu. Zafer Albay yavaş yavaş planın parçalarını paylaşmaya başladı. Bazı günler sarhoş olacak seviyede içiyor, belki de bizlerin hiç bilmemesi gereken konuları da ağzından kaçırıyordu. Bu kadar niye içiyor diye düşünmüyor değildim. Adeta bir bağımlı gibiydi. 15 Temmuz gecesi olanlara şahit olduğumda bunun nedenini anlamıştım. Bu kadar canilik ve canavarlığı ayık kafa ile bir insanın yapması imkansızdı. O kudretli adamın kapatmaya çalıştığı zavallı, çaresiz birisi vardı derinlerde. Alkol onun bu vaziyetini kapatmak için başvurduğu bir perdeydi.

Haziran ayının ortalarına doğru bir görüşmede Zafer Albay, 'Her şey tamam, plan onaylandı. Artık harekete geçiyoruz' diye söze başladı. 'Personel toplanma planlarındaki tüm bilgileri güncelliyoruz. Özellikle telefon numaraları hayati. O gece aradığımız herkese ulaşabiliyor olmamız gerekiyor. Bizim arkadaşların darbe dışında gözükmesi için her tür planı yaptık. Amiral, Generaller Ankara ve İstanbul'da organize ettiğimiz düğünlere katılacaklar. Bizim taraftaki arkadaşların çoğu senelik izne çıkacak. Tuzağa çekeceğimiz "hainlere" "Terör saldırısı ihbarı var, derhal birliklere ve karargâha dönün" emri verilecek. Sonra halk sokağa çekilecek. Genelkurmay Başkanlığı ve Kuvvet Komutanlıkları nöbetçi kulübelerinden ateş açılacak ve karargâha gelenler darbeci ilan edilecek. Halk karargâhları bastığı anda biz devreye gireceğiz. Bizim taraftan polisler, istihbarat ve özel timlerinde desteği ile karargâhları bunlardan kurtaracak ve darbe girişimini canı ve kanı pahasına durdurmuş "kahramanlar" olarak anılacağız" demişti.

Zafer Albay'ın anlattıklarına bakılırsa; devletin tüm kurumları birleşmiş, askere yapılacak darbede görev bölümleri çoktan yapılmıştı. Ona "İyi de ya halk bize inanmazsa, sonuçta her şey askeri birliklerde olacak. Darbede hedef siyasiler değil mi?" diye sordu üst sınıftan birisi.

Zafer Albay'ın yüzünde yine o tanıdık gülümseme belirdi. O ben her şeyi bilirim, her şeye gücüm yeter tavrı ile dolu gülüş. Bana Şeytanın Avukatı filminde Al Pacino'nun canlandırdığı karakteri hatırlatmıştı. Onda da böyle bir özgüven ve gülüş vardı. "Siz hiç merak etmeyin. Her şeyi planladık. O gece Hava Harp Okulu öğrencilerini terör ihbarı ve tatbikatı var deyip köprüye göndereceğiz. Halkı da sokağa çekip üzerlerine salacağız. Sefiller o gece birbirini yiyecek. On binlerce insan köprüye yağacak. Tabii ki aralarında bizden insanlar da olacak. Halkı galeyana getirip, silahlar birbirine doğrultulduğunda; bugüne kadar görülmemiş bir sahneye şahitlik edecek İstanbul" dedi.

Anlatırken adeta yaşıyordu. Gözleri sanki o sahneyi izliyormuş gibi sabit bir noktaya takılmış, hepimizi tedirgin eden bir hale bürünmüştü. "Bizim taraftan insanlar iki ateş arasında kalmaz mı? O kalabalığa karışmak çok riskli değil mi" diye sordu alt devrelerden birisi. "Hepsinde beyaz çelik yelekler olacak. Böylece bizim köprüye yerleştirdiğimiz keskin nişancılara da hedef olmayacaklar."

"Bizim adamlarımız da mı olacak köprüde?" diye sordum ben.

"Elbette, işi şansa bırakamayız. Bu çocuklar halka ateş açmazlar, öyle bir şeye cesaret de edemezler. Ancak keskin nişancılar birer ikişer halktan adam öldürüp, kan toprağa düşünce orası cehennem yerine dönecek. Can havliyle silahlar peşi sıra patlayacak. Günün ilk ışıkları ile Boğaz Köprüsü harp meydanına dönmüş olacak" dediğinde; odadaki herkes endişe dolu gözlerle birbirine bakıyordu. Hiçbirimiz Zafer Albay ile göz göze gelmek istemiyorduk. Açıkçası ürkmüştük bu durumdan. On binlerce insanın ölebileceği bir plandan bahsediyordu.

Bu iş iyice zıvanadan çıkmıştı. İçimden odayı terk edip çıkmak, bir daha da bu ruhunu şeytana satmış adamın yüzünü görmemek geliyordu. Ancak aklıma imzaladığım boş kâğıt ve sonrasında eşim ve kızlarıma yapabilecekleri geldi. Bu kanlı ve kirli bir kumpastı. Hem orduya hem de millete kumpas kurmuşlardı. Düşman dahi bunlardan daha mert olurdu. Zira kimse kendi milletine böyle kanlı bir tuzak hazırlamazdı. Ya o meydana koşanlar arasında çocuklar, genç delikanlılar olursa? Ya galeyana gelen kadın, erkek herkes meydanları doldurursa, neler olurdu. Bu plan her açıdan korkunçtu. Her açıdan bir cehennem günü senaryosuydu.

Bu karmaşık duyguların ortasında diğer bir soru ile irkildim. "Darbe siyasilere karşı yapılan bir şey, boğaz köprüsünden darbe hikayesi nasıl çıkaracağız?"

Zafer Albay'ın her soruya çok net cevapları vardı. Belli ki bu plan üzerinde kılı kırk yararcasına çalışmışlardı. Bizlere "Ankara'sız tabii ki olmaz. O gece halk evlerinin çatıları üzerinde, kulaklarının zarını patlatacak seviyede alçaktan uçan uçaklar görecek semalarda. Bu öylesine bir panik havası oluşturacak ki, afallayacaklar, düşünme ve sorgulama yeteneklerini kaybedecekler. O sırada biz televizyondan kareleri vermeye başlayacağız. Boğaz köprüsünde olanlar, alçaktan uçan uçaklar ve Türkiye Büyük Millet Meclisi'nin bombalanma görüntüleri onları tamamıyla ikna edecek" dedi.

Bir anda olduğumuz odaya adeta bomba düşmüştü. Meclisin bombalanması mı? Bu kadarı da fazla. Kendi koltukları ve saltanatları için yapmayacakları şey yok bunların diye düşünmüştüm. Düşüncelerime hiç filtre koymadan "Bu kadarı da fazla, meclisi bombalamak nedir!" diye ortaya atıldım.

Zafer Albay başını bana döndürdü. Bakışları sanki içimi delecek kadar kuvvetliydi. Gözlerimi gözlerinden kaçırdım. Bana "Siz de iyice kaptırdınız kendinizi. Tabii ki bombalatmayız meclisi. Kontrollü bir patlama yapacağız. Kimsenin burnu kanamayacak. Zira iktidardan da muhalefetten de bizimle iş birliği yapan milletvekilleri o sırada mecliste toplanmış olacak. O patlamayı duyduklarında bizim tarafta olmayan milletvekilleri de durumun ciddiyetini iliklerine kadar hissedecek. Onlara darbeciler meclisi bombalayacak kadar gözlerini karartmış diyeceğiz. Böylece bu olayların ardındaki planlamayı ve detayları kimse sorgulamayacak." diye tamamladı sözlerini.

"Bugüne kadar pek çok plan tatbikatı görmüştüm ancak bu denli bir planlama ile hayatımda hiç karşılaşmamıştım. Bizden iki devre alt bir binbaşı "Darbeler hep karacılar tarafından yapıldı bugüne kadar. Siz hep havacılardan bahsediyorsunuz. Havada uçan uçaklar, Boğaz Köprüsü'ne gönderilen hava harp okulu öğrencileri, herkes havacı. Bu dikkat çekmez mi?" diye sordu.

Bu çok önemli bir detaydı. Zafer Albay'ın yüz ifadesinde her zamanki netlik yoktu. "İşin Deniz Kuvvetleri bacağını çözdük. Deniz Kuvvetleri Karargâhına terör ihbarı kapsamında koşanlar, sonrasında darbeci ilan edilecek. O gece gemileri de seyre kaldıracağız. Deniz üslerinde de bir hareketlilik olacak, ancak Kara Kuvvetleri kısmı biraz karışık. Kara Harp Okulu öğrencilerini, Kızılay meydanına indirebilsek daha inandırıcı olurdu muhakkak. Ancak öğrencilerin çoğu o sırada garnizon dışında olacak, ayrıca onca öğrenci sokağa çıkarsa, o geceyi kontrol edememe riski çok artar diye düşündük. Ordu birlikleri biz kontrolü ele alıncaya kadar ortada bir darbe değil, terör ihbarı olduğuna inanmalı. Yoksa bunca birlik elindeki silahlar, tanklar, toplar ile darbeye dahil olursa; değil biz kimse duramaz karşılarında. Bu ülkede gerçek bir darbe olsa bunca güçle baş üstünde baş kalmaz" diye yanıt verdi.

Kara Kuvvetleri kısmı biraz açığa kavuşmuştu ama

gemilerin seyre kaldırılmasını anlamamıştık. Zafer Albay'a "Gemiler neden seyre kalkıyor? Darbe varsa, askerler ellerinde silahlarla üslerin olduğu Gölcük, Foça, Marmaris, İskenderun, Tuzla, Pendik, Mersin sokaklarında olması gerekmez mi? Gemiler bir sabotaj ihbarı alındığında, zaten sabotaja karşı koyma planları kapsamında seyre kalkar. Bu durumda gemileri seyre kaldıranlar, darbeci değil kahraman olmaz mı?" diye sordum.

Zafer Albay'ın yüzü bu sefer düşmüştü. Hemen cevap vermeye yeltenmedi. Kadehini doldurup, içkisinden birkaç yudum aldı. Onun bu ağır hareketleri bizi biraz da korkutmuştu. Belli ki burası planın açık tarafıydı. "Bizim de aramızda salaklar var. Kendilerini göstermek için illa gemileri de dahil edelim dediler. Bir de gemilerde bir hareketlilik olmazsa, Deniz Kuvvetlerindeki onca personeli nasıl darbeci ilan ederiz diye eklediler. Bana kalsa gemilerin birinde bir patlama yapar, onun da darbeciler yaptı deyip, Poyraz Rıhtımı'ndan, Aksaz Üssü'ne kadar her bir birliği karıştırırdım. Ama beni dinlemediler" diye bitirdi sözünü.

İçimden ilk defa iyi ki dinlememişler dedim. Zira tonlarca yakıt ve mühimmat taşıyan gemilerde bir patlama, tüm üssü ortadan kaldırabilirdi. Zafer Albay'a "İyi de bazı gemi komutanları bizden, onlar gemisini seyre kaldırınca darbeci olmazlar mı?" diye devam ettim.

Bana "Onların çoğu diğerleri gibi izinde olacak ya da gemilerine dönmeyecek. Yerlerine ikinci komutanlarına emir verilecek gemiyi kaldırmak için" diye ekledi. Gerçekten de o gece Turgutreis Komutanı gemisine gelmemiş, gemiyi İkinci Komutan seyre kaldırmıştı. SABKOR durumunda, ilk defa bir gemi komutansız liman çıkışı yapmıştı. Anlaşılan bu plan bizim gibi yüzlerce askere anlatılmıştı. Bu kadar çok kişinin bildiği planın gün yüzüne çıkmaması imkansızdı. Bu riski azaltmak için; Zafer Albay dahil herkesten boş kağıtlara imzalar almışlardı. Herkes çok net biliyordu ki, en küçük bir bilgi sızmasında hayatları kararabilirdi."

Poyraz'ın anlattıklarını hiç bölmeden soluksuz dinlemiştim. O gece gemisine dönmeyen, personelini ateşin ortasında komutansız bırakan birkaç terfi almış, Tümamiral rütbesine kadar yükseltilmiş, o karmaşanın ortasında ikinci komutan olarak, gemisini sabotaja karşı koruyan ve emniyetle seyre kaldırıp görevini yapan ise müebbet hapis cezasına çarptırılmıştı. Bir gemi batarken bile gemiyi en son kaptanı terk ederdi. En bilindik denizci geleneğini bile çiğneyenler, o gecenin sonunda kendini kahraman ilan etmişlerdi. Aslında bu kumpas planına ilişkin pek çok çelişki ve gerçekler bugüne kadar gün yüzüne çıkarılmıştı. Gazeteci Ece Sevim Öztürk'ün "Deniz Kuvvetlerinin En Karanlık Günü" belgeseli, o gecede yaşanan çelişkileri tek tek ortaya koymuştu. "Mavi Otobüs" belgeselinde bizzat köprüye gönderilen harbiyeliler, o gün yaşananları detaylıca anlatmışlardı. 15 Temmuz kumpasının baş planlayıcısı Abidin Ünal, o gün harbiyelilerin kampına gitmişti. Beraber öğle yemeği yediği gencecik delikanlıları "Bunları fazla yormayın, akşama çok yorulacaklar zaten" deyip ateşin ortasına atmıştı. Kendisi ise gece boyunca Moda'daki düğün salonunda beklemiş, oradan kumpas planını adım adım yürütmüştü. Beyaz çelik yelekliler konusunda da sosyal medya hesabımda kapsamlı bir analiz yayınlamış ve o gece öldürülen Erol Olçok'un eşi Nihal Olçok'un "Vurulanların çoğu arkadan isabet aldı, bize keskin nişancı meselesini açmayın, devlet zora girer dediler" ifadelerine yer vermiştim. Bu paylaşım sonrası pek çok gazete ve haber programında "beyaz çelik yelekler" konusu işlenmişti. Kumpası kuranlar bu teçhizatın TSK envanterinde olmadığını unutmuş, Boğaz Köprüsü ve Genelkurmay Karargâhında beyaz çelik yelekler ile provokasyon yapan generallerin görüntüleri, bu alçaklığı ortaya koymuştu. Ayrıca pek çok sürgün gazeteci, asker, emniyet mensubu, hukukçu ve akademisyen o geceye ait çelişkileri gün yüzüne çıkarmış ve hakikat tamamen ortaya çıkmıştı. Bunlardan belki de en önemlisi Gökhan Sönmezateş General'in ifadeleriydi. Zira bizzat Hulusi Akar'ın kendisine, Erdoğan'ı derdest etme emri verdiğini ifade etmişti.

Hulusi Akar demişken, emrindeki orduya kumpas kuran birisi olarak tarihin kara defterine yazılmıştı. Poyraz'a "Peki Hulusi Akar nasıl resme dahil oldu? Ergenekon-Balyoz ekibi onu hiç sevmezdi. Nasıl oldu da birbirlerine bu kadar güvenebildiler?" diye sordum.

Poyraz "İlk başta biz de şaşırdık. Hatta Zafer Albay'a "Hulusi Akar ve Kuvvet Komutanları nasıl olacak da sorumluluktan kurtulabilecekler?" diye sormuştuk. O da "Hulusi Akar, Erdoğan ve Fidan ile anlaştı. Onun görevi bazı Amiral ve Generalleri darbe yapacağına dair inandırmak. Terör ihbarına ilave olarak bir grubun da emir komuta içinde darbe yapıldığını zannetmesi gerekiyor. Bunların sayısı özellikle az tutuldu çünkü gecenin ilerleyen saatlerinde halk sokağa çıkıp, kontrolu biz aldığımızda; bunları bulundukları yerde derdest edeceğiz. Bu grubun bize mukavemet göstermeyecek kadar az sayıda olması, bu işin en mühim kısmı. Akar darbe konusunda inandırıcı olmak için, tüm kuvvetlere gönderdiği çok gizli bir talimat verip, hükümete gözdağı vermek için neler yapılabileceğini dahi sordu. Bazı toplantılarda Erdoğan ve siyasilere açıktan küfürler savurarak, sazanları kandırdı. Herkes Hulusi Akar'ın bir şeyler yapacağını konuşmaya başladı. O gece Akar ve Kuvvet Komutanları kendi rolleri için sıra gelene kadar ortadan kaybolacak. Telefona çıkmayacaklar. Sonrasında olacakları size söyleyemem, ancak onlardan yana hiçbir endişeniz olmasın" diyerek bizi teskin etmişti."

Doğrusunu söylemek gerekirse Hulusi'ye son dakikaya

kadar kimsenin tam olarak güvenmediği ortadaydı. Ancak 15 Temmuz'da tam da Zafer Albay'ın dediği üzere; rolünü iyi oynamış, o gece bir hareketlilik olacağı istihbaratı gündüz vakitlerinde geldiği halde; Hakan Fidan'la birlikte Genelkurmay Karargâhında tek bir şey yapmadan, akşam olaylar çıkana kadar beklemişti. Poyraz Hulusi Akar'ı ağzına her aldığında, yüzünde belirgin bir öfke oluşuyordu. Belli ki o da hazmedememişti bu ihaneti. Ben bunları düşünürken "İsteseydi o karanlık geceyi bir emirle durdururdu. Ama yapmadı hain" diyerek yumruğunu masaya vurdu. Yüzündeki öfke artık tüm bedenini kontrol altına almıştı. Bana "Abi kusuruma bakma, Abidin Ünal ve Hulusi Akar bu işin en tepesinde. Boğaz Köprüsünde gencecik harbiyelilerin başları kesilip işkence edilirken, bunlar kumpasın başarılı olmasına seviniyorlardı. Harbiyeli şehitlerin elleri her ikisinin yakasında olacak öbür dünyada. Teröristlerin önüne askerleri attılar" diyerek öfkesinin nedenini izah etmeye çalışıyordu." dedi.

Benim için de Boğaziçi Köprüsü'nde yaşananlar hazmedilmesi en ağır tabloydu. Ancak bu duygunun darboğazından çıkmak için Poyraz'a "Zafer Albay'ın bahsettiği olaydan üç gün önceki o toplantı oldu mu? Neydi tam olarak görevin" diye sorarak konuyu değiştirdim.

Poyraz, "Evet bizi 12 Temmuz'da topladılar. Harp Akademileri'nde iki günlük bir kurs planlanmıştı. Bu kursa her birlikten tefrikler yapılmıştı. Bu kurs da planın bir parçasıydı. Kurs yeri olarak Harp Oyunlarının yapıldığı, Atatürk Harp Oyunu ve Simülasyon Merkezi seçilmişti. Buradaki Çokuluslu Müşterek Harp Merkezi Komutanı 15 Temmuz gecesi Erdoğan'ın yanında olan Amiral Cihat Yaycı idi. Zafer Albay bir defasında planlamanın önemli bir kısmının burada yapıldığını söylemişti. Cihat Yaycı, Erdoğan ve Ergenekon-Balyoz grubu arasında bir ulak gibiydi. Orada bizi normal dershaneler yerine, kapısında çok gizli yazan bodrum katta bir odaya götürdüler. Bu sefer yirmiden fazlaydı sayımız. Zafer Albay'ın yanında Balyoz ekibinden iki albay daha vardı. "Sizlerin görevi 15 Temmuz gecesi karargâhta bulunup, içerideki gelişmeleri bizlere aktarmak ve telefonla tek tek insanları karargâha çağırmak. Terör ihbarı var, acilen karargâha gel diyeceksiniz. Duruma göre bizden gelen emirleri de yapmaya hazır bulunacaksınız. O gece kontrol plânladığımız şekilde bize geçecek ve sabah her biriniz birer "kahraman" olarak çıkacaksınız." dedi.

Sözünün sonunu kahraman olarak tamamlamıştı, ancak bu işte hain damgası yemek de vardı. Sonuçta herkesin düğünde, izinde olduğu bir akşamda bizleri karargâhta istiyorlardı. Herkeste kaygı ve korku olmuştu. Bunu gören albaylardan birisi sözü aldı. Kendisini daha önce Harp Filosunda görmüştüm ancak birlikte çalışmamıştık. Bizlere "Arkadaşlar risk almadan hayatta hiçbir şey yapamazsınız. Evet kaygınızı anlıyorum. Ancak sizlerin isim listesi ilgili herkeste olacak. O gece karargâhta sadece karşı taraftan olanlar darbeci ilan edilecek. Şuna inanın, gecenin sonunda kazanan sizler olacaksınız. Galibiyetin ganimetini paylaşacaksınız. Şimdi kaldırın başınızı ve asker gibi davranın" diyerek yarı fırça, yarı tavsiye olacak şekilde bizleri azarlamıştı." dedi.

Artık derenin ortasını çoktan geçmiş, yeteri kadar bu işe bulaşmıştık. İzin verseler oradaki pek çok kişi vazgeçebilirdi. Ancak iş işten geçmiş, boş kâğıtlara imzalar atılmış, adeta kaderimizin nasıl şekilleneceğini onların eline bırakmıştık. Sonraki gün boyunca bu toplantılar devam etti. Her birimizin görevi tek tek anlatılıyor, atacağımız her adımın dakika dakika üstünden geçiliyordu. Bu arada sık sık, gecesinin sonunda alacağımız makam ve rütbelerden bahsediliyordu. Birçok kişinin gönlünden yurtdışı görevler geçiyordu. NATO görevleri ve Askeri Ataşelik kadroları, bugüne kadar aklının ucundan geçmemiş birileri için oldukça cazipti."

Çarşamba günü öğleden sonra oradaki faaliyetler bitti. Benim çıkışım saat 4'ü bulmuştu. Hemen terminale koşturup, Ankara'ya giden ilk otobüse bindim. Avrupa yakasından Asya yakasına geçerken, Boğaz Köprüsü'nde iki gün sonra olacakları düşündüm. Burada belki de binlerce insanın cansız bedeni yatıyor olacaktı. Bir an kalbime derin bir ağrı saplandı. Ben bir askerdim. Görevim bu insanları korumaktı, tuzağa çekmek değil. Yol boyunca bu işten kurtulmanın bir çaresini aradım. Attığım imza, bana ait her tür bilgi ellerindeydi. Geri dönüşü olmayan bir tünelde sıkışıp kalmıştım.

Eve geldiğimde çocuklar çoktan uyumuş, eşim gelişimi beklemişti. Ona sarıldım ve "Bana bir şey olursa kızlarımıza iyi bak" diye fısıldadım. Yüzüme tuhaf bir şekilde baktı. "Ne demek istiyorsun, bilmediğim bir şey mi var?" diye ekledi. Evet bilmediği çok şey vardı. Koca bir ülke başına geleceklerden habersiz, bugünlere nazaran çok daha sakin ve dingin hayatlarına devam ediyordu. Ancak bir tek kelimesinden bahsedemezdim. Kendimi bir poker masasında, her şeyini masaya koyan bir kumarbaz gibi hissediyordum. Her şeyimi, silah arkadaşlığını, dostları, ailemi evet, her şeyi riske atmıştım.

15 Temmuz günü gelip çattığında, kızlarımı tekrar tekrar öpmüş, eşime "Hakkını helal et" diyerek evden ayrıldım. Mesaiye geldiğimde hemen hemen herkesi süzüyor, bir garip durum var mı diye bakıyordum. Hayatımın en uzun günüydü. Değil saatler, dakikalar hatta saniyeler bile geçmiyordu. Bu gece derdest edilecek Amiraller, subaylar her günkü olağan mesaisine devam ediyorlardı. Bizim daire başkanı kendisine çıkarılan mesaj ve evrakları detaylıca okumuştu. O gece darbe yapacak birisinin gözü saatte, etrafında olur, bir şekilde

tavırlarında bir tuhaflık hissedilirdi. Ancak tek bir farklılık yoktu. Akşam kurban edileceklerinden, kirli ve kanlı bir kumpasla pusuya düşürüleceklerinden bihaberdiler. Zafer Albay'ın dediği gibi, etrafta Ergenekon-Balyoz ekibinden birilerini görmemiştim. Zafer Albay da ortada yoktu.

Aklıma birkaç gün önceki düşünceler geldi. "Ya biz de kurbanlık koyunların arasındaysak?" diye düşündüm. Masama geçtiğimde, cebimden iki gün önce Harp Akademilerindeki toplantıda verilen zarfı çıkardım. Üzerinde "15 Temmuz günü, Saat 16:00 Cemal'den önce açılmayacaktır" yazısı vardı ve bir mühür ile kapatılmıştı.

Biran ellerimin terlediğini gördüm. Hatta mühürlü zarfın tuttuğum tarafı ıslanmıştı. Çabucak silip zarfı cebime geri koydum. Zaman sanki durmuştu ve bir türlü geçmek bilmiyordu.

Öğle yemeği vakti geldiğinde, sıraya ilk girenler arasındaydım. Mesaiye kimlerin gelip kimlerin gelmediğini görmek istiyordum. Bizim devrenin masasında birkaç eksik vardı. Ancak Zafer Albay'ın masasında kimse yoktu. Kendisi dahil ortadan kaybolmuşlardı. Bu durum bu akşam yaşanacakların kaçınılmaz olduğunu gösteriyordu. Amiraller başka bir salonda yemek yiyorlardı, o yüzden kimlerin mesaiye geldiğini bilmiyordum. Kimsenin beni görmesini istemiyordum. Çünkü her halim dikkat çekiyormuş gibi hissediyordum. Alnımdan akan terleri elimin tersi ile silip masama geçtim. Birkaç saat sonra hayatım tamamıyla değişecekti. Aynı salonda biraz önce yemek yediğim, yüzlerine baktığım silah arkadaşlarımla yollarımız ömür boyu ayrılacak, beni silah arkadaşlarını satan bir hain olarak bileceklerdi. Belki de gecenin sonunda benim de kaderim onlar gibi olacaktı. İçimden bir ses "Keşke" diye geçirmişti. Keşke bu işe hiç bulaşmasaydım, keşke onların tarafında olup, akşam yaşanacak canavarlığın bir parçası olmasaydım.

Bu arada aklıma televizyonu açmak geldi. Öyle ya, bu akşam onca faaliyet olması için, gündüzden pek çok hazırlığın yapılmış olması gerekiyordu. En azından darbe görüntüsü vermesi için birkaç tankın Boğaziçi Köprüsü'ne getirilmesi, Harp Okulu öğrencilerini taşıyacak otobüslerin hazırlanması, daha da ötesi Zafer Albay'ın bahsettiği iş makinaları, çöp kamyonlarının askeri birlik ve lojmanların önlerini kapayacak şekilde intikalleri gerekiyordu. Bir şekilde bu hareketlilik fark edilir, belki tankların intikali haberlere düşer diye aklıma gelmişti. Ancak kanallar olağan yayın akışına devam ediyor, eğlence programları, diziler, belgesel ve reklamlar dışında, dikkati çeken bir şey görünmüyordu. Özellikle haber kanallarını taramış, acaba bir şey var mı diye, her birinde birkaç dakika beklemiştim. Fakat her şey son derece normaldi.

Kendimi televizyon ekranına öylesine kaptırmışım ki, Tarhan Yarbay'ın sesiyle irkildim. "Hayrola Poyraz, bakıyorum da hafta sonu moduna girmişsin şimdiden" diyerek odaya dalmıştı. Hemen kendimi toparladım. "Efenim bugün mesai geçmek bilmedi, ben de haberlere bakıyordum" diyerek kendimi topladım. Yüzünde biraz gülümseme ile "Bir film bulup izlesek daha iyi olur" diyerek benimle dalga geçti. "Daire Başkanı en son tatbikatın analiz evrakını istiyor. Ona çıkmadan sana birkaç sorum olacak" diye söze devam etti. Tarhan Albay'ın sorularını yanıtlarken ilk defa zamanın geçtiğinin farkına varmamış ve zihnim kaos ve belirsizlik anaforundan bir süreliğine kurtulmuştu."

Sonunda saat dört olmuş ve beklenen vakit gelmişti. Kimse görmesin diye tuvalete gidip kapıyı da sıkıca kilitledim. Cebimdeki zarfı açarken ellerim zangır zangır titriyordu. Yırtarım korkusu ile zarfı bir kenara koyup, ellerimi yumruk yapıp sıktım. Titreme bir türlü geçmiyordu. Nefes nefese kalmıştım. Nihayet mühürü çıkartıp zarfı açabildim. İçinde arkalı önlü yazılmış tek sayfa vardı. Sayfanın en tepesindeki anteti görür görmez hatırlamıştım. Boş kâğıda imza attığım sayfada da aynı antet vardı. Ön sayfada telefonla aranıp karargâha çağrılacaklar listesi vardı. Benim listede otuza yakın isim vardı. Demek ki isimleri paylaştırmışlardı. Gözüm hızlıca listeyi taradı. Kimler yoktu ki listede. Pek çoğu kurmay, başarıları ve donanımları ile herkesin tanıdığı isimlerdi. Sayfanın arka yüzünde gördüğüm şey kanımı dondurmuş, damarlarımdaki tüm kan sanki beynime hücum etmişti. Eşim ve iki kızımın fotoğrafı sayfanın arkasına basılmıştı. İmzaladığım kâğıt yetmemiş, onların söylediği dışında bir şey yaparsam eşim ve kızlarımın başlarına gelebilecekleri aklımdan çıkartmamam istenmişti.

Zarfı ve sayfayı cebime geri koydum. Tuvaletten çıkıp aynada yüzüme baktım. Kendimi tanıyamaz olmuştum. Yanlış olduğunu bile bile bu kumarı devam ettirmek zorundaydım. Zafer Albay'la yaptığımız onca toplantının bir maksadı da yaptıkları şantaj ve baskıyı pekiştirmekti. Zarftan çıkan eşim ve kızlarımın fotoğrafı bu yoldan dönüşün olmadığını gösteren net bir mesajdı. Bu karanlık yolda, akıbetimi bilmediğim bir tünele giriş yapmıştım. Bu arada karargâhta her şey normal gidiyor, en küçük bir hareketlilik emaresi okunmuyordu. Amirallerin yarısı izindeydi, o gün bulunan amiraller de mesai saati sonunda karargâhtan ayrılmışlardı. Anlaşılan hiçbirinin bu akşam olacaklardan haberi yoktu. Yoksa darbe planlayan birileri, böylesine önemli bir gece öncesi tüm gün toplantı yapar, her ihtimale karşı karargâhtan ayrılmaz ve son hazırlıkları kendi gözleri ile görmek isterdi. Kafam iyice karışmıştı. Yoksa bana söylenen planda bir değişme mi olmuştu? Ancak sonradan öğrendiklerimiz Genelkurmay Karargâhında olayların çoktan başladığını ortaya koyuyordu. Hulusi Akar Hakan Fidan'la karargâhta neredeyse üç saat süren bir toplantı yapmış, belki de o gece olacakları son bir kez gözden geçirmişler ve askerin kademe kademe pusuya çekilmesini beklemişlerdi."

Soluksuz olarak Poyraz'ı dinlemiş, dudaklarım susuz kalmıştı. Bu hain planın nasıl kurgulandığı üzerine yıllardır kafa yoruyordum. Aradığım pek çok sorunun cevabı Poyraz'ın anlattıklarında saklıydı. Önümdeki sürahiden ikimize de birer bardak su doldurdum. Poyraz'ı beklemeden suyu son damlasına kadar içtim. Ne hazin, ne acı, ne utanç verici bir durumdu. Bir insan emrindeki ordusunu nasıl bu şekilde satabilirdi. Hulusi Akar o gece her şeyi bildiği halde, bizatihi emir vererek amiral ve generalleri pusuya çekmiş, terör ihbarı var denilerek birliğine çağrılan personeli ateşin ortasına atmış, sonrasında da 50 binden fazla askerin tasfiye edilmesinde en büyük rolü oynamıştı!

Poyraz önündeki sudan bir yudum aldı. Tam söze başlayacakken onu durdurdum. Sonrasında neler yaşandı üç aşağı beş yukarı biliyorduk. O işkence görüntüleri, aşağılık hainlerin bir kahraman edasıyla ortaya çıkmaları, hepsi yıllardır gözlerimin önündeydi. Ömür boyu da hafızamda kalacaktı belki de. Ancak olanları birinci şahidinden dinlemeye hiç hazır değildim. Dinlemek istiyor muydum, onu da bilmiyordum. Ordunun şeref, haysiyet ve onuru ile oynanmıştı. Kanımız, canımız pahasıyla koruduğumuz bembeyaz üniformalar kan içinde bırakılmıştı. IŞİD militanları Genelkurmay Karargâhının içine kadar sokulmuş, ordunun kahraman evlatlarına işkenceler yapılmıştı. O anlara geri dönmeye hazır değildim.

Poyraz'a "Bugünlük yeter. Sonra devam ederiz" dedim. O evden ayrıldığında kendimi ağır bir yükün altında hissediyordum. Anlattığı konuları yıllarca merak etmiştim, araştırıp, detayların peşine düşmüştüm. Ancak bunları ilk ağızdan dinlemek tahminimden daha ağır, daha zor gelmişti.

Elbet Bir Gün

GÜZEL GÜNLER

Poyraz'la son görüşmemizin üzerinden bir hafta geçmişti. Bu hafta içinde bir kitap fuarına davet edilmiştim. Bunca yıl baskı ve sansürün ardından yazdıklarımız halkla buluşmaya başlamıştı. İnsanlar bir dönemler görmezden geldikleri sürecin her bir detayını merak ediyordu. "Kahraman" sandıkları hainler ülkeyi bir batağa sürükleyince gerçek yüzlerini görmüşler bu sefer de "hain" sandıkları kahramanların neler yaşadığını okumak istiyorlar, hakikati tüm detaylarına kadar görmek için çabalıyorlardı. Benim kitap da Türkiye'de basılmaya başlamıştı. Bazen gittiğim lokantada, bazen vapur iskelesinde, bazen metroda kitabı okuyanlar ile karşılaşıyordum. Zaman zaman beni tanıyanlar çıkıyor, onlar için kitabı imzalıyor ve ayaküstü sohbetler ediyordum. Bugünleri hayal ederek geçmişti onca yıl.

Bizlerin mezarını kazıp açık bırakan hainlere inat "Henüz Değil" demiştik. Yapacak çok şey var daha, vatanımız, milletimiz ve dahi insanlık için demiştik. Şimdi o günler gelmiş, ilk işimiz ülkedeki ağır enkazı kaldırmaya başlamak olmuştu.

Bana bu süreçte destek olan, kitabın editörlüğünü yapan, kapağı tasarlayan, perde arkasında cesurca emek veren arkadaşları da davet etmiştim. Onlara da "Bir gün gelecek, hep birlikte bu emekleri, kitabın kendi hikayesini anlatacağız" demiştim.

İşte o gün gelmişti. Fuar o kadar kalabalıktı ki, bugüne kadar gittiğim en büyük organizasyonlardan birisi olmuştu. Bunda bunca yıl ülkede basımına izin verilmemiş kitaplar ve yazarlarının okuyucusuyla buluşuyor olmasının payı çoktu. Bu kitapları kaleme alan pek çok kişi aslında bir yazar değildi. Benim gibi asker olanlar, akademisyenler, hukukçular ve öğrenciler vardı. Elimizden geldiği kadarıyla hakikati anlatmaya, susturulan yüzbinlerce insanın sesi olmaya çalışmıştık. Sabahın erken saatlerinden itibaren kitap imzalıyordum. Birçok kişi yanına çocuğunu da alarak gelmişti. Onların yaşananları ve gerçekleri öğrenmesini istiyorlardı. Silah arkadaşlarım da beni yalnız bırakmamıştı. Yıllardır hasretle kavuşmayı beklediğimiz, her rütbeden asker de buraya gelmiş, vuslat anını bir kez daha yaşamıştık. Bu coşkulu günün içinde beni karmaşık duygular içinde bırakan anlar da çok olmuştu.

Bir aile için kitabı imzalayıp, bir sonraki kişiye geçtiğimde karşımda sınıf arkadaşım Soner'i görmüştüm. Gözlerimin içine bakıp başını öne eğdi. Bir an donup kalmıştım. Harbiye birinci sınıftan beri tanıdığım, aynı otobüste memlekete birlikte gittiğim, yıllarca birlikte görev yaptığım Soner, 15 Temmuz sonrası tek bir sefer bile beni aramamıştı. O da Poyraz gibi benimle irtibatı kesmişti. Uzattığı kitabı aldım, imzalarken şu notu da bırakmıştım. "Gönlüm kırıldı ancak canın sağ olsun, her şey güzel olacak kardeşim." Bu notu okur okumaz gözlerinden yaşlar sel olup akmaya başlamıştı. Sıkıca sarıldık, tek bir söz etmeden geçmişin tüm yükünü geride bırakmıştık.

Yeniden başlamak ancak önümüze bakmak ile mümkündü. Herkes kendi sınavını vermişti bu süreçte. Şimdi sınavın büyüğü bizimkisi idi. İçimizdeki öfke, dargınlık ve kızgınlığa esir olmadan, kardeşlik tohumları ekmek zorundaydık. Yıllarca kin ve nefret tohumları ile çorak bırakılmış topraklarda en güzel çiçekler veren, en bereketli dostluk ağaçlarını yetiştirme görevimiz vardı. Bu da bizim sınavımızdı. Yaşadıklarımız ve maruz kaldığımız haksızlıkların birer üstünlük alameti olarak görülmemesi şarttı. Çünkü adalet, eşitlik ve özgürlük temelinde yepyeni bir ülke inşa ediyorduk. Azınlığın üstünlüğü değil dostluğun ve kardeşliğin en yüksek makamlara konulduğu bir ülke olmalıydı Türkiye. Akşama doğru artık imza atmaktan yorulmuş elim kalemi zor tutuyordu. "Şükürler olsun Allah'ım" diye içimden geçirdim. Bu güzel günleri bize göstermişti. Sonrasında konuşma yapacağım salona geçtim.

Salona vardığımda fuardaki gibi bir kalabalık vardı. Benden önce kürsüye bu uğurda mücadele eden pek çok kişi çıkmış, coşku, hüzün ve duygu dolu konuşmalar yapılmıştı. Sıra bana geldiğinde, ağır adımlar ile kürsüye yürüdüm. Böylesine bir kalabalığa, Silahlı Kuvvetler Akademisi mezuniyet töreninde, birinci bitirmem münasebetiyle seslenmiştim. O günler aklımda gezinirken, kürsüden herkesi selamlayarak söze başladım. "Burada olmak benim için büyük bir onur ancak kitabın hikayesine geçmeden bunun mutfağında emek veren editörlüğü, dizaynı, kapak tasarımını yapanlarla sizleri tanıştırmak istiyorum. Bu kitapta en az benim kadar emekleri var" diyerek onlardan ayağa kalkmalarını rica ettim, kalabalık büyük bir alkış ile hepsini selamladı. Bu sahne ömrümüm sonuna kadar aklımda kalacaktı.

Kitabın arka kapağını yazan Ömer Faruk Gergerlioğlu ve Memduh Bayraktaroğlu da beni yalnız bırakmamış ve salonda yerlerini almıştı. Baskının en şiddetli olduğu zamanda hiç çekinmeden, cesurca destek vermişlerdi. Hatta Ömer Bey, kitabı Meclis'te katıldığı bir basın toplantısında tanıtmıştı.

Herkesin hayretle izlediği bir cesaret örneği göstermişti. Yandaş gazeteler bu duruma büyük tepki göstermiş, sayfalar dolusu haber yapmışlardı. Söze başlamadan onlara gönülden teşekkür etmiş ve kalabalık bir kez daha coşku ile alkışlamıştı.

Sonrasında "Gelin sizleri birkaç yıl öncesine götüreyim. Hangi duygularla bu sayfalar yazıldı, neler hissettik, neler yaşadık birlikte şahitlik edelim" diyerek giriş yaptım.

"Sürgünde iken arafta yaşamak ilginç bir duygu. Bedenim orada, kalbim, gönlüm vatanda yaşıyordum yıllardır. Bu zulüm ne zaman bitecek diye beklerken, yeni bir halka ekliyorlar, çocukları ana babalarından ayırıyorlar, ağır hastaları parmaklıkların ardına koyuyorlar, kadınlara çıplak aramaktan en ağır hakaretlere kadar yapmadıklarını bırakmıyorlardı. Öylesine kin ve nefret ile dolmuşlardı ki, adeta insanlıktan çıkmışlardı. Bu durumu anlatmak, bir zamanlar pek çok ülkeye rol model olan ülkemde yaşananları ortaya koymak gerekiyordu. Bu alanda yurtdışında bulunan birkaç gazeteci ve akademisyen büyük gayretler gösteriyordu. Askerler arasında da sosyal medya hesabı üzerinden yaşadıklarını, gerçekleri anlatanlar, canla başla masumların sesi olmaya çalışanlar çıkmıştı. Washington Deniz Ataşesi iken ihraç edilen İsmail Albay ile İngilizce paylaşımlar yapıyordum. Ancak ulaşabildiğimiz insan sayısı o kadar azdı ki. Hesabı takip edenler bin kişiyi bulmamış, görünürlüğü çok düşük kalmıştı. Bu kadar büyük bir zulme hem de 21'inci yüzyılda dünyanın sessiz kalması, kabul edilir değildi. Ancak yangın her yeri sarmıştı. Suriye'den, Sudan'a, Doğu Türkistan'dan, Afrika'ya kadar her yerde, kanımızı donduracak insanlık dramları yaşanıyordu. Acı artık sıradanlaşmış, dünyanın bir tarafı rahat içinde yaşarken, diğer tarafı açlık, sefalet, savaş ve göçlerle kan ağlıyordu. Tabii ki bu konuda yüzlerce kitap yazılmış, filmler çekilmişti. Ancak bunların pek çoğu geçmişte

Mehmet DAĞCI

yaşananlara odaklanmış, 50-100 yıl önce yaşananlara göz yaşı dökenler, gözlerinin önünde olanları görmez olmuştu.

O yüzden herkesin okuyacağı, insanlığa yapılanları görüp hissedeceği seviyede yazmak, çizmek, sergilemek gerekiyor diye düşündüm. Hakkımızda söylenen yalanlara, atılan iftiralara da yanıt verecek, çocuklarımıza ilerde okuyup yaşadıklarımızı hatırlatacak kaynaklar da gerekiyordu. Kararımı verdim, çocukluğumdan itibaren yaşadıklarımı, şahit olduklarımı anlatacaktım. Bu bir hakikat mücadelesi idi ve bu mücadeleden ancak gerçekleri ortaya koyarak galip gelebilirdik.

Bu fikrimi birkaç kişiyle paylaştığımda; çekincelerini dile getirdiler. Kendi adım ve yaşadıklarım üzerinden yazacağım bir kitabın, rejimin öfke ve zulmünü bana çekme ihtimaline ve pek çok açıdan riskli olduğuna işaret ediyorlardı. Evet kaygılarının içi boş değildi ancak her şey zamanında yapılır ise kıymet taşıyordu. Eğer ben bu kaygılar ile şimdi susarsam, bundan yıllar sonra, bu zulüm bitince, on kitap çıkartsam da bir işe yaramaz diye düşünüyordum. Asıl şimdi sesimizi çıkartmak, memleketin dört bir köşesinde, mahpuslarda, zindanlarda susturulan masumların sesi olmak zorundaydık. Ben bir askerdim, vatanımı ve milletimi korumak için canımı bile feda etmeye yemin etmiştim, şimdi cesur olmaz, şahsi kaygı ve korkular ile geri durursam; bir ömür boyu kendimi suçlu hisseder, bir ömür boyu vicdan azabını yüreğimde taşırdım. Bu yüzden kitabı yazmaya ve kendi adımla basmaya karar verdim.

Yoğun mesailerin ortasında bulabildiğim her fırsatta kalemi elime alıyor kâh bir iki paragraf kâh üç beş sayfa yazıyordum. Yazarlık ayrı bir kabiliyet ve yetenek gerektiriyordu. Bu konuda daha önce özel bir tecrübem yoktu ancak iş başa düşmüştü. Üç ajanda almış, kalem ve kâğıt ile eski usulde yazıyordum. İleride bunları bilgisayara aktarma aşaması olsa da duygularım ancak elimde kalem olunca kâğıda dökülüyordu. Bilgisayarda ya da telefonda da denemiş ancak dikkatimi bir türlü verememiştim."

Bir an kalabalığı unuttuğumu fark ettim. Sanki o günlere geri dönmüş ve o an içinde kitabın hikayesini anlatıyordum. Ancak herkes pür dikkat dinliyordu. Ben duraksayınca devamını bekleyen gözlerle baktıklarını gördüm. Madem dönmüştük o günlere, orada kalalım bir müddet dedim. Şu an bu salonu dolduranların, o günlerde bu hikâyeyi dinlemesini ne kadar çok arzu etmiştim. Tekrardan kaldığım yerden anlatmaya devam ettim.

"Kitabın yalnızca bir askerlik anısı, ya da 15 Temmuz'a odaklanmasını istemiyordum. O yüzden gerek iftiralara yanıt vermek gerekse de biz buralara nasıl geldik, hangi şartlarda okuduk, görev yaptık anlatmak gerekiyordu. Görevde iken yıllarca memleketten uzak kalmış, ancak bayramlarda, cenazelerde, düğünlerde akrabalar, komşular ile bir araya gelebilmiştik. En yakınımızdaki insanlar bile bizleri tanımıyordu. Görev ve seyirlerde çekilen meşakkatlere, eşlerin yaşadıkları zorluk ve zahmetlere, hayat mücadelesine hiçbiri şahitlik etmemişti. Üstelik tüm bunları derin devletin tüm imkanlarını kullanarak, kendine ayrıcalık sağlamış ve saltanat kurmuş insanların cehenneminde yaşamıştık. Ama en yakınlarımız için bile birer yabancıydık.

Uzaktan bakıldığında asker demek lojmanların griliğindeki, erişilmez hayatlar demekti. O yüzden rejim yalanlarını sıraladığında 'Demek ki doğruymuş, yoksa koskoca devlet böyle söyler miydi?' denmiş, kendi öz evladına dahi bir anda düşman olanlar çıkmıştı. Bu nedenle hakikati ortaya koymak zorundaydık. Daha önce tevazu gösterip anlatmadığımız fedakârlık ve başarıları anlatmak, dostu üzmesin diye paylaşmadığımız zorlukları ifade etmek zorundaydık. Bulunduğumuz noktalara birileri gibi ayrıcalıklı kadrolarda, konforlu koltuklarda gelmemiştik. Pek çoğumuz yokluk içinde büyümüş, gecesini gündüzüne katmış, her tür zevki sefayı elinin tersiyle iterek, alın terimizin son damlasına, gözümüzdeki ferin son ışıklarına kadar gayret etmiştik. Bunları tek tek anlatmak, tarihe not düşmek, yalan ve iftiralara yanıt vermek gerekiyordu.

Ancak bir husus vardı ki kalemim bir türlü yazamadı. Çocukluğumdan beri zorlu bir hayatım olmuştu. Onları yazarken duygulansam, gözlerim dolsa da 'Ne günlerdi, çok şükür her şeye rağmen ayakta kaldım' diyor, yaşadıklarımın acısı ile geldiğim noktanın şükrü birbirini dengeliyordu. İş oğlum Fatih'in yaşadıklarını yazmaya gelince nutkum tutuluyor, kalemin adeta kırılıyordu. Bir baba için oğlunun gözleri önünde erimesi, acı çekmesi dünyanın en zor şeyiydi. Onun nöbetlerini, hastanede geçen günleri, herkes için sıradanmış gibi gözüken ilk adımlarını, ilk kelimesini, okula gidebilmesi için verdiğimiz mücadeleyi ve sayısını hatırlamadığım uykusuz geceleri yazmak, sanki yeniden o sızıyı hissettiriyordu. Gözlerim doluyor, ellerim titriyor, farkında olmadan dudaklarımı ısırıyordum. O yüzden bir dönem yazmaya ara verdim. Ancak birçok masum insan çaresizce zulmün ortasında kalmıştı. O yangını söndürmek, bu zulmü bitirmek için bir şeyler yapmadan geçen tek bir gün dahi ağır geliyordu. Bu nedenle verdiğim arayı kısa kesip bazen gecenin ortasında, bazen sabahın şafağında yazmaya devam ettim. Sayfalar, bölümler derken üç ajandaya sığan el yazması bir kitap olmuştu. El yazımın şekline bakıp, hangi satırların hangi duygular içinde çıktığını kestirmek zor değildi. Kimi sayfalarda kendi yazımı okuyamadığım yerler vardı. Pek çok sayfa da uykulu bir kalemin ortaya koyduğu eseri sergiliyordu. Sonunda iki yıl gibi uzun bir zamanın sonunda koca bir hayatın hikayesini ellerimin arasında tutmayı başardım.

Şimdi bu salonu dolduran, hakikate uyanan ve vuslatı bir kez daha yaşamak için gelen herkese sonsuz teşekkürlerimi sunuyorum. Bunun gibi nice hikâyeler var anlatılacak, okuyacağınız, dinleyeceğiniz. Dün yaşananları, bizleri birbirimize düşüren kan emici canavarların gerçek yüzlerini, oyunlarını ve kumpaslarını bilmeden, bunlardan ders almadan, yürüyeceğimiz yolun sonunda; benzer kaderler ve kederler olacaktır. Adalet, eşitlik ve kardeşliğin bu toprakların suyu, havası kadar kıymetli olduğu bilinmez ise; çocuklarımız benzer pusulara kurban gidecektir. Basın özgürlüğünün, fikir hürriyetinin, güçler ayrılığının, denetim ve kontrol mekanizmalarının önemini anlamadan yetişen nesillere bir diktatör, güç sarhoşu olmuş bir zalim muhakkak musallat olacaktır. Tıpkı Yaşar Kemal'in ünlü eseri İnce Memed'de dediği gibi, bir Abdi Ağa gidecek, bir Ali Sefa Bey gidecek, bir başka Abdi Ağa, bir başka Ali Sefa Bey gelecektir. O yüzden hepimiz yazmaya, yaşadıklarımızı anlatmaya, onları gelecek nesillere aktarmaya devam etmek zorundayız."

Konuşmanın sonunda salondaki herkes ayağa kalkmış, alkışlar salonu inletmişti. Gurbette onlarca kez bayram yaşayamamış, sevdiklerimize doyasıya sarılamamıştık. Ancak bu gördüğüm manzara benim bayramım olmuş, yaşamadığım tüm kavuşmaların vuslatı olmuştu. Güzel günler başlamıştı. Hepimiz için, herkes için…

Mehmet DAĞCI

KARANLIK GECE

Kitap fuarında gösterilen ilgi ve adeta bir bayram havasında geçen haftanın ardından, Poyraz ile yeniden buluşmaya hazırdım. Bu sefer ben aradım. "Yarın yine benim kaldığım yerde buluşalım mı?" diye sordum. Poyraz "Tabii ki ben de senin aramanı bekliyordum. Biliyorum o günlere dönmek zor ama senin bilmeni istediğim çok önemli şeyler var" diyerek buluşmayı kabul etti. Şu ana kadar duyduğum detaylar beni yeterince şaşırtmıştı ancak bahsettiği çok önemli şeyler neydi acaba? 15 Temmuz gecesini konuşmaya devam edecektik ama benim merak ettiğim diğer bir husus, 15 Temmuz sonrası ordunun durumuydu. Yalnızca tasfiyelerle kalmamışlar, asırlık askeri okulları kapatmışlar, SADAT'ın talep ettiği pek çok radikal adımı atmışlar, daha da önemlisi kışlaya siyaseti sokmuşlardı.

Poyraz 15 Temmuz'dan sonra 6 yıl daha görev yapmış, tam da amirallik beklerken Albay rütbesinde emekli olmuştu. Bana anlattığı bunca şey bir bakıma kullanılmış ve bir kenara atılmış olmanın doğurduğu psikoloji de olabilirdi. Bununla birlikte yıllardır tanıdığım birisi olarak, hâl ve davranışlarında içten bir pişmanlık ve hüzün de görüyordum. Ertesi gün hava biraz da yağmurlu olduğundan salondaki masayı hazırladım.

89

Elbet Bir Gün

Alışkanlıktan olsa gerek demlediğim sabah çayı ile odanın içi tomurcuk ve karanfil kokusu ile dolmuştu.

Poyraz'la birer bardak çay alıp masaya geçtik. "Nasıl alışabildin mi memlekete?" diye sordu. Ben de "hâlâ özlem gideriyorum" deyip çayımdan bir yudum aldım. Poyraz anlatmaya başlamadan kafamı kurcalayan bir soru vardı. "O gün aralarında Hava Kuvvetleri Komutanı, Deniz Kuvvetleri Komutanı, Donanma Komutanı'nın da olduğu onlarca amiral ve general düğün bahanesiyle garnizon dışındaydı. Nasıl oldu da hem Deniz Kuvvetleri Komutanı hem de ona vekâlet etmesi gereken Kurmay Başkanı aynı anda izne çıktı? Bu görülmüş bir şey değil. Kimsenin dikkatini çekmedi mi bu durum? Kimse onca terör ihbarı alınırken, karargâh bu kadar da boş bırakılmaz demedi mi?" diye sordum.

Poyraz yüzüme baktı ve "Tabii ki dikkati çekti. Hatta bizim daire başkanı şaşkınlığını açıkça ifade etmişti. Sen de biliyorsun Kuvvet Komutanı garnizon dışına çıkarken Kurmay Başkanı'na vekâlet verir ve Genelkurmay Başkanı'nın onayı alınır. Hulusi Akar tüm bu kumpas planının başında olduğu için, Deniz Kuvvetleri Komutanı ve Kurmay Başkanı'nın aynı anda garnizon dışında olmasını onayladı. Bu arada Hava Kuvvetleri Komutanı ve Kurmay Başkanı için de aynı izin verildi. Belki de tarihte ilk defa Kuvvet Komutanları ve Kurmay Başkanları aynı anda garnizonu terk etti. Bununla da kalmadı Deniz Kuvvetleri Kurmay Başkanlığı'na vekâlet eden Macit Arslan olaylar yaşanırken, terör ihbarları havada uçuşurken karargâha bile gelmedi. Beş dakika ötede, Merkez Orduevi'ndeki odasında personelin pusuya düşürülmesini bekledi" dedi. Bana "İhanetin resmini çiz" deseler, zannedersem bundan daha öte bir resim çizemezdim. Genelkurmay Başkanı, Kuvvet Komutanları, Kurmay Başkanları bir olmuş, komuta ettikleri orduya kumpas kurmuşlardı. Ömrünü bu vatana adamış kahraman askerlere türlü işkenceleri yapıp kanlarını dökmüşlerdi. Sonra da kirli ve kanlı elleri ile sahte kahramanlık hikayeleri yazmışlardı.

Poyraz'a "Eline bir liste vermişlerdi. Aradın mı onları?" diye kaldığımız yere geri döndüm.

Başını kaldırdı, derin bir iç çekti. "Aradım" dedi. "Başka çarem yoktu. Elimi kolumu bağlamışlardı. Eşim ve kızlarımı düşünmek zorundaydım" diye ekledi.

Boş bulunmuş, öfkem yüzüme yansımış, yumruğumu sıkmıştım. O yumruğun Poyraz'ın suratına inmemesi için dişlerimi sıktım. "Peki, onların eşi, çocukları yok muydu Poyraz? Onların hayalleri, aileleri yok muydu? Bir emirle görevlerinin başına koşan bu insanların geride bıraktıkları yok muydu?" diye sordum. Dişlerimi sıkmaya devam ediyordum.

Bana "Vardı, onların da geride bıraktıkları vardı. Ama çaresizdim. Boğazıma kadar çektikleri batağa batmıştım. Ancak bunun acısını yıllarca çektim. Saçlarım, sakallarım birer birer ağardı vicdanımın azabından. Ben her gün öldüm Mehmet! Senin en azından vicdanın rahattı. Aş, iş, ekmek bir şekilde bulunurdu. Ama benim kaybettiğim şeyi yerine koyacak bir şey bulamadım. Kendimi yedim, o eski Poyraz'ı öldürdüm. Her gece kâbuslarla kalktım. Sen biliyor musun bu yükün ağırlığını!" diye haykırdı.

Bunları derken elinde tuttuğu çay bardağını o kadar çok sıkmıştı ki, bardak paramparça oldu. Birkaç cam parçası avucunu kesmiş, sıcak çay etrafa dökülmüştü. Acılar ağır ağır çıkıyordu. Geçmiş yakamızı kolay kolay bırakmıyordu. Ancak geçmişin bu prangalarını şimdi kırmazsak, bundan sonra bir daha adım dahi atamazdık. Kalkıp kâğıt havlu getirdim elini silmesi için.

O sırada Poyraz havludaki kan lekesine gözünü dikti ve "O gece çok kan akıtılması planlanmıştı. Hem de çok" diyerek söze başladı.

"Akşam saatlerine doğru asıl hareketlilik başladı. Saatler aksam 19:15'i gösterdiği sırada Silahlı Kuvvetler Komuta Harekât Merkezi Vardiya Amiri, Deniz Kuvvetleri Vardiya Amirini arayarak yurt genelinde uçuş yasağı emri verildiğini bildirdi. Harekât Merkezi personeli daha önce terör ihbarı alındığı için bu tedbirin terörle mücadele kapsamında verildiğini düşünüp, durumu Harekât Başkanı'na vekâlet eden İrfan Arabacı Amiral'e bildirmişlerdi. O emir geldiğinde karargâhta tek bir amiral bulunmuyordu. Ben tam olarak ne yapacağımı bilmediğim bir ortamda, harekât merkezinin olduğu kata çıkıyor, amirallerin giriş yaptığı Dikmen Caddesi üzerindeki doğu kapısını kontrol ediyordum. Sonrasında Genelkurmay Karargâhı tarafından silah sesleri duyulmaya başlandı. İrfan Amiral ve o gün izinli ya da garnizon dışında olmayan yedi amiralden altısı 20:48 ile 21:50 arasında karargâha intikal etmişlerdi. O sırada karargâha gelmeyen tek bir amiral vardı; o da Kurmay Başkanlığına vekalet eden ve karargâhın güvenliğinden sorumlu olan Macit Amiral'den başkası değildi. Sonrasında Güvenlik ve Merasim Tabur Komutanı, Özgen Aykan Yarbay karargâha intikal etmişti. Bu sırada dışardan uçak sesleri geliyor, kaos her geçen dakika derinleşiyordu. Harekât Merkezi Vardiya Amiri adıyla önceden isimleri belirlenen personelin tamamına "terör ihbarı olduğu, izinlerin kaldırıldığı ve mesajı alan herkesin anında karargâha dönmesi gerektiğine ilişkin mesajlar çekilmişti. Harp Akademileri'nde yaptığımız toplantıda bizden her an telefonlara yanıt verecek şekilde hazır olmamız ve özellikle amiral giriş çıkışlarını derhal rapor etmemiz istenmişti.

Bu arada karargâhta emniyet planı kapsamında kırmızı kod durumuna geçilmiş, birlik karartılmış, giriş çıkışlar kısıtlanmış ve herhangi bir terörist sızma faaliyetine karşı resmi araçlar ile karargâh girişi kapatılmıştı. Bizim dairenin katında boş bir odaya girdim ve bana verilen zarftan çıkan kâğıtta yazan numaraları bir bir aramaya başladım. Telefonu açanlara terör ihbarı nedeniyle tüm izinlerin iptal edildiğini ve personelin karargâha gelmesinin beklendiğini bildiriyordum. Ancak kendimi hâlâ emniyette hissetmiyordum. Zira Güvenlik Tabur Komutanı emri ile, karargâhın güvenliğini sağlamak maksadıyla nöbet listeleri tek tek kontrol ediliyor ve o gün nöbetçi olmayanlar karargâh dışına çıkartılıyordu.

Bu arada Aşkın Öge'nin provokasyon maksatlı karargâha sızma girişiminde bulunduğu ve nöbetçilere karargâhın çevresindekilere ateş açma emri vermeye çalıştığı haberi geldi. Aşkın sınıf arkadaşım olmasına rağmen Zafer Albay bizi bir araya getirmemişti. Ancak Harp Akademileri'ndeki toplantıda ismi birkaç defa geçmişti. Kendisi Karargâh Destek Kıtaları Komutan Vekili olduğu için, planın karargâh kısmında aktif rol alacağı bilgisi bizimle paylaşılmıştı. Sonradan öğrendim ki; yaka kartını kullanarak personelin kullandığı kapıdan rahatça girebilecekken; girişlerin her gün saat 19:00'da kapatıldığı güney kapısından özel aracı ile girmeye çalışmış ve nöbetçi personel buna izin vermemiş. O da bu sefer kuzey kapısından, araç girişi için kullanılan kısımdan bir terörist gibi sızma yöntemi ile karargâha girmek istiyor, onun bu şüpheli durumunu gören nöbetçiler girişine engel oluyor."

Bu sırada araya girmiş "Sence neden yaka kartı ile kolayca girebilecekken böyle yöntemler denedi? Maksadı neydi?" diye sordum.

Poyraz "O gece vazife bilinci ve birliğini terörden koruma refleksi ile karargâha gelen personel darbeci ilan edilecekti. Bu kumpas planının bir parçasıydı. Aşkın bunu bildiği için yaka kartını okutmak istememişti. Çünkü o kart okutulmuş olsa kendisi de karargâhta bulunacağı için darbecilerden birisi gibi muamele görebilirdi. Ya da karargâhtakilerin davasının düşmesine neden olacaktı" diyerek yanıtladı.

Sonra söze devam eden Poyraz, "Bu durum beni de kaygılandırmış, planın yatması durumunda akıbetimin ne olacağına dair endişelerim zirve yapmıştı. Artık kalbim yerinden çıkmak üzereydi. Gece ilerledikçe karargâha terör ihbarı için çağrılan personel gelmeye başlamış, Genelkurmay'dan gelen silah sesleri ve Meclis tarafından gelen patlama ile ortalık iyice karışmıştı. Karargâhta hâlâ karartma uygulanıyordu. Bu durumdan da istifade ile nöbet kulübelerine doğru yaklaştığımda; İstihbarat Başkanı Murat Şirzai Amiral ve Özgen Yarbay'ın nöbetçilere hitaben; "Deniz Kuvvetleri olarak karışmıyoruz arkadaşlar, görevimiz birliğimizi emniyete almak" şeklinde emirler veriyorlardı. Sonradan öğrendim ki, saat 22:45'te sıkıyönetim emri gelmiş ancak İrfan Amiral bu emrin uygulanmayacağını Harekât Merkezi ceridesine yazdırmış ve Murat Amiral ile Özgen Yarbay saat 23:00'ten itibaren tüm karargâhı dolaşarak Deniz Kuvvetleri'nin darbeye destek vermediği ve görevlerinin birliği korumak olduğu emrini vermiş. Aşkın yaptığı tüm girişimlere rağmen provokasyonu başarılı olmayınca ortadan kaybolmayı tercih etmiş. Gecenin ilerleyen saatlerinde ben de ortalıkta gözükmemeye çalışmış ve gün ağardığında olacakları beklemeye başlamıştım. Bu sırada karargâhın dışındaki kalabalık arttıkça artıyor, polis araçları, ambulanslar ve toplanan siviller etrafı tam olarak kuşatıyordu."

Poyraz'ın anlattıkları Aşkın'ın daha sonra verdiği ifade ile de uyuşuyordu. Verdiği ifade çelişkilerle doluydu. Herkesin terör ihbarı var dediği bir ortamda, bunun bir "FETÖ" darbesi olduğunu anladığını ileri sürmüştü. Kendi ifadesine göre karargâhı koruması gereken ilk kişi o iken ortadan kaybolmuş, Kurmay Başkanlığı'na vekâlet eden Macit Arslan'ı Merkez

Orduevi'nden alıp yine bizlerin devresi Orhan Yurt'un evinde sabaha kadar saklanmışlardı.

Aşkın Yarbay'ın ifadesi aynen şu şekildeydi: "Karargâh Destek Kıtaları Komutanı'nı arayıp darbe olduğunu söyledim. O gece karargâhtaki isimlere bakınca açık bir şekilde 'FETÖ'cüler darbe yapıyor.' dedim. Daha sonra Tümamiral Macit Arslan ile Deniz Kuvvetleri Komutanı Oramiral Bülent Bostanoğlu'na da bir şekilde ulaşarak durumu izah ettim. Bostanoğlu, güvenilir bir yerde kalmamı istedi. Gece boyunca Macit Arslan'ı arayarak bilgilendirme yapmaya devam ettim."

Aşkın'ın kendi ifadesinden de anlaşılacağı üzere; Kuvvet Komutanı, Kurmay Başkanı Vekili ve Yarbay rütbesinde olmasına rağmen kendisi, o gece sürekli irtibatta kalmış, personeli kendilerine ulaşmak istemesine rağmen telefona çıkmamış ve kumpas planı uygulandıktan sonra karargâha gitmişlerdi. Bu kadar açık bir ihaneti halkın uzunca bir süredir görememiş olması çok üzücüydü. Ancak geçen zamanda Genelkurmay Başkanı, MİT Müsteşarı, Kuvvet Komutanları mahkemelere ifade vermekten kaçırılmış, sanıkların ifadelerini kimse okumamış, kendilerine sunulan yalanı sorgulamadan kabul etmişlerdi. Daha da kötüsü o gece tam bir kahramanlık örneği göstererek birliğine koşan, karargâhı emniyete alan ve tek bir askerin burnu dahi kanamadan bu karanlık geceyi emniyetle atlatan personel şeref madalyası ile ödüllendirilmesi gerekirken, hain bir kumpasın içine atılmışlardı. Olaylar sükûnete erdikten sonra Aşkın Öge, Macit Arslan ve Orhan Yurt elini kolunu sallaya sallaya karargâha gelmiş, o kahraman personeli birer birer derdest ettirmişlerdi. Daha sonra kurulan ve tam bir hukuk katliamına dönüşen mahkemelerde Aşkın Öge'nin başkanlığını yaptığı bilirkişi raporuna istinaden; o kahramanlar darbeci ilan edilmiş ve müebbet hapisle cezalandırılmıştı.

Deniz Kuvvetleri Karargâhında o gece yaşananlar tam olarak da AKP milletvekili Şamil Tayyar'ın dediğini doğruluyordu; "15 Temmuz aydınlanırsa, bugün kahraman dediklerimiz darbeci, hain dediklerimizin de tam tersi olacağını düşünüyorum." İşte tam da bu nedenden dolayı Türkiye Cumhuriyeti tarihinin en önemli hadiselerinden biri olan 15 Temmuz hakkındaki Meclis Araştırma Komisyonu raporunun yayınlanması engellenmişti. O geceye ilişkin hakikat halktan gizlenmiş, yerine sahte kahramanlık destanları uydurulmuştu.

Bu duygularla sarsılırken aklıma birden Zafer Albay geldi. Poyraz'a "Zafer Albay ne yaptı? Sabah döndü mü karargâha?" diye sordum.

Poyraz "Evet sabahın ilk ışıkları ile karargâha döndü. Son havadisleri almak için hemen yanına koştum. Birçoğu çoktan zafer sarhoşu olmuşken, Zafer Albay'ın yüzü öfkeden kıpkırmızıydı. Geçen üç ayda pek çok garip haline rastlamıştım ancak bu seferki bambaşkaydı. Beni görünce "Poyraz onca plan suya yattı. Adamlar ne direndi ne halka kurşun sıktı. Deniz Kuvvetleri Karargâhı sıkıyönetim emrine bile uymadı, biz darbenin yanında değiliz dedi, tek bir gemiye seyre kalk emri verilmemiş buradan, halka tek bir kurşun yok, silah ambarını açıp silah bile dağıtılmamış. Gemilerden sahile bir tek top atışı dahi olmadı. Şimdi nasıl inandıracağız herkesi bu darbeye? Şimdi nasıl bunlar onca insanı şehit etti diyeceğiz? On binlerce insanı sokağa döktük, on binlerce ölü olması, bu darbenin tarihin en kanlı olayı olması gerekiyordu. Hiç birisi olmadı..." diyordu. Tüm bunları söylerken bana konuşuyor gibiydi ancak gözlerini sabit bir noktaya dikmiş, belki de hesap verme korkusu sarmıştı. Ona göre yeterince kan dökülmemiş, yeterince sahte delil oluşmamıştı.

Birden ellerimi omuzlarına koydum tıpkı ilk görüşmenizde benim omuzlarıma elini koyduğu gibi "Zafer Albay'ım, baksanıza etrafınıza sizin dışınızda herkes zafer sarhoşu, kendinizi toplamazsanız bu rütbeleri gerçekten sökerler." dedim. Zafer Albay benim adeta sigortam gibiydi. Onun başına bir şey gelirse, beni koruyacak kimse kalmaz diye düşündüm.

Benim sarsmamla bakışları normale döndü. "Halkı nasıl inandıracağız Poyraz?" diye sordu tekrardan. Oysa halk çoktan inanmış, tek bir askeri hareketliliğin olmadığı şehirlerde bile, meydanlar dolmuş, demokrasi nöbetine başlanmıştı. Zafer Albay'ın kaygısı boşunaydı.

Ancak asıl kaygı duyulması gereken şey "on binlerce askere, silah arkadaşlarımıza pusu kurduğumuz gerçeği idi" O kahraman askerler bir bir derdest edilmiş, hiçbir dahli olmamasına rağmen darbeci ilan edilmiş ve götürüldükleri spor salonlarında ve karakollarda canice işkence edilmişti. Canavarlıkta sınır tanımamışlardı. Televizyonlarda gördüğümüz IŞİD militanları benzeri tipler, karargâhları ve sokakları doldurmuştu. Ergenekon-Balyoz ekibinden emekli olanlardan birliklere girenler, aralarında bizatihi işkencelere katılanlar olmuştu. Tüm işkencecilerin isimlerini tek tek vereceğim" diyerek duraksadı.

O anda masadan kalktım. Nefessiz kaldığımı hissetmiştim. Sanki salondaki tüm hava çekilmiş boğuluyordum. Gözümün önüne darbe sabahı televizyonlardan yayınladıkları işkence görüntüleri gelmişti. Öfkem dokunduğum her şeyi yakabilecek kadar keskindi. Kendimi bahçeye atıp istemsizce avazım çıktığı kadar bağırmıştım. Ancak o zaman nefes alabilmiş, sanki derin bir suda dakikalarca havasız kalmış ve ciğerleri neredeyse iflas etme noktasına gelmiş bir dalgıç gibiydim. Ağır ağır da olsa kendime geldim. O görüntüleri, o kahramanlara yapılan canavarlığı hâlâ hazmedemiyordum. İçimden "İyi ki işkenceye zaman aşımı yok. Ömürlerinin son deminde olsalar da işkencecilerin hesap vermesi için elimden geleni yapacağım" dedim.

O sırada Poyraz da dışarı geldi. Belli ki benim tepkimden çekiniyordu. Kısık bir sesle "İyi misin?" dedi. Başımı usulca salladım. "İyiyim, sadece o işkence görüntüleri gözümün önüne geldi" dedim. Yine aynı kısık ses tonu ile "O görüntüler benim gözümden hiç çıkmadı ki." dedi. "Bir anlığına unutabilmek için her şeyi denedim. Alkolik oldum. Uykularım delik deşik oldu. Sonunda anladım ki o gece kendi elimle ruhuma bir mezar kazmış ve ölmeden karanlık bir tabutun içine girmiştim."

Poyraz bu sürecin bu ana kadar hiç gün yüzüne çıkmamış yönünü aşikâr ediyordu. Bu kirli kumpasa bulaşanlar kendi hayatlarını zindana çevirmişlerdi. Dışarıdan zafer naraları atanlar, içeride acı içinde kıvranmışlardı. Çünkü böylesine bir ihanetin ve utancın parçası olmayı önce özleri kaldıramamıştı. Bu nedenle Poyraz'a bir yandan derin bir öfke duysam da diğer yandan içinde temiz kalmak için mücadele etmiş, vicdan azabı ile yanıp tutuşmuş olması öfkemi hafifletiyordu. Poyraz'ın anlattıkları, tavırları ve hareketleri duyduğu pişmanlığı da ortaya koyuyordu. Ancak pişmanlıkların hiç birisi bu filmi başa sarmaya yetmiyordu.

BABA OCAĞI

Ülkeye döneli aylar geçmesine rağmen henüz memlekete gitmemiştim. Baba ocağından yıllarca ayrı kaldığım hâlde adımlarımı geri geri götüren bir duygu kaplamıştı içimi. Doğup büyüdüğüm yerde, çocukluğumdan itibaren beni tanıyan, gördüğünde sarılan pek çok kişi 15 Temmuz sonrası irtibatı bıçak gibi kesmişti. Bunu normal karşılamıştım. "Kafaları karışık" demiştim. Ancak her seçimde bizlere bu haksızlık ve hukuksuzluğu yapanları başlarında tutmuşlar, bir tepki koymak şöyle dursun, bizlere bu iftiraları atanları bağırlarına basmışlardı. Kayseri bu süreçte haksızlığın ve hukuksuzluğun adeta bayraktarlığını yapmıştı. Pek çok esnafın her bir ferdine zulmün en ağırı yapılırken sesleri solukları çıkmamıştı. Evet, diğer şehirlerde de benzer bir tablo vardı. Oralarda da derin bir uyku, derin bir suskunluk olmuştu ancak doğup büyüdüğüm, bir zamanlar her fırsatta gitmek için can attığım şehrin bu tutumu bana ayrı bir dokunmuştu. Geçmişin zincirlerini kırıp atsam da o günlerde olanları bir kenara koysam da baba ocağı ile vuslatım için duygularımın tamamen dinginleşmesini beklemiştim.

Artık geçmişten çok bugünü ve geleceği konuşuyordum. Güzel günlerin geldiğinin en büyük göstergesi, sokaklarda yüzlerde yeniden bir tebessüm, yeniden bir umut ışığı olmasıydı. Asker selamı ile başlayan kardeşlik trafikte, stadyumlarda, caddelerde kendini gösteriyordu. Bana mı öyle geliyor bilinmez, trafikte korna sesi bile azalmıştı. Yılların yorgunluğu ve öfkenin bir anda geçmesini beklemek hayal olur elbette. Bununla birlikte bahar yağmurunun dinginliği misali, herkeste ayrı bir sakinlik belirmeye başlamıştı. Hemen hemen her gün telefonum çalıyor, memleketten eş, dost, akrabalar "Haydi ne zaman geliyorsun? Yolunu bekletme daha fazla..." diye sitem ediyorlardı.

Uçak iki saate yakın bir yolculuk sonrasında Kayseri Havaalanı'na inmişti. Havadan şehre bakınca içimden ne kadar da büyümüş diye geçirmiştim. Şehir çevreye doğru taşmış, İncesu ile Kayseri tamamen birleşmişti. Beni ilk selamlayan da Erciyes Dağı olmuştu. Tüm ihtişamı ile hâlâ dimdik duruyordu. Küçükken bazen bir ağacın başında, bazen evimizin karşısındaki yamacın en yüksek tepesinde Erciyes'e bakar, ne hayaller kurardık. Günün birinde o karları hiç erimeyen zirvesine çıkmanın planlarını yapardık. Belki çocukluktan kalma bir heves olsa gerek bir şubat ayında evlenmiş ve balayımızı Erciyes'in zirvesinde bir otelde yapmıştık. Üzerimizde çok da kalın kıyafetler olmamasına rağmen, açık teleferikle en tepeye de çıkmıştık. "Ne günlerdi" diye içimden geçirdim. Garibanlık içinde dahi bizleri daha mutlu eden şey neydi? Çocukluk mu yoksa o zamanların kendine özel büyüsü mü, bir türlü anlamamıştım.

Şehre geldiğimden yalnızca birkaç kişinin haberi olmuştu. Bu süreçte sosyal medyadan tanıştığım ve aynı kaderi paylaştığım birkaç dosta da haber vermiştim. Her birini havaalanında bekliyor görünce çok duygulanmıştım. Aramızda ne kan bağı vardı ne çocukluğumuz ne de gençliğimiz bir arada geçmişti. Ancak öyle bir sarılmamız vardı ki görenler kırk yıllık dostlar birbirlerine kavuşmuş sanırdı. Daha fazla dikkat çekmeden arabaya binmiş ve derin bir sohbete başlamıştık. Kadim Bey, "Komutanım hatırlıyor musunuz? Her seferinde 'Güzel günlere bir gün daha yaklaştık' diye yazıyordunuz. O zamanlar inanmayanlara inat, ısrarla bugünlerin geleceğini söylüyordunuz. Şükürler olsun ki buradasınız. Allah dünya gözüyle kavuşturdu" diye söze başlamıştı. Evet bir dönem tek tek gün saymıştık. Kışın en sert anlarında umudumuzu kaybetmeden beklemiştik bu günleri. Şimdi ise o kışta ayakta kalanlar hep birlikteydik.

Bu duygu nasıl tarif edilirdi, bilmiyorum. Nasıl oluyor da insan kendini bu kadar yakın hissedebiliyordu. Ömrümde ilk defa bir araya geliyor olsam da her birini kırk yıldır tanıyor gibiydim. Yaşadığımız şeyler bizi o kadar çok kendine yakınlaştırmıştı ki; "Şu dostluk için dahi değer" diye içimden geçirdim. O sırada araba küçük bir lokantanın önünde durdu. Daha kapıdan inmeden kırklı yaşlarında, saçları hafif ağarmış, tebessüm dolu bakışla birisi karşıladı bizi.

Arkadaşlar daha tanıştırmadan "Komutanım" demiş, boynuma sarılmıştı. "Yıllarca yazılarınızı okudum, malum baskıdan dolayı ne takip edebiliyor ne de yorum yazabiliyordum. Ancak o yazılar bizleri dimdik ayakta tuttu, umut oldu" diye devam etti.

Bu süreçte, çok sevdiği polislik mesleğine veda etmek zorunda kalmış. Meslekten atıldıktan sonra en yakın akrabaları bile yüzüne bakmamış. Babası "Benim senin gibi bir oğlum yok" deyip irtibatı kesmiş. O da eşine "Bize buralarda artık ekmek yok" deyip üç çocuğu ile buraya taşınmış. Başlangıçta pazarcılık yapmış, inşaatta çalışmış. Bir gün bu lokantanın önünden geçerken "devren satılık" yazısını görmüş. Eski sahibi yaşı epeyce ilerlemiş bir amcaymış. Çocukları sahiplenmeyince, bu yaşta ne için koşturuyorum deyip burayı satmaya karar vermiş. Polis arkadaş başına gelenleri kısaca anlattıktan sonra, belki bir ümit ileride biz de açarız deyip fiyatını sormuş.

Yaşlı amca "Evladım size yapılanlar benim yüreğimi sızlatıyor, elimden de bir şey gelmiyor. Ancak seni kapıma Allah gönderdi. Bana da bu süreçte mazlumun yanında olma fırsatı verdi. Sen al bu lokantayı, işletmeye başla, bana da taksit taksit ödersin" diye bir teklifte bulunmuş.

Kendi babasının kapıyı yüzüne kapattığı bu dönemde, amcanın teklifine ilk başta inanamamış. "Bu devirde kim kime böyle bir şey yapar, benimle eğleşiyor herhalde" demiş.

Ancak yaşlı amca oturduğu masasından kalkıp, "Evladım benim bir ayağım zaten çukurda, Mevla'mın huzuruna varmak için gün sayıyorum. Bana neyle geldin derse, bir mazlumun duası ile demek isterim." diyerek kafasındaki tüm soruları dağıtmış bu samimi hâliyle.

Çok geçmeden eşiyle birlikte lokantanın başına geçmişler, eski menüye ilaveten eşinin yaptığı yemek çeşitlerini eklemişler. O günden beri de bu lokantayı işletiyorlarmış. İçeri adımımı attığımda bir ev sofrası tadında döşenmiş masalar dikkatimi çekmişti. Girişteki kasanın hemen arkasında usta önlüğü ile poz vermiş yaşlı bir amcanın fotoğrafı duruyordu. Bana "Bizim hikâyemizin kahramanı. Allah mekanını cennet eylesin." diyerek buyur etti. Yaşlı amca lokantayı devrettikten iki yıl sonra vefat etmiş. Bizim polis arkadaş o zamana kadar bir kısmını taksit taksit ödediği miktarın geri kalanını borç harç denkleştirip oğullarına ödemiş. Ancak o yaşlı amcanın anısının hürmetine o fotoğrafı yerinden hiç kaldırmamış. Biz konuşurken birazdan mutfaktan eşi geldi, "Sizlere her çeşitten azar azar ikram edeceğim, baştan söyleyeyim tabakları bitirmeden kalkmak yok" diyerek latife yaptı.

Evet, süreç çok zordu. Aklımıza gelmeyen başımıza

gelmişti. Ancak tüm zorluklara rağmen birbirine daha da sarılıp, sabırla, ümitle, gayretle ayakta kalanlar mükâfatını da apayrı alıyordu.

Yemeğe başlarken arkadaşlardan birisi "Gardaş, mesleğe dönmeyi düşünüyor musun?" diyerek söze girdi. Polis arkadaş tam cevap verecekken, aramızda hepimizden yaşça büyük olan Kadim Bey, "Adam işletme sahibi olmuş, patron olmuş. Sen mesleğe dönecek misin diye soruyorsun" diyerek şakayla karışık fikrini söylemişti.

Bunun üzerine masada bir gülüşme olmuş, polis arkadaşın cevabı dudaklarında kalmıştı. Zor bir karardı. Bir kapı kapanmış, yerine açılan kapılardan çoktan yollar alınmıştı. O yüzden bu soruya verilen yanıt çoğu zaman bu gülüşlerde eriyordu. Bir zamanlar meslekleri elinden zorla alınmış insanlar şimdi ayrı bir gönül bolluğu ile "Bir vazife olursa seve seve koşarım. Ancak kimsenin işinde de aşında da gözüm yok" diyor, kendi isteğinden ziyade ülkenin ihtiyaçlarını öne koyuyordu. Bu kadar gönlü geniş olan birisi her koşulda, yaptığı her işte zirveye çıkabilirdi. Lokantada yemekler, çaylar, tatlılar derken epeyce bir vakit geçmişti. Tam da "Hesabı ben ödeyeceğim" diye herkes birbiri ile yarışırken, polis arkadaşın eşi "Misafir sofrasından hesap alındığı nerde görülmüş" diyerek o gönül genişliğini bir kez daha göstermişti. Tıpkı kendilerine bu yeri devreden yaşlı amcanın gösterdiği gönül genişliği gibi.

Bu arada arkadaşlar "Komutanım, sizi memlekete yalnız göndermeyiz. Hep birlikte gidiyoruz. Hem yol yorgunusunuz, şimdi ne araba kullanılır ne de otobüse binilir" demişlerdi. Ne yalan söyleyeyim, "Hayır" demeye hiç dilim varmadı zira memlekete birkaç dost ile giriş yapmak belki de bana iyi gelecekti. Güzergâh olarak Erciyes'in tepesinden, Tekir, Develi, Yahyalı yolunu seçmiştik. Hem Erciyes'in zirvesine bir daha çıkmış olacak hem de Develi'de bu süreçte beni hiç yalnız bırakmayan birkaç akraba ile buluşacaktım.

Yarım saat sonra o heybetli dağın zirvesinde, kulaklarımızı donduran soğuğu ile buluşmuştuk bile. Herkes arabada otururken, dışarı çıkmış, karların içine gömülen ayaklarıma aldırış etmeden, yüz metre kadar yürümüştüm. Erciyes'in tepesinde esen soğuk rüzgârlar yıllardır etrafımızda esmişti. Çocukluk döneminin zorlu yıllarında karlı zirvesine bakıp hayaller kurduğum Erciyes, belki de nelere şahit olmasına rağmen dimdik ayaktaydı. Şimdi yıllar geçmiş, bu dağın zirvesinden birazdan kavuşacağım baba ocağının etrafını saran Aladağlar seçilir olmuştu. Küçük yaşta öksüz kalan, yaşına, garibanlığına aldırmadan ben okuyacağım diyen, soğuk kış günlerinde boya sandığı sırtında ekmek parası peşinde koşan dokuz yaşındaki Mehmet aklıma gelmişti. Çocukluğum bir film şeridi gibi geçmişti gözlerimin önünden. Bu sırada biraz daha dışarıda kalsam donup kalırım korkusu ile arabadan seslenmişler ve "Hadi teker dönüyor" diyerek de acelemiz var baskısı kurmuşlardı. Gözyaşlarım akıyor muydu, kestiremedim, "Akıyorsa da donuyordur herhalde" diye içimden geçirdim. Ancak içinde sevinç ve hüzünle karışık bir duygunun, tüm ağırlığını gözlerime yıktığını da hissediyordum. Bu duygular ve ağır adımlarla arabaya doğru yürüdüm.

Develi'de uzun kalmamış, akrabaları görüp hasret giderdikten sonra tekrardan yola çıkmıştık. Hava kararmak üzereydi. İçimden "Bu vakte denk geldiği iyi oldu, çok da dikkat çekmeden baba ocağına varırım" diye düşünüyordum. O sırada aklıma 15 Temmuz sonrası Ankara'ya gidip dönerken ki ruh hâlim gelmişti. Meydanları dolduran insanlara görünmek istemediğimden, baba ocağına dahi uğramamıştım. Cadı avı gibi asker avı yapıldığı günlerde kendi sokağım, mahallem, şehrim bile güven vermemişti bana. Zira o kumpası kuranlar halkı bizlere düşman etmek için türlü canavarlıkları ve canilikleri yapmışlardı.

Bu duygularla dalmış gitmiş ve bir anda dört bir taraftan korna sesiyle irkilmiştim. O da ne... Yahyalı girişi tıpkı bir düğün alanı gibi konvoyla dolmuş, neredeyse ilçenin güneyinden kuzeyine kadar yüzlerce araba konvoya dahil olmuştu.

Meğer ben havaalanına indiğim an arkadaşlardan birisi haberi ulaştırmış, geleceğim zamanı dakika dakika bildiriyormuş. "Bu nereden aklınıza geldi. Ben size özellikle demedim mi kimsenin haberi olmasın, sosyal medyada paylaşılmasın" diyerek ufak da bir tepki göstermiştim.

Daha beş on dakika önce baba ocağına dikkat çekmeden gitmenin hesabını yaparken şimdi yüzlerce araçlık konvoyun ortasında ilerliyordum. El sallayanlar, kornaya basanlar, yol kenarında meraklı bakışlar arasında, çocukluğumda belediye düğün salonu olarak kullanılan salonun önünde durduk. Arabadan iner inmez babam, kardeşlerim, tüm aileyi karşımda bulmuştum. Bu vuslata asker selamı gerekir miydi bilinmez ama ben çoktan o selamı almıştım. Babamın ellerinden öperken, gözyaşlarıma hâkim olamamıştım. Yıllarca yolumu gözlemişti, her telefonda "oğlum ne zaman geleceksin, ölmeden yüzünü ne zaman görebileceğim" sorularını yinelerdi. Ben ona kavuşmuştum ancak niceleri sürgünde veda etmek zorunda kalmıştı anasına, babasına, kardeşine.

Sonrasında içeri geçtik. Salon tıklım tıklım dolmuş, arka tarafta ayakta kalanlarla birlikte salonda adım atacak yer kalmamıştı. Mikrofondan anonslar yapılıyor, coşkulu ses tonuyla konuşmalar kulağıma geliyordu. Ancak benim dikkatim yüzlerde, gözlerdeydi. Aralarında tanıdık yüzler görsem de çoğunu çıkaramıyordum. Yıllar geçmişti buralara gelmeyeli. Çocuklar genç delikanlı olmuş, tanıdıkların pek çoğu ise o sessiz gemi ile kimsenin dönüşünün olmadığı o son limandan uğurlanmıştı ebedi hayata. Bu süreçte doğduğum topraklarda irtibatı koparmadığım birkaç kişi olmuştu. Onları görünce, kalabalığı yarıp hasretle sarılmıştık. Ağzımızdan tek bir kelime dökülmese de gözlerimizden yanaklarımıza süzülen sevinç gözyaşları konuşuyordu birbiriyle. Bakışlar o kadar şey anlatıyordu ki Hak'tan hakikatten zerre miktar ayrılmadan dimdik ayakta durmuşlardı.

Bu an belki de saatler sürebilirdi. Ancak birileri çoktan kolumu çekmiş, bana ayrılan koltuğa doğru geçmiştim. Sonrasında otuz ila kırklı yaşlar arasında, uzun boylu, gözlüklü birisi kürsüye gelmişti. Kalabalık kürsüye gelişiyle aralarında konuşmayı bırakmış ve onu dinlemeye başlamıştı.

"Komutanım, ben Yahyalı Kaymakamı, memleketinize, baba ocağınıza hoş geldiniz" diyerek söze başlamıştı. Sonra "Biliyorum sizden habersiz, adımınızı atar atmaz buraya getirdik sizi. Ancak yalnızca sizi tanıyanlar değil sizi tanımayanlar, gittiğinizde daha çocuk olanlar, hepimiz aylardır kitabınızı, yazdıklarınızı okuyoruz. Bir zamanlar gözlerimizi kapattığımız hakikatler, hayat hikâyenizde ifade ettiğiniz birbirinden zorlu süreçler ve yıkılmadan ayakta kalışınız hepimizi duygulandırdı, hüzünlendirdi, gururlandırdı. Eğer kabul ederseniz öncelikle bu süreçteki suskunluğumuzun özrünü sonrasında da gönül dolusu sevgi ve muhabbetimizi sunmak istedik. Kış vakti olmasa meydanı dolduracak kadar kalabalık yolunuzu gözlüyordu. Buraya gelenler hem sizi görmek hem de birkaç kelime dinlemek için toplandı" diyerek beni kürsüye davet etti.

Bir konuşma için hazırlık yapmamış, kafamda da böyle bir tabloyu canlandırmamıştım. Ancak böylesine yürekten bir özrü ve selamı geri çeviremezdim. Ağır adımlarla kürsüye çıktım. Kaymakam Bey'in yanına vardığımda verdiği asker selamını aldım. Beni baba ocağım ve doğduğum topraklar ile barıştıran en anlamlı selamlardan birisiydi. Kaymakam Bey'le tokalaştıktan sonra kürsüye geçtim. Salonda artık çıt çıkmıyordu.

Gözler gözlerime dikilmiş, bense ne konuşacağımı, nereden başlayacağımı bilemeden karşımdaki yüzleri tarıyordum. "Bundan yıllar önce bir harp okulu öğrencisiyken mezun olduğum Yahya Gazi Lisesi'ni ziyarete gitmiştim. Müdür Vahit Hoca, beni muhabbetle karşılamış ve 'Senden bir isteğim var. Ziyaretin tam da okulun ilk gününe denk geldi. Çocuklar beni her sene dinliyor. Sıkıldılar aynı yüzü görmekten. Bugün okulun açılış konuşmasını yapsan olur mu?' diyerek beni kürsüye çıkarmıştı. Bugün de açıkçası niyetim sessiz sedasız doğduğum toprakları ziyaret etmekti. Bu kürsüde sizlerin karşısında olmayı planlamamıştım. O gün açılış konuşmasında öğrencilere 'Bu topraklar memleketimiz, çok da seviyoruz ancak hepimiz biliyoruz ki okumaz ve gayret göstermez isek ne kendimizi ne de bu toprakları geliştirebiliriz. Çok çalışın, ufkunuz bu toprakların ötesi olsun, yıllar sonra buralara döndüğünüzde başarılarınızla gurur duyalım, Anadolu'nun küçük bir ilçesinden çıkıp ülkede ve dünyada yaptığınız büyük işleri alkışlayalım' demiştim. Öyle de oldu. Bir zamanlar koca bir sülaleden tek bir okuyan çıkmayan ilçede her meslekten, her seviyede insanlar yetişti. Aynı bahçelerimize ektiğimiz elma fideleri gibi, bir zamanlar analarımızın dokuduğu halı nakışları gibi, ilmek, ilmek, emek, emek yavrularımız büyüdü. Sonra bir gün kirli ve kanlı bir kumpas tüm bu fideleri birer birer kesti. Belki de her birinizin ailesinden gözünüzden dahi sakındığınız evlatlarınıza 'hain' dediler 'terörist' ilan ettiler. Bir zamanlar mahalle delikanlıları arasında çıkan kavgalarda, mahallenin en serseri çocuğunu koruyan, 'Hadi git işine, dağdan gelip bağcıyı kovamazsın' diyen bizlerin dili tutuldu o zaman. Dağdan gelenin sözü ile kendi bağlarımızı yaktık.

Emeklerimizi ellerimizle ateşe attık. Bundan yüreklenen asıl hainler, bizlerin rızkı üzerinden şatafatlı hayatlar kurdular, milletin malını, mülkünü gasp ettiler ve hepimizin bildiği üzere bizleri bir kuru lokmaya muhtaç ettiler. Anadolu adeta koca bir yangın yeri oldu. Her yer enkaz altında kaldı. Memleketimden uzakta geçen yıllarımda bu tablo beni kahretti. Ömrümü uğruna feda ettiğim vatan topraklarının talan edilmesi yüreğimi sızlattı. O yüzden hakikati, gördüğüm bu ürpertici tabloyu yazmaya ve anlatmaya çalıştım, benim gibi yüreği acılı pek çok yiğit insanla birlikte."

Ancak o günler geride kaldı. Evlatlarımızın bir daha böyle acılar yaşamaması için, her detayı ile anlatacağımız karanlık bir kış, eskilerin diliyle sert bir zemheri yaşandı. Şu an sizlerin karşısında bu toprakların bir evladı olarak duruyorum. Rütbeleri ve makamları bırakalı çok oldu. Ancak sizlerin gözünde hakikatle anılıyor olmaktan da ziyadesiyle memnunum. Geçmişin prangalarını kırarak, bu yaşananlardan dersler çıkararak, evlatlarımıza daha yaşanılır topraklar bırakacağız." diyerek konuşmamı sonlandırdım. Salonda herkes ayakta alkışlıyor, gözlerden akan yaşlar, yanaklardan süzülüyordu. Aslında o kürsüde sadece Mehmet konuşmamıştı. Ali, Ahmet, Ömer, Ethem, Sevinç, Nurgül, Emin, Zeki, Hamza, Serkan, Hüseyin, Gökhan, Kenan, Kevser, Zehra ve binlerce insanın duygularıydı bunlar. Her eve düşen ateş birer birer söndürülmüş, her evde yaralar sarılmaya başlanmış, baba oğulla, kardeş kardeşle yeniden sarmaş dolaş olmuştu. Bugün Yahyalı'da yaşanan sahnenin benzerleri neredeyse her evde, her köyde, her kasabada ve her şehirde yaşanıyordu. Anadolu, evlatlarına kucak açıyor, geçen yılların hikâyeleri ağızdan ağıza dolaşıyor ve gönüllerin kırgınlığı onarılıyordu.

Ertesi gün bu duygular ile dedem, babaannem, halam da dahil, pek çok tanıdık ve yakınımın defnedildiği mezarlığı ziyaret etmiştim. Memleketten ayrı kaldığım dönemde pek çok yeni mezar eklenmiş, insanlar geçici olarak geldikleri bu dünyaya veda etmişti. Günün birinde bizlerin de son durağı buralar olacaktı.

Elbet Bir Gün

Mehmet DAĞCI

DEVLET SÖZÜ

Kayseri'den sonra ikinci durağım Adana olmuştu. Bu sefer etrafımdakileri sıkı sıkıya tembihlemiş, kimselerin haberi olsun istememiştim. Annem Kozan'da oturuyordu ancak oraya geçmeden Buruk Mezarlığı'na gitmiş, kayınvalidem ve kayınpederimin mezarını ziyaret etmiştim. Kayınvalidemi sürgün öncesi kaybetmiştik. Genç yaşta kanser illetine yakalanmış ve bizlere veda etmişti. Kayınpeder ise COVID yıllarında ayakta girdiği hastaneden çıkamamış ve bu hayata gözlerini yummuştu. Kayınvalidem de ve kayınpederim de beni evlatları gibi sevmiş, daima aramızda derin bir muhabbet olmuştu. Onların yokluğu bizi adeta kolsuz kanatsız bırakmış, sürgün yıllarında en çok da "keşke şimdi hayatta olsalar da şunları yapsaydık" diyerek iç geçirmiştik. Yaşanılan sürecin en zor tarafı sevdiğimiz insanların cenazelerine dahi katılamamak olmuştu. Hapiste ve sürgünde uğurlamıştık pek çok dostu, akrabayı son yolculuğuna. Zulüm öylesine ağırdı ki evladının, eşinin, babasının cenazesinde dahi ellerdeki kelepçeler çözülmemişti.

Benimle kayınbiraderim Ahmet de mezarlığa gelmişti. Sessizce iki mezarın ortasında diz çöktüm. Geçmişteki her bir anı, bir film şeridi gibi gözümün önünden geçiyordu.

111

Kayınpederim Torosların tepesindeki evimize çok emek vermiş ancak orada birlikte sadece birkaç gün geçirmek nasip olmuştu. Sonrasında araya sürgün ve ölüm girmişti. Ne çok şey yaşandı ve ne çok giden ne çok ayrılan olmuştu hayatımızdan. Sürgün yıllarında eşim "Ben ölürsem, cenazemi burada bırakma. Beni anamın babamın yanına Buruk'a gönder" diye telkinde bulunurdu. Bana "Sen nereye gömülmek istersin?" dediğinde onun kadar net yanıt veremez, kırık dökük hayatın ve anıların içinde bir yer bulmakta zorlanırdım. Sonra "Hele bir ölelim, o zaman düşünürüz" diyerek küçük bir latife ile geçiştirdim sorusunu.

Mezarlıktan çıktıktan sonra 45 dakikalık bir yolun ardından Kozan'a varmıştım. İlkokul üçüncü sınıfı okuduğum Kozan o yıllardan sonra tanınmayacak kadar büyümüştü. Bizlerin top oynadığımız tarla ve bahçelerin her birinde koca koca apartmanlar yükselmiş, çocukken geçtiğim yollar çoktan geride kalmıştı. Değişmeyen tek şey Kozan Kalesi idi. Adeta kanatları ile yavrusunu koruyan bir kartal misali dört bir yandan gözüküyordu.

Bir zamanlar Kozan'a annemi görmeye geldiğimde ilk durağım Ayşe Teyzemin evi olmuştu. Şimdi de ilk olarak onu ziyaret edip ellerini öptüm. Onunla kavuşmamızda sanki henüz dün görüşmüş hissine kapılmış ve yılların tüm acısı ve yorgunluğu bir anda yok olmuştu. Daha küçüklüğümden beri bana anne kadar yakın olan teyzemi dünya gözüyle görebilmiş olmak benim için en büyük hediye olmuştu. O gece sabaha kadar sohbet etmiş ve soba ateşinin yanı başında birkaç demlik çay bitirmiştik.

İnsanın aradığı şey sadece huzurdu. Anıların tozlu yapraklarını kaldırabileceği birkaç dost ve bir yudum huzur yetiyordu insana. Ancak öyle bir döneme rast gelmiştik ki huzur dışında her şey bol kepçeyle gelmişti. Geçim derdi peşinde koşanlar, servet yarışına girenler, güzellik sevdasıyla saatlerini ayna ve telefon başında geçirenler derken huzur peşinde koşan çok azalmıştı. Çünkü çoğumuz huzur nedir bilmeden büyümüştük bu topraklarda. Ne evlerde ne de sokaklarda bir gram huzur çok görülmüştü. Herkesin bir oyunu, herkesin bir planı vardı. Bu oyunların arasında huzur bulunamıyor bereket de olmuyordu.

Ertesi sabah kahvaltıyı yapmadan annemin yanına yola çıkmıştık. Bu sefer yanımda Ayşe Teyzem ve eşi İshak Ağabey vardı. Annem hâlâ köyde kalıyordu. Bizi avlunun hemen ön tarafında karşılamış, hasretle dakikalarca sarılmıştı bana. Koca bir ömür ana oğul bir türlü bir arada olamamıştık. Önce babamla ayrılığı araya girmiş, sonra benim mesleğim ve ardından sürgün atmıştı beni uzak diyarlara. Ben ilk evladı ve ilk göz ağrısıydım. Ama hissemize bize çizilen kaderi yaşamak düşmüştü.

Eve girdiğimizde içeride soba çoktan yanmış, çay da demlenmişti. "Sana sobada sıcak çörek yaptım. Seversin diye taze de yoğurt çaldım" dedi. Yıllar geçmesine rağmen ekmeği yoğurda banarak yemeyi sevdiğimi unutmamıştı. "Kaç sabah boğazımda düğümlendi lokmalar. Hep sizi düşündüm. Gurbet ellerde ne yaparlar ne ederler diye kaygıyla doldum. En çok da seni, kızımı, torunlarımı görmeden bu dünyaya veda etmekten korktum. Geceleri Allah'a yalvardım bizi kavuştursun diye. Şükürler olsun ki dünya gözüyle bir kez daha gördüm evladımı..." diyordu.

Ayşe Teyzem biraz da havadaki hüznü dağıtmak için "Abla oğlunu gördün, bizleri unuttun bakıyorum da... Bize de bir hoş geldin yok mu?" diye şakayla karışık girmişti araya. Annem "Ayşe sen şahidimsin benim gözyaşlarıma, çok görme bunu bana." diyerek ona da sarılmıştı.

İnsanın ana babası ayrılınca iki yarım bir tam olmuyordu.

Ancak gerek annemin gerek babamın yaşadıkları da kendi kaderleriydi. Hayat onlara başka başka yollar çizmişti. Bu yolların sonunda da kardeşlerim Emrah ve Ramazan'ın yanına sekiz kardeş sahibi daha olmuştum. Bugüne kadar da hiçbiriyle aramızda bir çatışma çıkmamıştı. Bazen gönül kırgınlıkları olsa da bu zamana kadar birbirimizin yanında olmuştuk. Bu süreçte her biri farklı fikirlerde belki de farklı taraflarda olsa da bana karşı en küçük bir hürmetsizlik göstermemişler, üzerimize atılan iftiralara aldırış etmemişlerdi. "Biz ağabeyimize kefiliz" diyerek bu süreçte yanımda durmuşlardı. Ancak siyasi fikirleri iktidarın çizgisini izlemiş, ben de gün gelecek herkes hakikate uyanacaktır deyip bu konudaki herhangi bir çatışmadan uzak durmuştum.

Kahvaltı sonrasında köyden birçok tanıdık da birer ikişer annemin evine gelmeye başlamıştı. Her birinin yüzünde içten bir sevinç vardı. Köyün ileri gelenlerinden Hüseyin Ağa "Komutanım burada annen şahidimiz. Biz her daim seni iyi andık. Bir şüphemiz olmadı senden yana. Ancak sen de bilirsin biz daima devletimizin sözünü emir bildik. Devlet büyüklerini her daim bizlerin üzerinde gördük ve sözlerinin üzerine söz koydurmadık. Ancak yaşadık ve gördük ki kendi çıkarları için bizlere yalan söylemişler. Hakikati gizlemişler. Buna uyanamadık. Bu toprakların bereketi gittiğinde, bahçelerimizdeki mallar para etmeyip, çocuklarımız üç kuruşa muhtaç olduğunda anladık işin aslını. Meğerse bu ülkeyi ayakta tutan senin gibiler, bize "hain" diye gösterdikleri imiş. Bizim köyde de pek çok kişi işinden aşından edildi. O zaman da bunlar kadar dürüst ve çalışkan insan nasıl bulur devlet, nasıl olur da bu çocuklar memleketi batırır dedik. Gel gör ki, kimimiz korkudan, kimimiz cahillikten yanıldık, şaştık." demişti.

Sözünü hiç kesmedim Hüseyin Ağa'nın, o konuştukça diğer

misafirler başını sallıyor, tasdik ediyorlardı. Ona "Hüseyin Amca, benim bu millete, bu vatana bir gönül kırgınlığım kalmadı. Bu yaşadıklarımız hepimize bir ders olsun. Dilerim evlatlarımız bu günleri hatırlar ve hakikate her daim sahip çıkarlar." diyerek karşılık verdim. Bu yeni dönemde kim ne yaşadıysa aynı zamanda ilahi adalet terazisinde de tartılmıştı. O yüzden kalpleri ve gönülleri hakikate uyananlara üstünlük taslamak, bu içten sözleri havada bırakmak bana yakışmazdı.

O sırada yirmili yaşlarda bir delikanlı salona girdi. Elinde yazdığım kitabı tutuyordu. "Komutanım sizin yazılarınız sürekli sosyal medyada önüme düşüyordu. Sonra Durdu Abla'nın oğlu olduğunuzu öğrenince takip etmeye, yazdıklarınızı okumaya başladım. Almancı bir akrabama da kitabınızı getirttim. Her sayfada sizi daha iyi tanıma fırsatı buldum. Bu kitabı kaç defa okudum bilmiyorum, ancak hep sizinle tanışmayı hayal etmiştim. Geldiğinizi duyunca koştum geldim. Bu kitabı benim için imzalar mısınız?" diyerek bir solukta anlatmıştı duygularını.

Bu genç delikanlı bu mücadelenin boşa olmadığının kanıtı idi. Yerimden kalktım, ona doğru birkaç adım atıp sıkıca sarıldım. "İmzalarım tabii, sen onca baskı ve onca riske rağmen Almanya'dan getirtmiş okumuşsun da ben bir imzayı mı esirgeyeceğim..." diyerek cebimden yıllardır hatıra olarak tuttuğum kalemi çıkardım. İmzaladıktan sonra hem kitabı hem de kalemi ona uzattım. "Bu da benim sana bir hediyem olsun. Bu kadar okumayı seven birinin kalemi de kuvvetli olur. Bu kalemle daima hakikati yazasın, daima cesur kalasın" diyerek alnından öptüm. Salondaki herkes duygulanmış, gözyaşları bu ana tanıklık etmek istercesine yanaklardan süzülmüştü. Evet bu süreçte suskun gözüken Anadolu'da pırıl pırıl, hakkın ve hakikatin yanında saf tutan, bizlerin yazdıklarına kulak veren yiğit delikanlılar ve genç kızlar yetişmişti. Belki de bu nesil inşa edecekti, Cahit Sıtkı'nın özlemini kurduğu memleketi:

Memleket isterim
Gök mavi, dal yeşil, tarla sarı olsun;
Kuşların çiçeklerin diyarı olsun.
Memleket isterim
Ne başta dert ne gönülde hasret olsun;
Kardeş kavgasına bir nihayet olsun.
Memleket isterim
Ne zengin fakir ne sen ben farkı olsun;
Kış günü herkesin evi barkı olsun.
Memleket isterim
Yaşamak, sevmek gibi gönülden olsun;
Olursa bir şikâyet ölümden olsun.

İTİRAF

Sıla-i Rahim sonrası İstanbul'a geri döndüm. Yol yorgunluğu ve yaşadığım onca duygunun ağırlığı üzerimdeydi. Sabah kalktığımda ilk işim birikmiş postaları kontrol etmek oldu. Amerika'da neredeyse iki günde bir posta kutusu dolardı. Pek çoğu da reklam için gönderilen postalar olurdu. Masaya yığılı mektuplara bakınca "Bu konuda geri kalmamışız" diye tebessüm etmiştim. Teker teker reklam olanları ayıklamaya başladım. Bir yandan da önemli gördüklerimi tasnif ediyordum. Birden isimsiz bir mektup elime geldi. Üzerindeki mühre bakılırsa PTT ile dağıtılmıştı. Tasnif işini bırakıp, mektubu açtım. El yazısı ile yazılmış uzun bir mektuptu bu. "Komutanım" diye başlıyordu. Bu gizemli mektup ilgimi çoktan üzerine çekmiş, zarfın içine birkaç kez bakıp, bir isim, bir adres bulmayı ümit etmiştim. Mutfaktan yeni demlenmiş bir bardak çay alıp koltuğa geçtim ve mektubu okumaya koyuldum.

"Komutanım,

Bu yazdıklarımı size doğrudan anlatmayı çok denedim. Ülkeye döndüğünüz haberinden sonra size ulaşmaya çalıştım. Birçok kişiden adresinizi sordum. Kızmayın diye ismini vermeyeceğim bir tanıdık, sizin burada bulunduğunuzu söyledi. Tüm cesaretimi toplayıp kapınızı çalmayı çok denedim. Ancak her defasında korktum. Çünkü alnımda silinmeyecek bir utançla yaşıyorum. Yıllarımızı beraber geçirdiğimiz silah arkadaşlarıma ihanet etmek zorunda kaldım. En sonda söyleyeceğimi en başta yazayım. Ben etkin pişmanlık adıyla arkadaşlarının ismini verme karşılığında bu canavar rejimle anlaştım.

15 Temmuz gecesi bir telefon gelmiş, 'Terör ihbarı var, derhal birliğe dönmeniz gerekiyor' emrini almıştım. O akşam evde misafir için hazırlık yapıyorduk. Bahçede mangalı yakmıştım. Eşim de mutfakta son hazırlıkları yapıyor, bir yandan da oğlum bize yardım ediyordu. O telefon üzerine eşime durumu anlattım. 'Tam bir şey anlamadım ama karargâha gitmem lazım. Neymiş durumu anlar hemen geri gelirim' dedim. Eşim 'Gitmesen olmaz mı, onca hazırlık yaptık, misafirler gelmek üzere' diye karşı çıktı. 'Canım, bu bir emir. Emre uymamak gibi bir seçeneğim yok. Sen de biliyorsun bunu' deyip, derhal üniformamı giyerek birliğime koştum. İçeri girer girmez yüzlerini ilk defa gördüğüm üç kişi tepeme bindi. Daha ne olduğunu anlamadan başıma bir darbe aldım. Kulağımın arkasında derin bir yarık açılmıştı. Bir yandan elimle kanayan yeri kapatmaya çalışıyor, diğer yandan da 'Keşke eşimi dinleseydim' diye içimden geçiriyordum. İşte o an bir pusuya çekildiğimizi anladım. Bu arada iyice halsiz düşmüş, elimle bastırmama rağmen başımdaki yaranın kanaması durmamıştı. Yardım istemek için elimi kaldırdığımda, suratıma bir tekme daha geldiğini hatırlıyorum. Sonrasında bayılmışım.

Kendime geldiğimde büyük bir spor salonunda, üzerimde yalnızca iç çamaşırım kalmış olarak buldum kendimi. Adeta bir mahşer yeri gibiydi ortalık. Yüzlerce asker elleri arkadan bağlanmış, namazda secdede durur gibi oturtulmuştu. Bizlerin gözü önünde yaşlarından üst rütbeli olduğunu anladığım birçok kişiye işkenceler yapıyorlardı. Kan kokusu tüm salonu doldurmuş, tuvalete dahi gitmemize izin verilmediğinden, aldığımız her nefeste idrar ile kan kokusunu hisseder olmuştuk."

Bu sırada mektubu okumaya ara verdim. Adeta bitmez bir kâbus gibi unutmaya çalıştığım sahneler gözlerimin önüne geliyordu. Herkes, hikâyesinin bir köşesine bu canavarlığı en ince detayına kadar sıkıştırıyordu. Ancak daha ilk günden itibaren öfkemin zirve yapmasına neden olan bu işkence tablosuyla yıllar sonra tekrar yüzleşmek, bir bıçak yarasını eliyle açıp üzerine tuz ekmek kadar ruhuma ağır geliyordu. Tarih pek çok benzer duruma şahit olmuştu. İnsanlık pek çok karanlık tablonun figüranı olmuştu. Bizim de şansımıza kendi silah arkadaşları tarafından satılmak, haince pusuya çekilmek düşmüştü.

"Orada üç gün kaldıktan sonra, aralarında benim de olduğum altı kişiyi ayrı bir odaya götürdüler. Orada kızıl saçlı, top sakallı birisi adeta gözü dönmüşçesine vurmaya başladı bize. Ellerimiz hâlâ arkadan bağlıydı. Benim kafamdaki yara daha kapanmamış, spor salonunda hiçbir anestezi yapmadan dikişler atmışlardı. Aldığım tekmeler sonrası yüzüm kanlar içinde kalmıştı.

Ertesi gün kendini savcı olarak tanıtan birisi odaya geldi. Eğer bildiklerimizi anlatırsak bizi buradan kurtaracağını söylüyordu. Ne biliyorduk ki anlatalım... Ben o akşam nelerin olduğunu anlatmaya başlayınca; 'Bana bak, o gecenin hikâyesini zaten biliyoruz. Bana isim lazım, kimlerle görüşüyordunuz, kimlerden talimat alıyordunuz, kaldığın eve kimler geliyordu. Bunları anlat bana' diyordu.

Neden bahsettiği konusunda hiçbir fikrim yoktu. 'Ne anlatacağımı bilmiyorum' deyince savcı çılgına dönmüş 'Bana başka yol bırakmadınız, açın şuradaki perdeyi de görsünler gücümüzü' diyerek yakınında duranlara talimat vermişti. Perde açılınca içeride sandalyede oturan eşimi gördüm. Anlaşılan bizi görmüyordu zira hiç tepki vermemişti. Savcı bana dönüp 'Eğer konuşmazsan birazdan eşinin olduğu odaya dört tane adam gönderip gözünün önünde...' Beynime kan sıçramış, ellerimin bağlı olduğunu unutup savcıya doğru bir hamle yapmıştım. O anda sırtımda keskin bir ağrı hissettim. Bir metal kürek kemiklerime doğru inmişti.

İki büklüm yerde yatarken 'Tamam' dedim, 'Eşime elinizi sürmeyeceksiniz. Ne isterseniz anlatacağım' diyerek bu kâbusu durdurmak istedim. Ben öyle deyince savcı 'Ha şöyle hem kendi işini hem de bizim işimizi kolaylaştıracaksın. Bize delil lazım sana da bu delikten kurtulmak. Kazan kazan, anlıyorsun beni değil mi?' diyerek sırıtmıştı."

Önüme bir dosya koydular. İçinde daha önce görmediğim sivillerin fotoğrafları vardı. 'Şimdi kim sizin ağabeyiniz? Ondan başlayalım' dediler. Kararımı vermiştim, eşime ellerini sürmemeleri için ne risk varsa alacaktım. Sayfaları birkaç kez çevirdikten sonra içlerinden birini seçtim. Artık onun üzerinde bir hikâye yazacak ve spor salonunda elleri bağlı olarak getirilmiş sınıf arkadaşlarımdan birkaç tanesinin de ismini verecektim. Nasıl olsa derdest edilmişlerdi. 'Benim adlarını vermem kaderlerini değiştirmez' diye düşünmüştüm. Bir de yanlışlıkla onlardan birinin adını verip yalan söylediğim anlaşılmasın istiyordum. Böylece birkaç isim vermiş, kendimce onları sivil ağabeylerin yanında gördüğümü, aylık bir evde toplandığımızı ifade etmiştim. Bunların hepsi bir tutanağa yazılmış ve altına da imza atmam istenmişti.

Savcı imzalı kâğıdı okuduktan sonra 'Şimdilik bu kadarı kâfi, biz bunları detaylandırır ifadene ekleriz' demişti. Yanında duranlara dönüp gönderin eşini diyerek talimat verdi. Ona dönüp 'Ben ne olacağım? Eşimin, oğlumun yanına gitmek istiyorum' deyince, 'Sen biraz daha misafirimiz olarak kalacaksın' diyerek kapıyı üzerime kapatmışlardı.

O günden sonra Ankara'da bir hapishanede yedi ay kaldım. Bu sürede üç ay sonra eşimin görüşüne izin vermişler, telefonla 10 dakika kadar konuşturmuşlardı. Eşimin sesi o kadar donuk geliyordu ki sanki benim yaşadığımı öğrendiğine sevinmemiş gibiydi. Bana 'Benim bilmediğim neler varmış hayatında. Sen bir örgüt üyesiymişsin ve bunu benden sakladın öyle mi?' diye sormuştu.

Ne diyordu öyle, nerden bu kanaate varmıştı? Ben bunları düşünürken 'Ben o akşam sana gitme dedim ama beni dinlemedin bile. Demek ki haberin vardı her şeyden' diyerek beni daha da şaşırtmıştı. 'Ben görevimi yapmak dışında bir şey yapmadım. Ne örgütü ne planı, sen neden bahsediyorsun' deyince, 'Savcı bana her şeyi anlattı, örgüt üyeliğini kabul ettiğin, üzerinde imzan olan ifadeni de gösterdi. Seni bir tek şartla affederim. Savcının isteklerini yerine getireceksin. Mahkemede tüm bildiklerini itiraf edeceksin' diyerek sözünü tamamlamıştı. Tam da karşılık verecekken telefon kesildi. Daha oğlumu bile soramadan süre bitmişti."

Koğuşa döndüğümde tüm bu olanlardan habersiz aynı kaderi yaşadığımız insanlara baktım. Öyle bir oyunun içine düşmüştüm ki, içinden çıkmak her geçen gün daha da zorlaşıyordu. Eşim bana inanmıyor, savcının anlattıklarına göre on iki yıl aynı yastığa baş koyduğu kocasını yargılıyordu. Sonraki hafta gardiyan koğuşa gelip ismimi bağırarak ziyaretçin var demişti. Bir umut eşim ve oğlumu beklerken karşımda yedi ay önce ifademi alan savcıyı gördüm. Ben odasına girince sandalyeyi gösterdi. 'Otur' diyerek talimat verdi. Otururken aklımdan pek çok şey geçiyordu. 'Beni kurtaracağınızı söylediniz ama tam yedi aydır buradayım, sözünüzü neden tutmadınız?' diyerek ilk soruyu ben sormuştum.

Önünde buharı hâlâ tüten kahvesinden bir yudum alıp, 'Sen canını bağışladığımıza dua et, yoksa bu ifadende söylediklerin seni ipe götürecek cinsten' diyerek önüme bir dosya koydu. Dosyanın içinde dört sayfalık ifade tutanağı vardı ve altında benim adım yazıyordu. Sayfaları bir çırpıda okudum. 'Neler yapmışım da benim haberim yokmuş' diye geçirdim içimden. Zira benim söylediğim isimlere yenileri eklenmiş, benim itirafım sonucu oluşturulduğu beyan edilen örgüt şeması çizilmiş, o gece olan olaylar bir darbe gibi anlatılarak, önceden darbe planından haberdar olduğum yazılmıştı. Bu tutanağı imzalamam demek kendi ölüm fermanıma imza atmaktan öteydi.

Ancak savcı dosyanın içine bir de zarf koymuş onu açmamı istemişti. Zarfta eşim ve oğlumun resimleri vardı. Bir de birlikte aile resmimizi koymuştu. Ben resimlere bakarken 'Bu mutlu aile tablosunu bozmak istemezsin herhalde' diyerek beni bir kez daha tehdit etmişti. Bana başladığım oyunu oynamak dışında bir seçenek bırakmamışlardı. İfadeyi imzaladıktan sonra savcının odasından çıktım. İki hafta sonra beni serbest bıraktılar. Eşime ve oğluma kavuşmuş olmak tek tesellimdi. Ancak artık araftaydım. Ne içerdekiler ne de dışardakiler güveniyordu bana."

Göreve geri dönmüştüm ama pasif bir göreve atamam oldu. İşe gittiğimde sanki herkes beni parmakla gösteriyor gibi hissediyordum. Yemekhanede benimle konuşmuyorlar, yüzüme bakmıyorlardı. İş değil sanki cezaevindeydim. İçerdeyken hayat daha iyiydi sanki. Kaldığım süre içerisinde koğuşta herkesle çok iyi anlaşmıştık. Tabii ki benim bir itirafçı olduğumdan haberleri yoktu. Birine bir şey gelse paylaşıyor, birinin bir ihtiyacı olsa herkes elinde ne varsa önüne koyuyordu. Böylesine bir dostluğu ömrüm boyunca görmemiştim. Ama onlara ihanet etmiştim. İçim içimi yiyor hayat her geçen gün bana daha da ağır geliyordu. Evde ise eski eşim gitmiş bambaşka birisi gelmişti. Bana bağıran, kafasına göre takılan bir kadın bulmuştum döndüğümde. 'Onun için yaptığım fedakarlığı bilse yine aynı şekilde davranır mıydı acaba?' diye düşünüyordum. Ancak savcı ısrarla altını çizmiş bu durumdan mahkemeye çıkana kadar kimseye bahsetmememi söylemişti."

"Bu şekilde arafta geçen sekiz ay sonrası bir mahkeme tebliği aldım. Etrafımızda sürekli birileri tutuklanıyor, mahkeme evrakları havada uçuşuyordu. Eşime 'Nihayet mahkemede davamızı görecekler. Üzerime atılı iftiraların hepsi yakında düşecek göreceksin' diyerek evrakı gösterdim. Bana ısrarla aynı şeyi söylüyordu. 'O akşam sana gitme dedim. Beni dinleseydin bunların hiçbiri başımıza gelmezdi'... Bu sözleri belki de yüzden fazla defa duymuştum ondan. Her seferinde içimde ona karşı olan sevgiyi azaltıyordu. 'Yapma, ben bir askerim, bir asker refleksi de kanun da nizam da emre uymayı gerektirir. Ben de onu yaptım' desem de beni zerre kadar dinlemiyordu."

"Mahkeme tarihini beklerken bir gece sabaha karşı kapımız kırılıyormuş gibi çaldı. Açtığımda karşımda polisler vardı. Beni apar topar gözaltına aldılar. 'Bu nereden çıktı, suçum ne?' diye sorsam da kimse yanıt vermiyordu. Beni götürdükleri nezarethane tıklım tıklım doluydu. Neredeyse 80 yaşına gelmiş yaşlı amca ve teyzelerden tutun daha bıyıkları terlememiş delikanlılar ve genç kızlar o gece benimle tutuklanmıştı. Herkesin ortak suçu örgüte üyelik ya da iltisaklı olmaktı. Zira haberlerde bir şafak operasyonu ile 67 örgüt üyesinin gözaltına alındığı geçiyordu. Gördüğüm manzara tam bir trajikomik durumdu. 'Bu insanlar mı "örgüt" üyesi olacak?' diye düşünüyordum içimden. En gencinden en yaşlısına kadar bir vakar ve durumu kabullenme hali vardı yüzlerinde. "Allah var, o her şeyi görüyor, biliyor. Bize o yeter" diyorlardı.

Tıpkı yedi ay kaldığım koğuştaki gibi bir hava vardı içeride. O kadar garip bir duyguydu ki kendimi aylardır ilk defa özgür hissediyordum ve ilk defa onların arasında içimi bir huzur kaplamıştı. Ancak aklıma yapmak zorunda kaldıklarım gelince o huzur yerini hüzne bırakıyor ve hiçbirinin gözünün içine dahi bakamıyordum. Kadınları koydukları koğuştan gelen bir feryat dışında sessiz bir bekleyiş vardı. 'Bebeğimi emzirmem lazım. Ne olursunuz ya beni bırakın ya da onu bana getirin. Uykusundan çoktan uyanmıştır. Aç kalmıştır benim kuzum şimdi' diyen bir feryattı. İçimizi parçalıyor ancak dönüp bu sese kulak veren çıkmıyordu."

Öğle vaktine doğru polislerden birisi beni koğuştan çıkardı. 'Hadi savcı bey seni bekliyor' diyerek bir odaya getirdi. Odada masada oturan savcıyı görünce 'Beni niye tutuklattınız, istediklerinizi yapmadım mı?' diyerek isyanımı dile getirmiştim.

Bana 'Telaşlanma, nasıl bir felaketten kurtulduğunu bir kere daha gör istedik. Mahkeme önümüzdeki hafta. Sana bir ev ödevi vereceğiz' diyerek önüme bir dosya koydu. Ben daha kapağını açmadan 'İfadeni biraz geliştirdik. Birkaç isim daha ekledik. Bu dört sayfayı namaz duası okur gibi ezberlemeni istiyorum. Hâkim anlat bakalım dediğinde ezberden okur gibi değil, doğal konuşur gibi ifadenin aynısını mahkemede vereceksin. Bakalım ne kadar iyi bir oyuncusun göreceğiz. Orada alacağın not da kaderini belirleyecek' dedi. Sözleri adeta bir emir gibiydi. Savcı geçen onca zamanda, her rütbeden binlerce askeri tutuklatan kudretli biri haline gelmişti. Herkes adını biliyor, herkes ondan çekiniyordu. Bu durum konuşmasına, hareketlerine, her haline yansıyordu. İçeri girip çıkan polislerde bile bir korku, bir telaş hali vardı. Zira artık kanun yoktu. Yasalar, mahkemeler yoktu. İstediği herkesi bir gece vakti evinden aldırıp, önüme koyduğu düzmece dosyalardan birini hazırlatıp, benim gibi birkaç sahte itirafçıyı şahit kılması yetiyordu. Ne hakimler bunu sorguluyor ne de avukatlar bu davaları savunmaya yanaşıyordu. Üç beş cesur avukat dışında kimse savcının karşısına çıkmak istemiyordu. Bunları düşünürken onun sesiyle irkildim. 'Benim çok vaktim yok. Anladın mı ödevini ve rolünü?' diyerek gözlerimin içine baktı. Başka bir seçeneğim yoktu. Kendi elimle bu pisliğe bulaşmış, onurlu bir asker iken bu sonradan görme kumpasçıların kullandığı bir paçavraya dönmüştüm. Geldiğim noktada eşimden bile buna benzer bir muameleyi görüyordum. Başımı sallayarak 'Anladım' diyerek karşılık verdim. Sonrasında beni serbest bıraktılar. Eve geldiğimde eşim 'Konuya komşuya rezil olmaktan artık yoruldum. Ev değil yol geçen hanı. Komşular benimle konuşmak istemiyor. Senin kocan da "hain" mi? diye soruyorlar. Bıktım artık bundan' diyerek öfkesini kusmuştu. Ne eve geldiğime ne serbest kaldığıma dair en küçük bir duygu kırıntısı yoktu. O sırada oğlum okuldan gelmiş, beni görünce boynuma sarılmıştı. Tutunacak tek dalım o kalmıştı.

Mahkemede hayatımın en zorlu ve utanç verici birkaç gününü yaşadım. Askeri lisede çocukluktan beri birlikte olduğum, nice anılar yaşayıp, dostluklar kurduğum silah arkadaşlarım sanık sandalyesinde, bense tanıklar tarafındaydım. Aralarında ailecek görüştüğümüz, hatta onca kilometre yol tepip düğünümüze gelenler de vardı. Daha şimdiden her bir hücremde utanç hissediyordum. Ellerimin içi terliyor, ceketimin cebine koyduğum kâğıt mendili ikide bir çıkartıp kuruluyordum. Gözümü sanık tarafından sakınıyor, onlarla göz göze gelmemeye çalışıyordum.

Mahkeme salonunda bir bölüm de davayı takip etmek üzere gelenlere ayrılmıştı. Aralarında şehit ve gazi yakını olduğunu söyleyenler vardı. Sanıklar içeri alındığı andan bu yana türlü

125

hakaretler ediyorlar, 'Katiller!', 'Hainler!' lafları havada uçuşuyordu. Hâkim salona girdiğinde önce onlara seslenmiş, 'Sakin olun, burası mahkeme!' diyerek uyarmıştı. Dava başladığında savcı kendinden son derece emin iddialarını sıralamış, darbe ile uzaktan yakından ilgisi olmayan sanıkları darbe yapmaktan tut silahlı terör örgütü üyesi olmaya varana kadar en ağır suçlar ile suçlamıştı. Bu nasıl bir rahatlıktı! Benim dahi ellerim zangır zangır titrerken bu kadar yalanı nasıl bu kadar rahat söyleyebiliyordu! Mahkeme Başkanı önüne konulmuş dosyaya bakıyor, bazen de başını kaldırıp savcıyı dinliyordu. Sıra tanık ifadelerine gelince, ilk olarak yanımda duran genç bir üsteğmen çıkmış ve gördüklerini, yaşadıklarını bir kitaptan okurcasına anlatmıştı. Belli ki ona da ezberletmişlerdi. O da sürekli terini siliyor, bakışlarını sanıklardan kaçırıyordu.

Sanıkların ifadeleri alınmaya başladığında; ne kadar donanımlı insanlar oldukları da bir bir ortaya çıkıyordu. Her bir ifade salondakilere askerlik, hukuk hatta insanlık dersi veriyordu.

Sundukları hukuki detaylar mahkeme başkanının bile dikkatini çekmiş, bazılarına 'Bu ifadeyi avukatla mı hazırladın?' diye sorarak hayretini gizlemekte zorlanmıştı. Çünkü bu davaları kimse almak istemediğinden çoğunun avukatı bile yoktu. Her biri yapılan onca baskı ve salondan gelen ithamlara rağmen soğukkanlılıkla o gece olanları anlatıyor, terör ihbarı, emre itaat ve gösterilmesi gereken asker refleksine dikkat çekiyorlardı.

Yapılan tüm savunmaların ortak bir noktası da hiçbirinin darbe suçunu kabul etmemesi idi. Mahkeme Başkanı son derece tutarlı ve dayanakları sağlam savunmaları dinlermiş gibi gözükse de bir savcıdan farksız davranıyor, sanıkların taleplerini görmezden geliyor, özellikle o gece olanları net

olarak ortaya koyan ifadeleri zapta geçirirken değiştiriyordu.
Sıra bana geldiğinde savcı ile göz göze geldik. Bakışlarında
adeta tehdit vardı. En küçük bir hatamda acısını benden
çıkaracağı muhakkaktı. Sonra kürsüye çıktım, üç gündür
ezberlediğim ifademin aynısını vermeye başladım. İsimleri
tek tek söylerken sanıklar arasından laflar geliyor, 'Görev
yerlerimiz ayrı şehirlerdeydi. Nasıl olurda aynı eve gider,
aynı siville görüşürüz?' diye itirazlar yükseliyordu. Hâkim
sık sık araya giriyor, onları susturuyor bense kaldığım yeri
unutmamak için olanları yok saymaya çalışıyordum. Ancak
sıra düğünümüze de gelen arkadaşın ismine gelince istem
dışı da olsa göz göze gelmiştik. Yüzünde şaşkınlık ve hayret
vardı. İsmini söylerken sesim titredi. İfademe o kadar çok şey
eklemişlerdi ki ben bile 'Bu kadar da olmaz!' demiştim. Hâliyle
benim ifademde yer alan tüm düzmece mekânlar, gidilen
yerler, geçirdiğimiz vakitleri duyunca şaşkınlığın yerini öfke
dolu bir hal almıştı.

Bana 'Değer mi bunca yalana!' demiş başka da bir tek
söz etmemişti. İfadem bittiğinde sanık avukatları sorular
sormak istemiş ancak savcı araya girerek 'Sayın Başkanım
tanığa psikolojik baskı uygulanıyor, önünüzdeki dosyada da
olduğu üzere, bundan aylar önce alınan ifadesi ile şimdiki
beyanları tamamen tutuyor. Tanık bilfiil yaşadıklarını, şahit
olduklarını anlatıyor' diyerek sorulara engel olmuştu. Belli
ki vücut dilim ve halim içimdeki vicdan azabını ele vermişti.
Belki de ifademi geri almamdan, sorularla bunalıp bir açık
vermemden korkmuştu."

Hâkim 'Yerine geçebilirsin' dediğinde idam sehpasından
kurtulan bir mahkûm gibi hissetmiştim. Ne savcının ne
sanıkların gözünün içine bakabiliyordum. Arafta yaşadığım
duyguların ağırlığı beni boğuyor, nefes alamadığımı
hissediyordum. Mahkeme bitip eve döndüğümde eşimin

yüzüne dahi bakmadan 'Ben biraz yatacağım' diyerek odaya geçmiş, yorganı da kafama çekmiştim. Yaşadığım onca şeyden sonra bir de onun öfke, kin ve nefret dolu halini çekemezdim. O günden sonra artık ben de tamamen değişmiştim. Sofrada birkaç lokma yiyor, konuşmuyor, dışarı çıkmıyordum. Kimseyi görmek, kimseyle konuşmak gelmiyordu içimden. İşe gittiğimde bana karşı gösterilen tavrı da artık umursamaz olmuştum. 'Bir canım kaldı onu da alın olmazsa' diye düşünüyordum. Aradan birkaç ay geçince yayınlanan bir KHK listesinde kendi ismimin de yer aldığını gördüm. Beni de meslekten ihraç etmişlerdi. Kullanmışlar, işleri bitince bir köşeye fırlatıp atmışlardı. Hem işimi hem dostlarımı hem de onurumu kaybetmiştim.

Lojmandan çıkarken eşim benim işimi kaybettiğimden daha ziyade, komşuların bakışlarını dert ediyordu. 'Bizi elaleme rezil ettin!' deyip devamını getirecekken 'Senden boşanıyorum...' dedim ve arkamı dönmeden ayrıldım yanından.

Bir hafta sokaklarda yattım. Sonrasında boşanma davasını açıp memlekete gittim. Başlangıçta insanlar uzak dursa da kabullendiler halimi. Köyün çobanlığını yapmaya başladım. O günden bu yana babamdan kalan tarlanın yanı başındaki ağıldan bozma bir evde, insanlardan uzakta bir hayat yaşıyorum. Alnıma yazılan utancı kimsenin görmesini istemiyorum. Bana koyunlarımdan başkası iyi gelmiyor. Zira soru sormuyorlar, yargılamıyorlar, acımıyorlar, kızmıyorlar. Artık onlar benim dostlarım. Çok defa canıma kıymaya çalıştım ancak onu da beceremedim. Artık bu utançla yaşamak benim kaderim... "

Mektup bitmiş ancak benim de boğazım düğüm düğüm olmuştu. Okuduğum her bir satırda pişmanlık ve her bir satırda vicdan azabı vardı. Son cümlesi "Bu utançla yaşamak kaderim" olsa da samimi bir pişmanlığın hangi kapıları açacağını kimse bilemezdi.

Elbet Bir Gün

GÖRÜŞ GÜNÜ

Poyraz'la son buluşmamızdan bu yana bir soru sürekli aklıma takılıyordu. 15 Temmuz sonrası ordunun başına balyoz inmiş, asırlık okulları, teamülleri ortadan kaldırılmıştı. Ordudan askeri öğrenciler dahil elli bin civarı asker tasfiye edilmişti. Geri kalanlardan hiç mi ses çıkmamıştı? Siyasi oyunların içinde kalan kışlada neler yaşanmıştı? Bu sorulara yanıt bulmak için Poyraz'ı tekrar aradım. Telefonu uzunca çaldıktan sonra eşi açtı. Aslında ailecek görüştüğümüz birisiydi ve eşini de tanıyordum. Ancak bu süreç sonrası hiç karşılaşmamıştık. Poyraz'la tüm görüşmelerimiz baş başa olmuştu.

Ben Poyraz'ı sorunca "Mehmet Poyraz teslim oldu. Yaşadıklarımı anlatacağım, şahit olduğum her şeyi itiraf edeceğim dedi. Şimdi Ankara'da tutuklu yargılanıyor" dedi.

Poyraz bana mahkemede her şeyi anlatacağını söylemişti. Normal şartlarda insanın arkadaşının tutuklanması kötü bir haber olurdu. Ancak onun kendi isteği ile hapis yatma pahasına teslim olması, bana anlattıklarının doğruluğunu teyit ediyordu. Ayrıca sonu ne olursa olsun bu yaptığı içindeki vicdan azabını azaltacak, ileride büyük mahkemeye sırtında kurşun gibi ağır bir yükle çıkmaktan kurtulacaktı. Bir an telefonda olduğumu

131

unutmuştum. Hemen kendimi toparladım. "Büyük geçmiş olsun, benim yapabileceğim bir şey olursa lütfen haberim olsun" diyerek kapattım telefonu.

Hiç vakit geçirmeden Ankara'ya kalkan ilk uçağa yer ayırtmış, havaalanı yolunda takside tanıdığım birkaç kişiyi arayıp Poyraz ile görüş izni alınmasına yardımcı olmalarını istemiştim. Ülkenin yeniden inşasında ve gelecek için sağlam temeller atılmasında Poyraz ve onun gibi suça bulaştırılmış, aslında özü iyi olan insanlara ihtiyaç vardı. Onların şahit olduklarını anlatmaları, milletimizi bir asırdan fazladır sömüren derin devletin yeniden palazlanmasını önleyecekti. Onların anlattıkları bir daha bu topraklarda böylesine kumpaslar yaşanmaması için alınacak önlemleri de belirleyecekti.

Bunları düşünürken telefonum çaldı. Avukatım Poyraz ile görüşme için üç gün sonrasına gün alabildiğini söyledi. Bir hışımla yola çıktım. Önce gün alıp sonrasında seyahat etsem biraz da dinlenmiş olurdum. Ancak kafamdaki sorular rahat vermiyordu. Bir an önce geçmişin dehlizlerinden çıkmam gerekiyordu. Bunun yolu da Poyraz'ın anlatacaklarından geçiyordu. O yüzden planımı değiştirmedim.

Ankara'ya vardığımda Poyraz'la görüşe üç gün vardı. Bu şehirde daha önce iki yıl görev yapmıştım. Her iki görevde de hafızamda güzel anılar, güzel dostluklar vardı. Sürgün yıllarında uzak kalmış olsam da Ankara gündeminden hiç kopmamış, vefalı dostlar ile saatlerce memleket meselelerini konuştuğum günler olmuştu. Kurtuluş savaşında bir milletin yeniden dirilişine şahitlik etmiş bu kadim şehir, sonrasında kirli siyaset oyunlarının kasveti altında mahsun bir hal almıştı. Bayramların en coşkulu yaşandığı Ankara sokakları kumpaslar, kirli pazarlıklar ve kanlı terör saldırıları ile kirletilmişti. 15 Temmuz'da binlerce insanın pusuya çekilmesine, işkence görmesine ve özgürlüğünden edilmesine şahitlik etmişti. O yüzden güzel günlerin yeniden gelmesine, hakikat güneşinin doğuşuna belki de en çok Ankara seviniyordu.

Bu duygularla ilk işim Anıtkabir'i ziyaret etmek oldu. Mustafa Kemal Atatürk milli mücadelenin başında bizlerle aynı kaderi yaşamış, "hain" ilan edilerek hakkında ölüm fermanı dahi çıkarılmıştı. Ancak bir avuç silah arkadaşı ile eşine az rastlanır bir cesaret örneği göstererek; Amasya Tamimini imzalamış ve istiklal mücadelesini başlatmıştı. Kazım Karabekir, Ali Fuat Paşa, Hüseyin Rauf Bey ve Refet Bey'in de aralarında bulunduğu bu kahraman askerler "Milletin istiklâlini, yine milletin azim ve kararı kurtaracaktır" demişlerdi.

15 Temmuz sonrası verdiğimiz mücadelede kitleleri harekete geçirmenin, insanları hakikatin yanında saf tutmaya ikna etmenin ne kadar zorlu olduğunu yaşayarak görmüştüm. Atatürk'ün koca bir milleti tek bir hedef etrafında toplayabilmesi ve milli mücadeleden zaferle çıkması; yalnızca donanımlı bir asker değil eşine az rastlanır bir lider ve devlet adamı olduğunu da açıkça ortaya koyuyordu. Ancak ölümünden sonra, onu daha iyi anlama ve fikirlerindeki derinliğe inme yolu tercih edilmemişti. Pek çok milli ve dini değer gibi, Atatürk'ün şahsi maneviyesi de siyasi oyunlara, çıkar savaşlarına alet edilmişti. Yakalarında onun rozetini taşıyanlar, onun ismi ile mevki ve makam sahibi olanlar, onun kurduğu cumhuriyetin tek adam rejimine dönüştürülmesine, mensubu olduğu ordunun pusuya çekilmesine seslerini dahi çıkartmamışlardı. Bu nedenle

yeni dönemde çocuklarımıza öğreteceğimiz en önemli hususlardan birisi de; özü ve sözü bir olmayanlara, hakikatin yerine hamaseti koyanlara ve yüzünde üç beş maskeyle dolaşan yalancılara karşı dikkatli ve uyanık olmaları gereğiydi. Atatürk sevgisi şekilde değil fikir ve düşünce de kendini göstermeliydi. Bu hisler içerisinde ziyaretimi tamamlamış, saygı ve muhabbetle kabrini selamlamış ve bir sonraki durağıma doğru yola çıkmıştım.

15 Temmuz gecesinde şehit edilen Semih Terzi General, Mamak Ortaköy Mezarlığında, gözlerden uzak bir yere defnedilmişti. Ömrü teröristlerle çarpışarak geçmiş, gazi olmasına rağmen askerlik mesleğine devam etmiş, cesur ve mert bir komutandı. Özel Kuvvetler Komutanlığı'nda pek çok bordo bereli komandonun örnek aldığı, derin devletle iş tutanların ise haset ve kıskançlıkla baktığı gerçek bir kahramanı "hain" ilan etmişlerdi. Tıpkı bir zamanlar Atatürk ve silah arkadaşlarına yapıldığı gibi hakkında ölüm fermanı çıkartmışlardı.

15 Temmuz günü Ankara'dan 1200 km ötede Silopi'de iken; Özel Kuvvetler Komutanı Zekai Aksakallı tarafından, güvenlik ihbarı var denilerek emirle Ankara'ya çağrılmıştı. Uçuş yasağı olmasına rağmen Semih General'i ve beraberindeki timi getiren uçağın Diyarbakır Havaalanı'ndan kalkışına ve Etimesgut, Ankara havaalanına inişine müsaade edilmişti. Ortada tam bir ihanet, tam alçaklık vardı. Tıpkı Hulusi Akar ve diğer kuvvet komutanları gibi Zekai Aksakallı da kendi emrindeki personeli pusuya çekmişti.

Semih General 15 Temmuz sabahı Kuzey Irak'taki birliklerini denetlemeye gitmiş, Zekai'nin kendisine kurduğu pusudan bihaber vazifesine odaklanmıştı. Zira görevi son derece önemliydi. Suriye ve Kuzey Irak ona ve birliklerine emanetti. Bu sayede ordumuz Ortadoğu batağına saplanmaktan, sınırlarımız kevgir olmaktan korunuyordu. 15 Temmuz sonrası kurulan mahkeme tutanakları, özel kuvvetler personelinin savunmaları yapılan kalleşliği tam olarak ortaya koyuyordu.

Beni en fazla etkileyen savunmalardan birisi Silahlı

Kuvvetler Akademisi'ni birlikte okuduğum Fatih Yarımbaş Albay'ındı. Zira o da tıpkı Semih General gibi Zekai tarafından Ankara'ya çağrılmış, bu nedenle Kıbrıs'tan gelerek kendini bu kumpasın içinde bulmuştu.

Mamak Anıtkabir'den yarım saat mesafedeydi. O sırada çantamdan Fatih Albay'ın notlarını çıkartmış, işaretlediğim kısımlara tekrardan göz atmaya başlamıştım. Semih General'in o gece hedef alınmasının nedeni; Zekai ve MİT'in içine sızmış derin devlet mensuplarının Suriye ve Kuzey Irak'ta karıştıkları suçlara ilişkin bildikleriydi.

Semih General Özel Kuvvetlerin Suriye Harekatı'nı yürütüyordu. Terör örgütlerinin cirit attığı bir bölgede, istihbarat adı altında pek çok kirli işe şahit olmuştu. Bildikleri operasyon adı altında zimmetine para geçirmeden tutun, göstermelik operasyonlara, DEAŞ'la yapılan fidye pazarlıklarına kadar uzanıyordu. Katar tarafından muhaliflere destek maksadıyla teslim edilen mali kaynağın bir kısmının zimmete geçirilmesi bardağı taşıran son damla olmuştu. Birçok toplantıda bunları gündeme getirmiş ve bölgesinde karanlık ilişkilere izin vermeyeceğini açık olarak ifade etmişti.

Öte yandan Zekai MİT ile derin ilişkilere girmiş ve tabiri caizse kolunu onlara çoktan kaptırmıştı. Onun için hedefe giden her yol mübahtı. Yıldızını parlatmak için, pek çok defa riskli ve maksadı belirsiz operasyon emirleri vermişti. Semih Paşa bunlara karşı durmuş, özellikle sivil hedef ayrımı yapılmayan, komandolarınızın hayatını riske atan planlara karşı çıkmıştı. Zekai'nin tüm engellemelerine rağmen en kritik görevler Semih General'e verilmişti. Irak'ta eğitim donatım faaliyetleri, Suriye ile ilgili bütün kritik görevler, Musul

Konsolosluk krizine müdahale görevi bunlara dahildi. Bu durum Zekai'nin bir astı olmasına rağmen Semih General'e karşı kıskançlık ve haset hissini de köpürtmüştü. Onu hem rakip hem de kirli işlerinin yürümesine engel olabilecek bir hasım gibi görüyordu. Bu nedenle hem MİT hem de Zekai Aksakallı 15 Temmuz'u fırsat bilip Semih General'i ortadan kaldırmayı planlamışlardı.

Zekai'nin nasıl bir karakter olduğu, Fatih Yarımbaş Albay'ın savunmasında anlattığı pek çok olayda kendini gösteriyordu. Makam hırsı ve şov yapma arzusu; 15 Temmuz öncesinde de pek çok komandonun şehit olmasına neden olmuştu. Yüksekova'da bir komando taburunu bilerek ölüme gönderdiği iddia ediliyordu. Günlerdir arazide olan komando taburunu, operasyon için hiç uygun olmayan hava koşullarına rağmen teröristler tarafından kontrol edildiği istihbarat edilen bir tepeye sevk etmiş.

Tabur Komutanı "Hava desteği olmadan bu harekât büyük zaiyatla neticelenir, hem hava koşulları da uygun değil" demesine rağmen Zekai "Siz hain misiniz, korkak mısınız, ne biçim komandosunuz" diye hakaretler, küfürler ederek operasyona devam emri vermiş.

Tepeye ilk çıkan Ünal Üsteğmen alnından vurulmuş. 70 metre aşağıya düşmüş ve şehit olmuş. Sonra tabur komutanı şehit olmuş. Sonra iki astsubayımız daha şehit olmuş. Taburdaki çoğu kişi de yaralanmış. Sonradan öğrenmişler ki; Zekai'nin tüm ısrarı kapsamlı bir terör operasyonunu yürüten komutan olarak gündeme gelmek imiş. Bunca zaiyata rağmen o harekât televizyonlarda haber olmuş. Ancak bu kadar açık bir ihanete rağmen bir el onu korumuş. 15 Temmuz'da Özel Kuvvetler Komutanı olarak yüzlerce bordo bereli komandoyu pusuya çekmesi, Semih Generale kurduğu cinayet planı ve kendi emri ile terör ihbarını engellemek için birliğe koşanlara günlerce işkence yapması; onun alçaklığı ve bu iş için özel olarak seçildiğini de göstermişti! Bu kadar hain birinin halka "kahraman" olarak gösterilmiş olması da bu toprakların şahit olduğu en büyük talihsizliklerden birisiydi.

Semih Generale kurulan pusunun detayları insanın tüylerini diken diken edecek boyuttaydı.

Zekai o gece cinayet planını devreye sokuyor! Semih Generale Ankara'ya intikal emri veriyor. Ömer Halisdemir Astsubay'a ise Semih General karargâha girer girmez öldürme emri veriyor. Ömer Astsubay'ı öldürmesi için de Mihrali Atmaca Üsteğmen'e emir veriyor.

Semih General başına geleceklerden habersiz, tam bir görev aşkı ve emre itaat şuuru ile, akşam saat 10:30'da Silopi'den Diyarbakır'a helikopterle intikal ediyor. 11:30'da Diyarbakır'dan kalkan uçakla 16 Temmuz gecesi saat 2:16'da Ankara Etimesgut havaalanına iniyor. Oradan dakika kaybetmeden başka bir helikopter ile gece Özel Kuvvetler Karargahı'na intikal ediyor. Uçuş yasağı olan bir ortamda üç buçuk saatten daha fazla havada olmasına rağmen ne Hava Kuvvetleri Komutanı Abidin Ünal, ne de Özel Kuvvetler Komutanı Zekai Aksakallı tarafından intikalinin engellenmesine dair tek bir emir verilmiyor! Karargâha gelene kadar adeta önündeki tüm kapılar teker teker açılıyor. Gece saat 2:27'de karargâhın girişinde Ömer Başçavuş tarafından iki el ateş ile yaralanıyor. Semih General'in beklenmedik şekilde saldırıya uğradığını gören tim elemanları karşı ateşle Ömer Başçavuş'u yaralıyor. İhanetin zirvesi burada ortaya çıkıyor. Mihrali Üsteğmen Zekai'nin verdiği emir gereği, yerde yatan ve hala nefes alan Ömer Astsubayı üç el ateş ederek şehit ediyor. Semih General bu arada içeri alınıyor, ilk müdahalesi yapılıyor ve helikopter ile gece 2:52'de GATA'ya nakliye ediliyor.

Semih General helikopterde oturur vaziyette

Ömer Başçavuş hakkında: "Hiçbir şey bilmiyor, bilseydi yapmazdı" diyor. GATA'ya bilinci açık, konuşabiliyor ve oturabiliyorken intikal ettirilmesine rağmen; Zekai'nin talimatı hastaneye ulaşıyor. Semih General'i ve onu getirenleri etkisiz hale getirin! Semih General'i getiren ekibe on dakika sonra Semih General öldü deniliyor. Zekai, Semih General'in GATA'da kalleşçe öldürülmesini sağlıyor.

Ancak birkaç yerde kusursuz cinayet planı açık veriyor. Ölüm raporuna vefat saati 23:00 olarak yazılıyor. Getiriliş saati, hastane kayıtlarına 06:00 olarak yazılıyor. Belli ki işler tam planlandığı gibi gitmemiş. Belli ki kayıtlarla oynanıyor. Semih General'in eşine verilen ölüm raporu ise kurulan kumpası tüm açıklığı ile ortaya seriyor. Nazire Hanım kendisi de doktor olduğu için raporun sahte olduğunu anlıyor. Sonra

GATA'ya gidiyor ve raporu imzalayan doktoru soruyor, "böyle bir doktor yok" diyorlar. Hastane kayıtları, ölüm raporu, ölüm saati tamamen yanlış.

Raporu imzalayan doktor GATA personeli değil. Nazire Hanımın bu müdahalesi birilerini endişelendiriyor ve daha eşinin acısını yaşayamadan o da tutuklanıyor. En büyüğü 12 yaşında olan üç çocuk yetim ve öksüz bırakılıyor. Tüm maksatları o karanlık gecedeki ihaneti saklamak. Nazire Hanım resmi kanallardan yedi defa otopsi raporunu istiyor bir türlü vermiyorlar. Sonra buraya Mamak'taki mezarlığa gömülüyor. Kendimi bu ihanetin detaylarına o kadar kaptırmıştım ki; taksi şoförünün "mezarlığa geldik" demesi ile irkildim.

Bir gün önce arkadaşlarımdan birine Semih General'in mezarını ziyaret edeceğimi söyleyince; "mezarını tarifle bulamayabilirsin" diyerek Özel Kuvvetlerde görev yapmış, Tahir Başçavuşun telefonunu vermişti. Onu arayarak Mezarlık girişinde buluşmayı kararlaştırmıştık. Taksiden ininice iri cüssesi ve kısa saçları ile tanımam çok da zor olmamıştı.

Selamlaştıktan sonra, "Kusura bakmayın, böyle plansız sizi de yordum, çok sağolun geldiğiniz için" diyerek söze başladım. "Olur mu Komutanım, asıl ben çok memnun oldum. Hem sizinle tanıştığıma hem de Semih Paşamı birlikte ziyaret edeceğimize." diyerek yanıtladı.

Meslekte 25 yıl kalmış, Kuzey Irak'ta, Suriye'de Semih General ile de pek çok kez terörle mücadele operasyonlarına katılmış. 15 Temmuz gecesinde Özel Kuvvetler karargahında yaşananlara da şahit olmuş. Birlikte mezarlıkta yürümeye başladık. Semih General'in mezarı diğer mezarlardan yüzlerce metre uzakta bir tepenin yamacında, patika yol bile geçmeyen bölgeye açılmıştı. 4'ü isimsiz beş mezar yan yanaydı. 15 Temmuz sonrası tutulduğu Tokat cezaevinde vefat eden İrfan Kızılaslan Albay da buraya gömülmüştü. Cezaevlerinde yaşamını yitiren pek çok kişi gibi onun ölümü de şaibeliydi. Rejim elindeki güçle pek çok hakikatin üstünü örtmüştü.

Tahir Başçavuş'la birlikte mezarların başında selam durduk. Memlekete geldiğimden yana gözyaşlarım kaç defa toprağa karışmıştı hatırlamıyordum. Yolda gelirken öyküsü hafızamdan birer birer geçen bu kahramanlar ilelebet hatırlanacaktı. Yıllarca bir gariban mezarı gibi bırakılsalar da makamları şehitlik makamıydı. O gece tam bir askere yakışır şekilde, birliğini terör tehdidinden korumak için koşmuşlardı. Otoparklarda, orduevlerinde, karısının dizinin dibinde geceyi geçiren ahlaksız zavallılar, halkı bir müddet kandırmışlar, bir müddet kahraman gibi ortada dolaşmışlardı.

Ancak sonrasında tüm maskeler düşmüş, tüm hakikat gün yüzüne çıkmıştı. Semih General ve bu süreçte şehit edilen, canını bu uğurda kaybedenler ise ilelebet hatırlanacak, ilelebet gerçek kahramanlar olarak anılacaktı. Mezar başında "Komutanım size güzel günlerin geldiğini haber etmeye gelmedim. Bilirim ki şehitler asla ölmez. Bundan zaten haberiniz vardır. Yıllardır bedeni gurbette aklı, fikri, hayalleri vatan toprağında bir silah arkadaşınız olarak hasret gidermeye geldim. Hakikat mücadelesinde dimdik duran, rotasından bir derece dahi sapmadan bıraktığınız emaneti devam ettiren tüm cesur yürekli insanların selamını getirdim." dedikten sonra eğildim, mezardan bir tutam toprak alıp avucumun içinde sıktım. O an tıpkı elini uzatmış da tokalaşıyormuşuz gibi hissettim. Sonra avucumun içindeki toprağı mezarının üzerine usulca bıraktım.

Artık veda vakti gelmişti. İçimde derin bir huzur ağır adımlarla mezarlık kapısına doğru inmeye başladık. Tahir Başçavuş "Halis Başçavuşu şehit eden Mihrali Üsteğmen iki hafta boyunca Zekai'nin yamacındaydı. Sonra konuşur diye onu da tutuklattı. Ne helikopter pilotları ne uçak pilotları ne de o gece Semih Paşa ile Diyarbakır'da buluşan ve onu

Ankara'ya uğurlayan Albay tutuklandı. Çünkü bu bir cinayet planıydı. Hepsinin haberi vardı. Tüm bunlar olduktan sonra Zekai karargâha ertesi gün sabah 10:38'de geldi. Üstelik kendi makam arabası ile değil MİT tarafından tahsis edilmiş bir araçla. Zaten 15 Temmuz'dan bir gün önce de

Özel Kuvvetler'de yapılan kurs kapanış törenine tarihte ilk defa bir MİT müsteşarı katılmış, o gün Hakan Fidan, Hulusi Akar ve Zekai Aksakallı dört saate yakın görüşme yapmışlardı." dedikten sonra söze girmiş

"Kumpas planının detaylarını görüştüler muhtemelen." diyerek tahminimi ifade etmiştim.

Tahir Astsubay, başıyla bu düşüncemi tasdik ettikten sonra "Halka anlatılanların tamamı yalan. Semih General alnından vuruldu dediler. Ancak sırtından iki kurşunla yaralandı. Ortada bir çatışma yoktu. Darbeci dediler, o gün gelmesi emredilmese Silopi'de olacaktı. Ömer Başçavuş kahraman ilan ettiler ancak Zekai'nin verdiği emirle şehit edildiğini gizlediler. Gerçekleri örtmek için Zekai, Semih General'in telefonunu GATA'dan aldırtıp, tüm arama kayıtları ve verdiği emirleri dahi sildiriyor.

Semih General'in şehit olmasından birkaç gün sonra onun telefonundan atılmış mesajlar ortaya çıkıyor. Kusursuz bir cinayet planladılar ancak hakikat hepsinin yakasına yapıştı." dedikten sonra "Komutanım ne zaman kalabalıklar beni boğsa buraya gelir, Semih Paşa'mın mezarı başında huzuru bulurum. 15 Temmuz sonrası karargâhta derdest ettikleri bordo bereli komandolarımıza öylesine işkence ettiler ki dört gün boyunca, Allah iyi ki Semih Paşa'ma şehitlik nasip etti diye içimden geçirdiğim olur." diyerek sözünü tamamladı.

Nutkum çoktan tutulmuş, kelimeler duygularımı çoktan tarif edemez olmuştu... İçimdeki yangını hafifleten tek şey askerimize elini kaldırıp, işkence suçuna karışanların teker teker yargı önüne çıkarılıyor ve yaptıklarının hesabının soruluyor olmasıydı.

Ankara'da geçen üç günün ardından Poyraz'la görüş günü vakti gelmişti. Demir parmaklıklar bir bir açılırken burada yıllarca özgürlüğü gasp edilenler aklıma gelmişti. Yüzbinlerce masum insan parmaklıkların ardında tutulmuştu. Hiçbir suçu olmamasına, hiçbir kabahati bulunmamasına rağmen en güzel yılları gasp edilmişti. Gardiyan önden ben arkasından ilerliyordum. Sonunda bir kapı daha açıldı ve Poyraz'ı odada beni beklerken buldum. Plastik bir masa ve iki sandalye vardı odada.

Gardiyan "Bir saatlik süreniz var. Ben kapıda bekliyorum" diyerek dışarı çıktı. Poyraz'ın yüzünde vakur bir teslimiyet vardı. Masaya otururken bana "Biliyor musun, yıllardır aradığım huzuru burada buldum. Meğer ne kadar çok yükü taşımışım yıllarca. Savcıya bildiğim şeyleri anlattıkça ruhumun dinginleştiğini hissettim" demişti.

Gözlerinin içine baktım. Bir yanım hâlâ söylediklerini ikinci bir kez teyit etmeye çalışıyordu. Gözler yalan söylemez diye bir şarkı sözü de vardı ve ben kahverengi gözlerinin arkasındaki kalbinin sesini duymak istemiştim. Poyraz sanki içimden geçenleri duymuş gibi "Biliyorum, bunca yaptığım şeyden sonra söylediklerime inanmak zor geliyor. Ancak benim derdim kul ile değil. İçimde duyduğum ızdırabı Allah görüyor, gerisi boş..." demişti.

Poyraz'ın samimiyetine tüm benliğim ile inanmak istiyordum. Ancak kafamdaki şüpheleri atmak da kolay değildi. Bu düşünceler içinde, "15 Temmuz sonrası onca yıl görevde kaldın. Ordu her geçen gün zayıflatılırken, komuta kademesi siyasetin uşağı olurken, bu gidişattan rahatsız olan olmadı mı?" diye sordum. Poyraz, "İlk şoku o geceden iki hafta sonra 31 Temmuz'da çıkarılan ilk KHK ile yaşadık. GATA, Harp Akademileri, Askeri Liseler kapatılmıştı. Hepimiz afalladık. Yerine açtıkları Milli Savunma Üniversitesi'nin başına bir tarihçi atamaları, askeri öğrenci alımı mülakatlarına SADAT mensubu kişilerin alınması, her ay yeni bir KHK listesi yayınlanarak birilerinin tasfiye edilmesi büyük bir belirsizlik oluşturdu. Ergenekon-Balyoz ekibinden askerler şımarık bir çocuk gibi ortalıkta dolaşıyor, kendilerinden olmayanları 'Sıra size de gelecek' diyerek tehdit etmekten geri kalmıyorlardı. Zafer Albay'ın dediği üzere aralarında benim de olduğum, maalesef maşa olarak kullanılmış olan askerler kurmay kadrolarına atandılar. Atamaların en dikkat çekeni ise Aşkın Öge'nin tayiniydi. O gece yaptığı tüm hainlik ve silah arkadaşlarını satması karşılığında saraya tayini çıkmış ve Cumhurbaşkanlığı danışmanı kadrolardan birine atanmıştı. Bazıları yurtdışında tasfiye edilenlerin yerine yurtdışı görevlere gönderildiler. Bu bizler için bir sus payıydı. Kurmay olmadan, yabancı dilde yeterli notu almadan yapılan bu atamalar dağıtılan ganimet olarak görülüyordu. Herkes bir şekilde payını almış, o gece kurulan kumpasa artık kendilerini iyice kaptırmışlardı.

Bu arada ben de iki yıllık yurtdışı göreve tefrik edilenler arasındaydım. Zafer Albay ise bu planı yapanlardan birisi olarak amiralliğe terfi ettirilmişti. Kendinin de söylediği gibi o gece pek çok şey planladıkları minvalde gelişmemiş ve pek çok çelişkili durum ortaya çıkmıştı. Halk bu gerçekleri sorgulasa her şey tüm açıklığı ile ortaya çıkacaktı. Ancak derin devletle anlaşan iktidar ele geçirdiği basın, trol orduları ve devlet kurumlarının gücü ile algı ve yalanları yaymaya devam ediyordu. O yüzden AKP milletvekili Şamil Tayyar "Gerçekler ortaya çıkarsa kahraman denilenlerin hain, hain ilan edilenlerin ise gerçek bir kahraman olduğunun görüleceğini" söylemişti. Tüm bunlara rağmen herkeste müthiş bir korku olmuş, bir sonraki KHK listesine konulmamak için herkes üç maymunu oynamıştı.

Bu durum başkanlık sisteminin onaylandığı seçimlere kadar devam etti. Derin devlet ve iktidar tam bir koordine içinde Türk Silahlı Kuvvetleri'nin yetişmiş personelini tasfiye etti. Birliklerimizi Orta Doğu batağına soktu. Komuta kademesi ve kritik kadrolar Balyoz ekibi ile dolduruldu. Ancak Erdoğan başkanlık sistemine geçip gücü eline geçirince bu tablo değişmeye başladı. Derin devlet ile arasına mesafe koyup, her YAŞ toplantısında balyoz ekibinin şahin kanadını yavaş yavaş tasfiye ediyordu. Daha bir yıl önce terfi edenler, rütbe bekleme süreleri dolmadan emekli ediliyorlardı.

Balyoz ekibinden kullanışlı olanlar görevde tutulurken, Hulusi Akar ve Balyoz Ekibi arasında satranç hamleleri gibi kapışmalar oluyordu. Bu arada 15 Temmuz gecesi Erdoğan'ın yanında olup, askerle koordinasyonu sağlayan Cihat Yaycı popülaritesini artırmış, çıkardığı "FETÖMETRE" icadı ile pek çok kişinin TSK'dan ihracını sağlamıştı. Onun artan gücü hem Balyoz ekibini hem de Hulusi Akar'ı rahatsız etmişti. Aslında bizlerin olduğu toplantılarda arkasından sürekli küfürler ediliyordu. Ancak Balyoz ekibi Cihat Yaycı'yı doğrudan karşısına almıyordu. Zira Erdoğan'a yakınlığından korkuyorlardı. Deniz Kuvvetleri Kurmay Başkanlığı'na kadar getirilen Yaycı'nın Akar'ı atlayarak siyasilerle direkt görüşmesi, bardağı taşıran son damla olmuştu. Hulusi Akar onun eski defterlerini açmış, ihaleye fesat karıştırma suçunun olduğu dosya gözler önüne serilerek emekliliğe zorlanmıştı.

Ordu artık harbe hazırlık seviyesinin artırılmasına değil, yukarıda olan bu güç çekişmelerine ve alt rütbelerde devam eden kadrolaşmalara odaklanmıştı. Kışlanın bu kadar siyasetin içine çekilmesi ve liyakatin tamamıyla yok edilmesi bizleri rahatsız ediyordu. Ancak maalesef bizim ağzımıza da bir lokma bal çalmışlar ve eleştirdiğimiz her konuda bizler de suç ortağı olmuştuk. O yüzden hepimiz susmayı tercih ettik"

Poyraz'ı dikkatlice dinliyor sanki o günleri yaşarcasına dalıyordum. Ona "Amiraller bildirisi sonrası neler oldu? Balyoz ekibine büyük bir darbe değil miydi" diye sordum.

Poyraz "O olay Erdoğan'ın önüne atılmış gollük pas gibiydi. Ankara Cumhuriyet Başsavcılığı bildiriyle ilgili soruşturma başlattı. On Amiral gözaltına alındı. Millî Savunma Bakanlığı açıklama yaparak bildirinin demokrasiye zarar vermekten ve askeri personelinin moral ve motivasyonunu olumsuz etkilemekten başka bir işe yaramayacağını belirtti. Hatta öylesine ileri gitti ki, 'Türk Silahlı Kuvvetleri hiçbir görev ve sorumluluğu olmayan kişi veya kişilerin hırs, ihtiras ve şahsi emellerine araç yapılamaz' denildi. Bilirsin; eskiden beri emekli olsalar da amiral/generallerin orduda bir ağırlığı vardır. Bu bildiri ile Erdoğan bu bağı da koparıp attı. Böylece tamamen siyasetin kontrolünde bir ordu için büyük bir adım atmış oldu. Yaşanan tüm bu olaylar sonrasında, görevdeki amiral ve generallerden bir tepki gelmemişti. Personele aslan kesilip gövde gösterisi yapanlar, iktidara karşı sus pus oluyorlardı. Onların bu hâli en düşük rütbeli ere dahi garip geliyordu. Çünkü gerçek bir askerden beklenen cesur olması, doğruların yanında durmasıydı.

Böylece 15 Temmuz öncesinde kurulan çıkar ortaklığında dengeler her geçen gün Erdoğan lehine gelişmiş, Balyoz ekibi orduya hakimiyeti büyük oranda kaybetmişti. Tüm bu olanlar sonrasında Zafer Amirali ziyaret ettiğimde, 'Poyraz, şu olanları görüyor musun? Biz onca risk aldık, canımızı siper ettik ve hainleri tuzağa düşürdük ancak bu ne basiretsizlik! Şimdi istedikleri gibi at koşturacaklar. Bundan sonra işimiz çok daha zor' demişti. Bu olaydan sonra başta askeri okullar olmak üzere, orduda ciddi huzursuzluklar çıkmaya başladı. Bir yanda Atatürk rozeti takmak istemeyenler diğer yanda Mustafa Kemal'in askerleriyiz diyenlerin olduğu, birbirine güvenin 17-25 Aralık'ta paraların sıfırlandığı gibi sıfırlandığı bir ortamda kaldık"

Poyraz masada duran sudan bir yudum aldıktan sonra hiç ara vermeden anlatmaya devam etmişti. "Ben Albay olduğumda Deniz Kuvvetleri Karargâhında Daire Başkanlığı'na atandım. Aslında amiralliğe terfi etmek için çok kritik kadroydu. Ancak içimden bir an önce emekli olmak, bu insanların yüzlerini bir daha hiç görmemek geliyordu. 15 Temmuz sonrasında ne yüzüm gülmüş ne de meslekten keyif almıştım. İçimde o gece yaptıklarım ve şahit olduklarımın ağır yükü, etrafımda sahte yüzler vardı. Eskiden öğle yemekleri şen şakrak olurdu. Şimdi ise masada acaba bir ispiyoncu var mı korkusuyla herkes suskundu. Kimisi iktidarın kimisi Balyoz grubunun hedefi oluyordu. Herkeste bir gerginlik, herkeste bir stres vardı. Bizim devreden Amiral olanlarla bir araya geldiğimizde yüzlerinden bu durumu daha net okuyabiliyordum. Çoğu zaman işlerin yürümediğinden yakınıyorlar "İş yapacak adam bulamıyorum" serzenişinde bulunuyorlardı. Oysa pek çoğu binlerce donanımlı askerin tasfiye edilmesinde rol oynamıştı. Şimdi hiç de utanmadan yakınıyorlardı.

Ben tüm bunların arasında emekliliğimi beklerken, 2023 yılı Eylül ayı başında Burak Akçay'ın ölüm haberi geldi. Burak iki yıl önce tuğamiral yapılmış ancak iki yıl sonunda rütbe bekleme süresi dolmadan emekli edilmişti. Emekli olduktan iki gün sonra da Ankara'da evinde vefat etmişti. En son karargâhta öğle yemeğinde bir araya gelmiştik. Bana 'Poyraz hiçbir şey için değmiyormuş onu anladım. Ömrümü bu mesleğe verdim, ne istedilerse yaptım ama amiral rütbesinde dahi bir değerimiz yok' diye dert yanmıştı. Anlaşılan emekli edilmesini sindirememiş, belki de benim gibi 15 Temmuz gecesi yaptıklarının yükünü taşımak ağır gelmişti.

Bu olaydan sonra kararımı verdim. Emekli olacaktım. Eşime bu isteğimi açıkladığımda 'Bence de emekli ol ve gidelim buralardan. Ben yıllardır yüzünün güldüğünü görmedim. Benim bildiğim, sevdiğim Poyraz'ın gözümün önünde erimesi beni de kahrediyor. Burak amiral oldu da ne oldu. Yeter artık' diyerek benden daha da fazla bu kararımı desteklemişti. Eşimden bunları duymak beni daha da cesaretlendirmiş ve emeklilik dilekçemi hazırlamaya başlamıştım. Ancak aklımdan hiç çıkmayan bir soru vardı. 15 Temmuz'dan üç ay önce imzaladığım boş kâğıt ne olmuştu. Emekli olmak istemem nasıl anlaşılırdı? Zira benim gibi pek çok asker emekli olmak istiyor ancak fişlenmekten ve hain muamelesi görmekten korktuğu için sistemin kendilerini emekli edeceği günü bekliyordu.

Bu sorularla vakit kaybetmektense doğrudan Zafer Amiral'e isteğimi iletmeye karar verdim. Ertesi hafta emir astsubayından randevu alıp makamına çıktım. Alkolün etkisi mi yoksa eğer varsa yaptıklarının vicdanını yok etmesi mi bilinmez yüzü kıpkırmızı, gözlerinin altı çökmüş bir durumdaydı. Omzundaki amiral rütbesinin yıldızları bile bu halini kapatamıyordu. İçinden emekli olup kurtulmazsam sonum bu olacak diye geçirdim.

Bana 'Gel Poyraz. Nerelerdesin? Gözükmez oldun iyice' diye sitem etti. 'Zafer Amiralim, iş güç yoğun, biliyorsunuz, bir planı doğru dürüst yapacak adam bulamıyoruz. Her şey başımıza kalıyor' diyerek yoğunluğu bahane ettim. Gülerek 'Şimdi şu hapistekilerden birkaçını versem tüm derdin çözülür' diyerek karşılık verdi.

"Beni mi yokluyordu, bu acı gerçeği mi itiraf edip vicdanını mı rahatlatıyordu, bilememiştim. Ancak 15 Temmuz'dan bu yana hapiste tutulan, her biri birbirinden donanımlı ve dürüst insanlar karargâhta olsa hayat gerçekten çok daha kolay olurdu. Hepimiz onların yokluğunda sırtlandığımız yükün altında kalmıştık. Ancak onlara bunu yapanlar ve sessiz kalanlar olarak bu gerçeği hiçbirimiz yüksek sesle söyleyemiyorduk. Zafer Amiral'in şakayla karışık da olsa bunu dile getirmesi beni şaşırtmıştı.

Ona 'Emekli olma kararı aldım ancak öncesinde ilk olarak sizi haberdar etmek istedim' diyerek söze başladım. Odaya girdiğimden beri gözünün bir ucuyla önündeki evrakı okumaya devam ediyordu.

Son söylediğim dikkatini çekmiş olsa gerek ki elinden evrakı bıraktı ve gözlerimin içine bakarak 'Poyraz, hayrola, bizi bırakıp nereye gidiyorsun?' diyerek bu durumdan hoşnut olmadığını gösterdi.

Ben 'Eşim...' diye söze daha başlamadan 'Poyraz, bırak şimdi eşim meşim laflarını! Sen daha yeni söyledin, iş yapacak, güvenecek adam bulamıyoruz! Emekli olmak demek, görevden kaçmak demek, unut bunları!' diye daha da net talimat vermişti.

Ancak ben ısrarlıydım. 'Efendim, kararımı verdim. Hem

ben hem eşim çok yorulduk. Her şey çok stresli, mesaiye gelirken ayaklarım geri geri gidiyor. Bu halde ne kendime ne de mesleğe bir faydam var' diyerek yanıt verdim.

Zafer Amiral beklediğimin ötesinde bir tepki vermişti. 'Poyraz bir iki yıl sonra amiral olacaksın. Her askerin hayalini kurduğu makama çıkacaksın. Gerekirse birkaç gün izin al, git dinlen. Ama sonuna kadar bu yoldan dönmek yok' diyerek noktayı koymuştu.

Gözlerinin içine baktım. O bir zamanlar beni korkutan halinden eser kalmamıştı. Amiral rütbelerini takmıştı ancak pek çok kirli ve kanlı işte kullanılmıştı. Beyaz üniforma o kirleri kapatmaya yetmiyordu. 'Efendim ben dilekçemi çoktan yazdım ve kararımı değiştirmeyi de düşünmüyorum' der demez 'Poyraz o imzaladığın boş kâğıdı hatırlıyor musun? hâlâ yarım sayfası boş duruyor. Bana diklenmeyi bırak ve biz ne istiyorsak onu yap!' dedikten sonra 'Şimdi çıkabilirsin!' diye kapıyı gösterdi.

Tüm gardım düşmüştü. Verecek cevap arasam da nutkum tutulmuş, ne diyeceğimi bilememiştim. Attığım o imza bir ihanet belgesi olarak yıllarımı mahvetmişti ancak görünen o ki ömrümün geri kalanını da zehredecekti. İstedikleri kadar beni kullanıp istedikleri vakit de buruşturup bir köşeye fırlatılacaktım. Bu bir asker için ne kadar onursuz ve aşağılık bir durumdu. Odadan çıkarken Zafer Amiral'in yüzüne dahi bakmamıştım."

"Nasıl bir lanetin içine düşmüştüm. Bir türlü yakamı bırakmıyordu. Hızlıca odama geldim, masada duran evrak sümenlerini yere fırlattım. İçimde öyle bir öfke birikmişti ki odadaki her şeyi kırıp döksem da dinecek gibi değildi. Oysa bu mesleğe ne kadar güzel duygularla başlamıştım. Ne kadar temiz hayallerim vardı. Benden hepsini çalmışlar, beni kendi suçlarına ortak etmişlerdi. Bir asker değil bir suçlu gibi yaşamak artık taşıyamayacağım bir yüktü benim için. O gece eve geldiğimde eşim 'Bu halin ne, iyi misin?' demiş 'Biraz dinlenmeye ihtiyacım var' diyerek yatak odasına geçmiştim. Yorgan bedenimi örtse de zihnimde esen soğuk rüzgârların ruhumu üşütmesini engelleyemiyordu.

O gün ölümü ne kadar çok istedim anlatamam. Kendi canıma kıyıp tüm bu günahlarla bu dünyadan göçmekten korkuyordum. Arafta bir yaşamın müebbet cezasına çarptırılmış mahkûmuydum. Bu duygularla kapattığım gözlerime ertesi sabah aynaya baktığımda inanamamıştım; saçlarım aklarla dolmuştu. Gam ve keder bir gecede insanın saçını sakalını ağartır derler de inanmazdım. Ancak o gün bunu yaşayarak öğrendim.

Senin anlayacağın Mehmet, o karanlık gece sonrası tüm hayatım dağıldı. Ne ordu ne de bizler kendimizi toparlayamadık" dedikten sonra ben başka bir soruya geçemeden gardiyan odaya girdi ve "Süreniz doldu" diyerek kapıyı işaret etti. Poyraz'la göz göze geldik. Selamlaştıktan sonra odadan çıktım. Bizler zorluklardan geçmiştik ancak yastığa başımızı vicdanımızın rahatlığı ile koymuştuk. Ancak Poyraz ve onun gibi suça bulaştırılmış kimselerin bu süreçte yaşadıklarını dinleyince halime bin defa şükrettim ve bin defa "Her hayırda bir şer, her şerde bir hayır vardır" dedim.

Elbet Bir Gün

Mehmet DAĞCI

KADILAR MEZARLIĞI

Bugün bu sürecin tamamını parmaklıkların ardında geçirmiş bir silah arkadaşımla buluşacaktım. Harp Okulu yıllarından bu yana pek çok hatıramız vardı birlikte. Silah arkadaşlığının üstüne kader arkadaşlığı da binmişti. Özgürlüğüne kavuştuktan sonra kendi memleketine dönmemiş, Ahlat'a yerleşmişti. Bu kararı bana biraz garip gelmişti. Oralarda bir akrabası yoktu. Ege'de bir kasaba da doğmuş, daha 14 yaşında Deniz Lisesi'ne girmiş ve ömrü denizlerde geçmişti. Özgür olunca ilk olarak denize koşması beklenecek kadar da deniz aşığıydı. İstanbul-Van uçağında aklıma hep şu soru geldi. "Kemal'i Ahlat'a çeken şey neydi?" Ben daha önce oralara hiç gitmemiştim. Van Gölü'nü ilk kez görecek, o toprakların havasını ilk kez içime çekecektim. O yüzden bu sorunun cevabını da tahmin edemiyordum.

Uçak, Van Havaalanı'na indiğinde, güneş ilk ışıkları ile karşılamıştı. Havaalanından dışarı adım attığımda, hafif bir rüzgâr yüzüme değdi, güneşe rağmen keskin bir soğuk vardı. Van Gölü'nün masmavi suyu büyüleyici bir güzellikteydi. Gözlerim, gölün kenarındaki dağların siluetine kaydı. Gölün eşsiz manzarasını tamamlıyordu. Ahlat'a giden otobüsü beklerken, telaşlı kalabalığı izliyordum. Terör bahanesiyle bu

151

topraklarda insanlar ötekileştirilmiş, kin ve nefret tohumları ile aramıza Berlin Duvarı'ndan daha kalın duvarlar örülmüştü. Oysa hepimiz asırlar boyunca, Anadolu'nun ortak kaderini paylaşmış, aynı sofradan yemiş, aynı savaşlarda bu topraklar için can vermiştik. Maalesef yüzlerce yıllık kardeşlik, derin devletin şeytani kumpasları ile yok edilmeye çalışılmıştı. Pek çok secim sonrası kayyım atanmış, iradeleri gasp edilmişti. Hapishaneler nice Kürt siyasetçi için mesken olmuş, yüreği yaralı analar evlatlarının yolunu gözlemekten biçare olmuştu. Otobüs, yola çıktıktan sonra, Van Gölü'nün kıyısında ilerlemeye başladı. Ön koltuklardan birisini almıştım. Alışkanlıktan olsa gerek, zihnim yine geçmişe, ülkenin haline kaymaya başladığı an, imdadıma gölün büyüleyici manzarası yetişmişti. Şoför hafif camını da araladığından dalgaların sesini duyabiliyordum. Yol boyunca, küçük köyler dağlar arasında süzülürken, Yılmaz Erdoğan'ın şiiri aklıma gelmişti. Kim bilir kaç defa dinlemiştim bu şiiri. Nişanlı iken yaptığım her otobüs yolculuğunun vazgeçilmezleri arasındaydı.

"Yaz sıcağı toprağa çekiyordu

Tenimin çatlamaya hazır gevrekliğini.

Sonra otobüs oluyordum,

Kırık yarık yolların çare bilmez sürgünü.

Ne yana baksam dağ ve deniz sanıyordum,

Muş ovasının yalancı maviliğini.

Otobüs oluyordum bir süre.

Yanımızdan geçen kara trenlerle yarışıyordum,

Yanağım otobüs camının garantisinde.

Otobüs oluyordum.

Bir ülkeden bir iç ülkeye."

Bu şiirin dizelerindeki duyguların benzerini yaşıyordum. Van Gölü'nün manzarası ve karlı dağların ihtişamı, beni çoktan alıp götürmüştü "bir ülkeden bir iç ülkeye..." Ahlat'a doğru ilerledikçe, tarihi atmosferi daha da hissedilir hâle geldi. Düşüncelerimde geçmişin yankıları, sanki o anları yeniden yaşıyormuşum gibi canlanıyordu. Bu toprakların ruhu, beni sarmalamıştı. Ahlat'a vardığımda, otobüsten inip etrafa bakındım. Taş yapılarının gölgesinde, kendimi sanki başka bir zaman diliminde bulmuştum.

Tam bu duygular arasında iken Kemal'in bana doğru yürüdüğünü gördüm. Terminalde öyle bir sarılışımız vardı ki... "Onca yıldır görüşmeyen iki silah arkadaşına tam da bu yakışır" dedirtiyordu. Pek çok kişinin aksine, Kemal çok değişmemiş, kilosu bile aynı kalmıştı. Yüzünde yılların yorgunluğunu ararken müthiş bir dinginlik vardı. "Mehmet, kardeşim benim" diye bir kez daha sarılmıştı bana.

Bundan birkaç yıl önce sosyal medyada yazarken; birisi bana ne için yazdığımı, bunun sonunda ne beklentim olduğu sormuştu. Ben de cevaben "Bu süreç bitip, masum insanlar özgürlüğüne kavuştuğunda; bizlerden bu yangını söndürmek için bir şeyler bekleyen dostlara mahcup olmayayım yeter. Ne makam ne rütbe peşindeyim" diye yanıt vermiştim. Bu sürecin en ağır yükünü çekenlerden birisi olarak, Kemal'in beni bu denli içten karşılaması, yolun sonunda aldığım en büyük ödüldü. Artık gönül rahatlığı içinde, geçmişin son prangalarını kırabilirdim.

Bugüne kadar asker hissiyatımı hiç kaybetmemiştim. Aynı hissiyatla kendimi görevini başarı ile tamamlamış birisi gibi hissediyordum. Üstelik bu görev daha öncekilerden bin kat ağır bir görevdi; "Tüm zorluklara, kötülüklere, baskılara, ahlaksızlıklara karşı; elimize kan, dilimize yalan, kursağımıza haram koymadan, hakikat mücadelesi vermek ve dosta asla mahcup olmamak" görevi. Otobüse verdiğim küçük valizi alıp Kemal'in arabasına bindik.

"Karnın aç mı? Evde bir şeyler hazırladım ama yarım saatlik bir yolumuz var. Şurada bir lokantaya da uğrayabiliriz" dedi. Kafamı iki yana sallayıp "Çok aç değilim, yola çıkalım, hem gün batmadan etrafı da görmüş olurum" diye yanıt verdim.

Kemal'le konuşacak o kadar çok şeyimiz vardı ki. Ancak parmaklıkların ardında, kor bir ateşin ortasında onca yıl geçirmişti. Eşi kendisinden ayrılmış, uzunca bir süre de çocuklarını Kemal ile görüştürmemişti. Aslında bu sürecin asıl kahramanı vefalı eşler, kadınlar olmuştu. Pek çoğu tüm iftiralara, tüm yaşananlara, hapse, işkencelere rağmen eşlerinin ardında dimdik durmuşlar, vefanın en büyüğünü göstermişlerdi. Ancak Kemal istisnalar arasında kalmıştı. İçerde en ağır sınavlardan geçmiş, eşini, yuvasını, anılarını kaybetmişti. O yüzden geçmişe dönük tek bir şey sormak istemiyordum. "Kemal seni buralara ne getirdi? Ahlat nerden çıktı? diye söze başlamış, daha yanıt dahi vermeden "Sakın Erdoğan'a özendim deme" diyerek şaka yapmıştım. Kemal yoldan gözünü alıp bana doğru bakmış, "Beni buralara getiren neden tam da yolumuzun üstünde. Birazdan yanıtını alırsın" dedi.

Meslekte iken de çok konuşmayı sevmezdi, ancak onca yıl hapis yatıp, hücrede tek başına kalınca; adeta konuşmayı unutmuş gibi sessizdi. Ben bir yandan etrafa bakıyor bir yandan da bu sessizliği çözmenin yolunu düşünüyordum. Sonra bodur çam ağaçları arasında, bir park yerinde durduk. Kemal arabadan indi, ben de onun arkasından dışarı çıktım. Biraz ileride iki sütun arasında girişi gösterip "Mehmet işte Ahlat'a demir atmamın nedeni" diyerek o tarafa doğru yöneldi. Ne dediğini tam anlamasam da ağır adımlarla onu takip ediyordum. İçeri girdiğimizde büyük sütunları, işlemeleri yazıtları ile göz alabildiğince uzanan abideler karşıladı bizi. Yanı başımızdaki tabelada "Selçuklu Mezarlığı" yazıyordu. Zaman burada durmuş gibiydi. Gördüğüm her şey sanki yüzyıllar öncesinden bir şeyler fısıldıyordu. Asırlara meydan okurcasına dimdik duran mezar taşlarının heybeti insanı alıp götürüyordu.

Gözlerim üzerlerindeki yazıtlara takıldı; Arapça ya da Farsça harfleri ile yazılmış olmalıydı. "Keşke ne yazdığını anlayabilsem" dedim içimden. Gözlerimi kapattım, rüzgârın esintisi yüzüme vururken sanki geçmiş zamanlara yol alıyordum. O anda Kemal'in sesi ve omzuma uzanan eliyle irkildim. "Burada sekiz binin üzerinde mezar var. Hristiyan'ı, Zerdüşt'ü, Ateist'i, Müslüman'ı binlerce insan yan yana yatıyor. Ama kavga yok, telaş yok, hile, hurda, pusu, kumpas yok. Buradaki dinginliği hiçbir yerde bulamadım Mehmet" dedikten sonra suskunluğunu bozdu ve anlatmaya başladı.

"Hapsin ilk yılları çok zordu. Bizlere yapmadıklarını bırakmadılar, demir parmaklıkların ardında adeta cehennemi yaşattılar. Üstüne üstlük kimseyle görüştürmüyorlardı. Bir hücrede tek başımıza kalıyorduk. Gece ve gündüz birbirine karışmıştı. Aylar geçmiş, eşimden ve çocuklarımdan tek bir haber alamamıştım. Bir gün gardiyan hücrenin kapısını açmış, elinde bir zarfla gelmişti. Zarfı öylesine bir açışım vardı ki sanırsın günlerce susuz kalmış birisi, bir su şişesini açıyordu. Telaşımdan zarfı yırtmış ve içinden çıkan tek sayfa mektubu okumaya başlamıştım. Mektup eşimden geliyordu. Ancak daha ilk satırlarında dünyam başıma yıkılmıştı. Boşanmak için mahkemeye başvurmuş ve çocuklarımın da velayetini almak istemişti. Onca yıl aynı yastığa baş koyduğum insan, ben bu halde iken sırtını dönmüştü.

Üstelik çocuklarımı da göstermeyeceğini söylüyor, 'Müebbetlik bir mahkûm ile görüşmeseler daha iyi olur' diyordu.

Bağırmak istiyordum, bağıramıyordum. Nutkum tutulmuştu. Tüm bedenim zangır zangır titremeye başlamıştı.

Mektubu getiren gardiyan sanki bu durumu tahmin etmiş ve başımda beklemiş, oturduğum plastik sandalyeye doğru iki adım atarak gelerek 'Komutan üzme kendini. Seni bu halde bırakan, varsın gitsin yoluna. Bu senin için daha hayırlı olur' diye teselli etmişti.

Bunca aydır bana "hain" kelimesi dışında bir hitapta bulunulmamıştı. Ancak gardiyan sanki bu kaybı telafi etmek istercesine söze 'Komutan' diye hitap etmiş ve bana bir asker olduğumu hatırlatmıştı. Ayağa kalktım, gözlerinin içine bakıp "Sağ olasın" dedim.

Gardiyan 'Bakalım ne eyler, ne eylerse güzel eyler' diyerek hücreden çıktı. Demir kapılar üzerime kapandığında, elimde mektup ile kalakalmıştım.

Ağlasam belki sönerdi gönlümdeki yangın. Ancak gözlerimden tek bir yaş gelmiyor, bedenim tüm bu yaşadıklarıma isyan ediyordu. O gece iki adımlık hücrede kaç tur attım hatırlamıyorum. Elimdeki mektubu bir türlü bırakamıyordum. Okuyor, okudukça 'Neden?' diye sorguluyordum. O güne kadar beni tutan duygu, eşim ve çocuklarıma kavuşma ihtimali idi. Beni güçlü görmeliler diyerek tutunmuştum hayata, katlanmıştım tüm bu yapılanlara. Ancak şimdi çıksam da beni karşılayacak bir karım olmayacak, belki de çocuklarım bir yabancı olarak görecekti. Bu ne ağır duyguydu. Bu ne dayanılmaz imtihandı. Çıldırmak üzereydim. O anda başımı kaldırdım. 'Allah'ım ben halimi sana havale eyledim. Bir çıkış yolu ver bana' diye yakardım.

O gece hücrenin ortasında uyuya kalmışım. Sabah uyandığımda her yerim tutulmuştu. Eşimin yazdığı mektup yerde duruyordu. Bir kez daha okumak için uzandım. Sonra gardiyanın akşam söylediği sözler aklıma geldi, 'Seni bu halde bırakan, varsın gitsin yoluna'... Elimdeki mektubu açmadan, usulca doğruldum. Hücredeki yatağımın üzerine otururken, mektubu tutan elim çoktan yumruk olmuştu. Elimle sıkabildiğim kadar sıktım. Sonra buruşmuş kâğıt parçasını çöp kutusuna attım. Hayat karşıma ne çıkarırsa çıkarsın ayakta kalacaktım. O mektupla birlikte beni geçmişe bağlayan son bağı da atmış oldum. O gün benim için yeniden bir doğuş, yeniden bir diriliş oldu."

Artık geçmişi düşünmüyor, kaybettiğim şeyler aklıma gelmiyor, hücrede tüm vaktimi okumakla geçiriyordum. Hapishane kütüphanesindeki kitapları bir çırpıda bitirdim. Bir süre sonra hücre hapsim kalktı. Havacı bir üsteğmen ile aynı koğuşa kondum. Tasfiye edilen yüzlerce pilottan birisiydi. Sessiz bir hâli vardı. Volta vakitlerinde avluda bir köşede oturur, sürekli gökyüzünü izlerdi. Sanki kanatları kırılıp, bir kafese kapatılmış kartal gibiydi. Koğuşta ben kitap okurken, elinde karakalem uçak resimleri çizerdi. Mesleğine bu kadar sevdalı bir subayın yerine, bir yenisini koymak ne kadar mümkündü?

Bu arada bana o gün teselli veren gardiyan adeta bir kütüphane memuruna dönmüştü. İstediğim her kitabı, gizli de olsa getiriyor, dikkat çekmesin diye okuduklarımı geri götürüyordu. Binlerce sayfadan oluşan kitapları birkaç gün içinde geri verirken 'Komutan, nasıl okuyorsun onca sayfayı, emin misin hepsini okuduğuna?' diyerek şaşkınlığını dile getiriyordu. Ancak ben birkaç saat uyku dışında, neredeyse tüm vaktimi okumakla geçiriyordum. Sabahattin Ali, Aziz Nesin, Nazım Hikmet, Yaşar Kemal, Orhan Veli, Necip Fazıl ve Mehmet Akif her bir kitabı ile koğuş arkadaşım oldu. Kur'an mealini de ilk kez burada okudum.

Gardiyan bir seferinde Evliya Çelebi'nin "Seyahatname"sini

de getirmişti. Bir mahkûm için seyahat etmenin yolu, belki de kitaplardan geçiyordu. Seyahatnameyi okurken Evliya Çelebi ile yolculuk yapar gibi hissetmiştim. Beni en fazla etkileyen kısımlardan birisi de Diyarbakır, Bitlis, Van güzergâhını anlattığı bölümlerdi. Kendimi Nemrut Dağı'nın eteklerinde özgürce koşarken bulmuş, Bitlis'e giden dar geçitlerden geçmiş, Van Gölü'ne vardığımda adeta okyanusa açılmıştım. Evliya Çelebi Ahlat'tan da bahsediyor, Oğuz Diyarı adını verdiği bu şehri ve Ahlat Kalesi'ni hayranlıkla anlatıyordu. Eskiden eşim ve çocuklarıma kavuşacağım günü bekler, bir sahil kasabasında onlarla dingin bir hayatın hayalini kurardım. Şimdi ise gün gelir özgürlüğüme kavuşursam, Evliya Çelebi'nin izinden bu toprakları gezmek, Ahlat Kalesi'nden Van Gölü'nün maviliğini doyasıya izlemek hayali kurmaya başladım.

Ben hayallerimin gerçek olacağı günü beklerken, eski eşim yaptığı hatayı anlamış, çocuklarımla görüşmeme izin vermişti. Yıllar sonra açık görüşte evlatlarımı görmek, biraz soğuk davransalar da onları sarıp, kokularını içime çekmek bana ayrı bir dayanma gücü verdi. Beni çocuklarıma kavuşturan, hayallerime de kavuşturur elbet diyordum."

Kemal anlattıkça anlatmış, ben de bölmeden dinlemiştim. Ancak hava çoktan kararmış, ayın loş ışığı etrafı aydınlatır olmuştu. Arabaya doğru yürümeye başladık. Kemal'in evine doğru giderken "Hapisten çıkınca ilk buraya mı geldin?" diye sordum. Kemal "Doğru bildin. İlk uçakla Van'a, oradan da Ahlat'a geldim. Otobüs Van Gölü'nün etrafından kıvrıla kıvrıla yol alırken, buralara hayran kaldım. Van Gölü'ne bakarken yıllardır hasret kaldığım denize de kavuştum. Daha otobüste iken buralarda bir hayatın hayalini kurdum. Ahlat'a varınca ilk işim Ahlat Kalesi'ne gelmek oldu. Evliya Çelebi'nin bahsettiği tepede, yıkılmış surların arasından Van

Gölü'nü ve arkasında uzanan tepesi karlı dağları saatlerce izledim. İnsan okurken hayalini kurduğu yerleri, karşısında görünce ayrı bir tat alıyor. Sonra Ahlat'ı dolaşmaya başladım. Adımlarım beni buraya Selçuklu Mezarlığı'na getirdi. Aslında oldukça bilindik bir yermiş. Ancak nedense ben daha önce duymamıştım. Mezarlığa ilk geldiğimde aynen senin gibi büyülendim. Adeta beni başka bir zaman dilimine götürmüş, kendimi geçmişin gizemli atmosferinde hissetmiştim.

Burada mezarlar arasında dolaşırken yetmişli yaşlarında bir amca ile karşılaştım. Beni öyle dalmış bir vaziyette görünce gelip, 'Evladım iyi misin?' diye sormuştu. Kendisi uzunca bir süre Ahlat'ta bir camide imamlık yapmış. Zaman zaman buraya gelir, abidelerin arasında şimdiki zamanın hoyratlığından kaçarmış. Ben de kısaca hikayemi anlattım.

Beni dinlerken gözleri dolmuş, 'Bu dönemde en kötü sınavı hocalarımız, alim geçinenlerimiz verdi. Bu zulme cami kürsülerinden karşı çıkmamız gerekiyordu. Ancak sınavı geçemedik' dedi ve 'Seni bana Allah gönderdi. Benim ismim Hasan. Hasan Hoca derler burada bana. Hakkını helal et. Hakkın, hakikatin yanında duramadık' diyerek de helallik istedi.

Ben içerdeyken bu hesaplaşmayı çoktan bitirmiştim. O yüzden hiç düşünmeden 'Benden yana hakkım helal olsun' diyerek karşılık verdim. Hasan Hoca verdiğim yanıttan memnun bir ifade ile 'Gel seni buranın kadıları ile tanıştırayım' diyerek mezarlıkta yürümeye başlamıştı.

Adımlarımız bizi buraya, buranın en heybetli mezar taşlarının olduğu yere getirdi. 'Burası Kadılar Mezarlığı. Burada yatanlar Selçuklu Kadıları'dır. Selçuklu bu toprakları ordusu ile fethetmiş ancak adaleti ve kadıları ile hükmetmiş. Ne zaman ki adil yöneticilerin yerini zalim idareciler almış, o zaman ordu da devlet de dağılmış' diyerek sözünü tamamlamıştı. Hapiste geçen onca yıl adalet aramıştım. Çıktığım mahkemelerde, vicdanını ve kalemini satılığa çıkarmış savcı ve hakimlere işlerini öğretmeye çalışırcasına, adaletin yalnızca benim için değil onlar ve dahi tüm memleket için önemini hatırlatmıştım. Şimdi kendimi Kadılar Mezarlığı'nda bulmam ve burada karşılaştığım Hasan Hoca'nın adaletin önemini konuşuyor olması oldukça garip gelmişti. Gecikmiş adalet bu olsa gerek diye de yüzümde bir tebessüm belirmişti"

"Hapiste iken Selçuklu Veziri Nizamülmülk'ün 'Siyasetname' adlı kitabını okumuştum. Devlet yönetimi konusunda pek çok tavsiyelerin olduğu kitabın büyük bir kısmı adalete ayrılmıştı. Kadılara ilişkin ayrı bölümler vardı. 'Küfür ile belki amma zulüm ile payidar kalmaz memleket' demişti. Ne gariptir ki; dilinden Selçuklu'yu, Osmanlı'yı düşürmeyenler, onları asırlarca ayakta tutanın adalet ve liyakat olduğunu unutmuşlardı.

Bu arada vakit ilerlemiş, güneşin batmadan önceki kızıllığı mezar taşlarına yansımıştı. Hasan Hoca beni düşüncelerden uyandırmış 'Evladım nerede kalıyorsun, var mı yatacak bir yerin?' diye sordu. Ben 'Sahilde bir otelde yer ayırttım, kalacak yerim var' deyince 'O zaman akşam yemeğini bizde yeriz, hem sohbete de devam ederiz' diyerek evine davet etmişti. Başkasının evinde birkaç saat kalsam ruhum daralır. Fakat bu içten daveti reddedemedim. Hem sohbeti de ilgimi çekmişti. Böylece hava tam kararmadan Hasan Hoca'nın evinin yolunu tuttuk."

Bu sırada eve gelmiş, Kemal arabayı park etmişti. İçeri girerken aklımda yarım kalan hikâye vardı. Valizimi bir kenara koyup, salona doğru geçtik. Güneş batınca hava iyiden iyiye soğumuştu. Kemal sobanın yanında duran odunları içine koyup, bir çam çırası ile ateşi tutuşturdu. Çam kokusu ve sobadan sızan duman, beni bir anda çocukluğuma götürmüştü.

Kayseri'nin soğuğu buranınkini aratmazdı. Özellikle ortaokula ve liseye gittiğim yıllarda, bir buçuk kilometreye yakın yolu yürür, kulaklarım adeta buz kesilmiş, ayak parmaklarımı hissetmeyecek halde eve girerdim. Babaannem yaşlı elleriyle çoktan sobayı yakmış olurdu. İsten kararmış bir çaydanlıkta dağ çayı demli olurdu.

Kemal mutfaktan bir tencere getirmiş onu sobanın üstüne koymuştu. Çaydanlığa da suyu koymuş, "Sana şöyle sobada bir çay demleyeyim" demişti.

Gözümle tasdik ettikten sonra salona dikkatim kaydı. Soba evin tam girişine kurulmuştu. Odanın kalan üç duvarı baştan başa kitaplarla kaplıydı. Birini gözü kapalı bu odaya soksan, zannedersem evden ziyade kütüphane sanırdı. Kitapların çoğu deri kapaklı, ciltli ansiklopediler gibiydi. Tarih, edebiyat, dünya klasikleri, şiir kitapları, her türden kitaplar rafları doldurmuştu. Kemal kitapları incelediğimi görünce köşedeki rafları işaret etti, "Bak senin kitapları da aldım ve hepsini okumaya da ihmal etmedim" dedikten sonra "Mehmet ben kendimi sana yakın bilirdim. Ancak onca yokluk, onca zorluk içinde bir hayat hikayen olduğunu, kitabını okuyana kadar fark edemedim. Neden bize haber etmedin? Neden bu yükü tek başına çektin?" diye sitemle karışık sormuştu. Ben de "Güçlü gözükmek dışında bir seçeneğimiz mi vardı..." diyerek geçiştirdim.

Benim kitabın yanında bu dönemde çıkan birçok kitap da rafta yerini almıştı. Hüseyin Albay, Cemil Albay, Mustafa Albay, Zeki Amiral ve daha niceleri bu süreci, hakikati anlatan kitaplar çıkarmışlardı. Anlaşılan Kemal her birini getirtmişti. Ona "Bu kitapları nereden buldun? Var mı Ahlat'ta bunlar?" diye sorunca; "Bizim gardiyan sağ olsun, hâlâ bana kitap göndermeye devam ediyor" demişti.

Bu kitapların yanında üst üste konmuş yedi-sekiz adet

161

ajanda vardı. Bir tanesini alıp, içini açtım. Düzgün bir el yazısı ile sayfalar doluydu. Kemal, "Onlar da benim kitaplar. İçerideyken dört kitap yazdım. Ancak hepsi basılmayı bekliyor" dedi. Buna o kadar çok sevindim ki... Çünkü bu süreçte parmaklıkların ardında geçen yıllar da anlatılmalıydı. Orada yaşananlar, duygular ve çekilen zorluklar, hayatın bambaşka boyutlarını gözler önüne serebilirdi. Kemal'e "Basıldığında ilk okuyucusu ben olmak isterim. Bu arada bir editöre ihtiyacın varsa buradayım" diyerek heyecanımı paylaştım.

Sonrasında akşam yemeğini yemiş, sobada usulca demlenen çaydan yudumlamaya başlamıştık. Daha ilk yudumda, tüm yorgunluğum çıkmışçasına bir ağırlık basmıştı. Dün gece İstanbul'dan uçağa bindiğim andan itibaren sanki yüzlerce yıllık bir dönemde gezip dolaşmış gibiydim.

Kemal bu halimi görmüş olacak ki; "İçeride odan hazır. İstersen dinlen sabah konuşuruz diyerek istirahat edebileceğimi söylemişti. Ona "Sen bir demli çay daha koy. Bu hikâyenin devamını dinlemeden uyumak yok" diyerek karşılık verdim.

Kemal çayları doldurduktan sonra anlatmaya başladı. "Hasan Hoca'nın evine vardığımızda bizi eşi Meryem Teyze karşıladı. İçeri buyur ettikten sonra, salona geçmiştik. Ortada hazır sofrayı görünce 'Bizim geleceğimizi nereden bildiniz?' diyerek şaşkınlığımı dile getirmiştim. 'Evladım tam yirmi yıldır bu sofrada bir tanrı misafiri olur. Sende hoş gelmişsin' dedikten sonra sıcak çorbaları koymaya başlamıştı. Hasan Hoca hikâyenin gerisini yemek yerken anlattı. Bir evlatları varmış, askerliğini yaparken şehit olmuş. Evlatlarının cenazesi dahi gelmemiş. Bu yüzden bir mezarı da olmamış. Hasan Hoca o günden sonra Selçuklu Mezarlığı'nı mesken eylemiş. Burada yatanlara dua ederek, mezarların üstünde biten otları temizleyerek evlat acısını dindirmeye çalışmış."

"Meryem Teyze de belki bir gün evladı çıkar gelir ümidi ile sofrayı hep üç kişilik kurarmış. Neredeyse her hafta bu sofranın bir misafiri olmuş. Hasan Hoca benim de asker olduğumu söyleyince, Meryem Teyze sanki yıllardır yolunu gözlediği evladı çıkıp gelmişçesine sevinmişti. Ana yüreğine bir kere ateş düşünce, aradan yıllar geçse de orada kalıyordu. O akşam yemekten sonra otelime döndüm. İçimi kaplayan çok farklı bir huzur vardı. Bu topraklar, gördüğüm yerler, dağlar, okyanus yerine koyduğum göl, yeni tanışmış olsam da bana sofrasını açan bu güzel insanlardı bu huzurun kaynağı. Çok fazla düşünmeden, ömrümün geri kalanını bu topraklarda geçirmeye karar verdim. Bu küçük ev satılıktı. İçerde iken emekli maaşıma dokunmamış, çocuklarımın ihtiyaçları dışında bir harcamam olmamıştı. Birikenin bir kısmı ile bu evi satın aldım. Tadilat, inşaat, kitaplar derken burayı mesken eyledim. Şimdi ise günümün çoğunu okuyarak, yaşadıklarımı çocuklarım için yazarak geçiriyorum. Arada bir de Kadılar Mezarlığı'na gidiyor, Hasan Hoca ile sohbet ediyor, Meryem Teyze'nin sofrasının konuğu oluyorum" diyerek sözünü tamamlamıştı. Kemal'in anlattıkları beni derinden etkilemişti. Bu süreçte hapishaneler okula dönüşmüş, ikinci, üçüncü dili öğrenenler, üniversiteyi ve yüksek lisansı bitirenler, diğer mahkûmlara ders anlatanlar, dini ilimlerde derinleşenler, kitap yazanlar ve daha nicelerinin haberlerini almıştık. Ben buralardan geleceğin çok mühim devlet adamları, şairleri, yazarları, alimleri çıkacak diye düşünüyor, yazılarımda da bunu açıkça dillendiriyordum.

Tam karşımda onlardan birisi duruyordu. Kemal hapiste geçen zamanda kendi deyimiyle kendi hesaplaşmasını tamamlamış, belki de bu hayatın derin manasını çoktan çözmüştü. Van Gölü onun için kitapların rıhtımından demir alıp, adeta okyanuslara açıldığı bir kapı olmuştu. Yatağıma uzandığımda gözlerim yorgunluktan kapanırken; Kemal'in bana tarif ettiği bu toprakların huzuru ile uykuya dalmıştım…

Mehmet DAĞCI

ELİTLERİN SUSKUNLUĞU

Ahlat'tan dönüş sonrası kendime gelmem zaman aldı. Sıradan bir yolculuktan ziyade mistik bir seyahat olmuştu benim için. Yaşadıklarımı, Kemal'in anlattıklarını ve şahit olduklarımı sindirmeye çalışıyordum. Gözlerimizi kapattığımızda zerresini yanımızda götüremeyeceğimiz şeyler uğruna ne kavgalar ne savaşlar veriliyordu. Kimse maskesinin ardındaki gerçek yüzü ve niyetini de göstermediğinden kimi zaman bayrak, kimi zaman din, kimi zaman milli değerler alet ediliyordu. Gerçeklerin yerini algı ve yalanlar alıyordu.

Bu sürecin sonunda hakikatin ortaya çıkması ve maskelerin yüzlerden düşmesi, bunlara inanıp peşinden gidenlerde büyük bir hayal kırıklığı ve hüsran yaratmıştı. Bunların başında da Mustafa Kemal Atatürk'ü gönülden sevenler ve onun çizdiği yolda yürüyenler geliyordu. Çünkü başta derin devlet olmak üzere pek çok siyasetçi kendi çıkarları için Atatürk'ü kullanmışlardı. Atatürkçü düşünceyi kendilerine göre yontmuş, fikir ve inanç hürriyetini ön planda tutan laikliği, kendi yaşam biçimlerini başkalarına dayatmak için kullanmışlardı. Mütedeyyin ve inançlı kesim Atatürkçü düşünce ve çağdaş yaşam adı altında ötekileştirilmiş ve bastırılmıştı. Buna bir tepki olarak halk AKP ve benzeri partilere yönelmiş,

165

ezilen kesimler bir anda Atatürk ve milli değerlere düşman zihniyetlerin istismarına açık hale gelmişti. AKP'yi iktidara taşıyan süreç 28 Şubat dayatmaları, başörtülü insanları hor görme, yok sayma tutumunun bir ürünüydü. Ancak çeyrek asırlık Erdoğan yönetiminde başörtü mağduriyeti ile başlayan süreç, Cumhuriyet tarihinde görülmemiş büyüklükle hak, hukuk, özgürlük gaspları ile neticelenmişti. "Başörtülü bacılarımız okuyamıyor" diye meydan meydan dolaşan ve bundan oy toplayanlar başörtülü ve masum on binlerce genç kadını parmaklıkların ardına atmış, bu toprakların gördüğü en ağır ve ahlaksız zulümler gerçekleştirilmişti. Kendini aydın olarak niteleyenler, kadın hakları savunuculuğu yapanlar ve dernekler sessiz kalmıştı. Yapılanları görmezden gelmiş, kadın onurunu ayaklar altına alan çıplak aramalar dahi onları harekete geçirmemişti.

Bundan birkaç hafta önce, bir zamanlar o derneklerden birinin yönetiminde üst düzey görevler almış bir üniversite hocası ile karşılaştım. Kitap fuarında yanımdaki masada kendi kitabını tanıtıyordu. İmzalı bir kitabımı kendisine hediye edince o da benim için kitabını imzaladı. Orada ayaküstü memleket meselelerini konuştuk ve daha sonra bir araya gelmek için sözleştik. Bu görüşme için Tarabya'daki evinde kendisini ziyaret ettim. Kapıyı yüzünde kocaman bir tebessüm ile açtı. Evin bahçesinde, boğazı uzaktan gören kamelyanın altına konmuş masaya geçtik.

"Komutanım davetime icabet ettiğiniz için çok sağ olun. Gelmeme ihtimalinize karşı kendimi hazırlamıştım ama beni şaşırttınız" diyerek söze başladı. "Neden öyle düşündünüz Esra Hocam?" diye sorunca "Gözümüzün önündeki hukuksuzluklara seyirci kaldık, ülkeyi bu hale getirenlere susarak bir nevi destek verdik. Bundan başka neden saymaya gerek var mı?" diye karşılık verdi.

Ben daha konuşmanın başında "Hocam, o günler geride kaldı. Buraya o günlerin üzerinden size üstünlük taslamaya gelmedim. Ancak sizi o suskunluğa iten nedeni de anlamak isterim. Zira geleceği inşa ettiğimiz şu günlerde, böylesine olayları bir daha yaşamamak için olanları anlamamız ve ders almamız hayati önemde" dedim.

Karşımda altmış yaşın üzerinde, yıllarca ülkenin en iyi üniversitelerinde sosyoloji dersleri vermiş ve siyasetçisinden bürokratına nice insanla yakın ilişkileri olmuş bir kadın vardı. Onun tespitleri bu açıdan önem taşıyordu. Birinci elden pek çok şeye şahit olmuş, belki de verilen kararların bir parçası olmuştu.

Söze başlamadan "Ne içersiniz? Çay, kahve ya da alkollü bir şey?" diyerek kapıda gözlerinin içine bakan yardımcısını yanımıza çağırdı.

"Bir kahvenin kırk yıl hatırı olur derler. Ben bir sade kahvemizi içmek isterim" diyerek yanıt verdim. "Harp Akademileri'nde öğrenciyken ve yıllar sonra da öğretim elemanı olarak görev yaparken buralara çok geldim. Hafta sonları vakit buldukça Sarıyer'de Kalender Orduevi'ne gider, boğazın eşsiz manzarası eşliğinde kahve içerdik. Bahçeniz ve manzara bana o günleri hatırlattı" diyerek giriş yaptım.

"Evet, o zamanlar bu topraklar daha huzurlu, daha yaşanılırdı. Birkaç kez ben de Harp Akademileri'nde icra edilen faaliyetlere davet edilmiş ve pırıl pırıl öğrencileri görüp gurur duymuştum. Harp Akademileri bizim için de adeta Atatürk'ün bir emaneti ve orada yetişen asker ve eşleri bu ülkenin sigortası gibiydi. Ancak büyük bir hata yaptık. Bu sigortayı elbirliği ile yok ettik" diye yakındı.

"Esra Hocam, bu rejimi baştan bu yana biliyordunuz. Hırsızlık ve yolsuzlukları 17-25 Aralık'ta ortaya saçılmıştı. Nasıl oldu da bu rejim sizin gibi yetişmiş insanları susturdu?"

dedim.

"Haklısınız, başından beri bunların gerçek niyetini biliyorduk. Ülkeyi götürdükleri gidişattan da rahatsızdık. Ancak Ergenekon-Balyoz davaları pek çok şeyi değiştirdi. Bu davalarda Erdoğan stratejik bir üstünlük elde etti. Operasyonları yapan polis, savcı ve hâkimlerin bu denli cesur davranacağını kimse beklemiyordu. O güne kadar kimsenin cesaret edemediği bir şekilde en yüksek rütbeli askerlerden bürokratlara kadar pek çok kişiye kadar bu davalar uzandı. Açıkçası bizde o zamana kadar görülmemiş bir kaygı oluştu. Zira biz orduyu bunlara karşı en büyük teminatımız olarak görüyorduk. Sınırı aşarlarsa daha öncesinde olduğu gibi asker duruma el koyar, herkes yerini bilir ve hizaya gelirler diye düşünüyorduk. Ancak Büyükanıt'ın Dolmabahçe görüşmesi ve sonrasında Ergenekon-Balyoz davaları bu düşünceyi altüst etti" dedi.

Ben, "Bu davaları yakından biliyorum. Dava sürecini, Erdoğan'ın bu davaların savcısıyım söyleminden, kandırıldım söylemine geçişine yakinen şahit oldum. Ancak elinize 17-25 Aralık gibi bir koz geçmedi mi? Erdoğan ve etrafındakiler boğazına kadar yolsuzluğa batmışken, bu gidişatı değiştiremez miydiniz?" diye sordum.

Bana "Komutan, sorularınızdan anlıyorum ki beni bir tarafta konumlandırmışsınız. Ben ne derin devlet ne de Ergenekon-Balyoz ekibi ile iş tuttum. Ancak benim ve benim gibilerin hatası bunlara inanmak oldu. Ne zaman derin devletin suçları gündeme gelse, manasız bir koruma refleksine girdik. Bunlardan kurtulma girişimlerini rejim tehlikede, Atatürk düşmanları devrede diye değerlendirdik. 17-25 Aralık operasyonlarına suskun kalışımız, en az sizin kadar benim de kafamda bir soru işareti idi. Ancak Doğu Perinçek 17-25 Aralık ile ilgili pek çok bilgi, belge ve tapelerin ellerinde olduğunu beyan ederek hükümete gözdağı vermişti. Sonrasında Ergenekon-Balyoz davalarının seyri de değişmişti. Benim anladığım hükümet ile anlaşılmış, el ele Gülen Grubu'nu ortadan kaldırma planları yapılmıştı. Çünkü her iki taraf da operasyonları yapan polis, savcı, hâkim ve bürokratların Gülen Grubu mensubu olduğuna inanıyordu. Kendilerine ortak bir düşman bulup, ezeli düşmanlıklarını bir kenara bırakmışlardı." Dedikten sonra bardağından bir yudum su aldıktan sonra devam etti.

"Ergenekon-Balyoz davaları derin devlete değil de bu ülkenin aydınlarına karşı yapılıyormuş izlenimi verildiğinden bu davaları kendimiz için de bir tehdit olarak gördük. Kapatılmasını olumlu bir gelişme olarak algıladık. Aslında bizlere karşı müthiş bir algı operasyonu yapılmıştı. Türkan Saylan Hoca'nın gözaltına alınma girişimi hepimizin gözünü korkutmaya yetmişti. Derin devlet bir kez daha cumhuriyet değerlerinin arkasına saklanmıştı. Atatürkçü düşünceyi kendilerine kılıf yapmışlardı. Bir sosyolog olarak bu algı operasyonunu görememek benim için de tam bir talihsizlikti." dedikten sonra bir iç çekti ve o sırada boğazdan geçen gemiye gözleri takıldı.

Ben araya girmeden konuşmaya devam etti. "Arka planda bu pazarlıklar yapılırken, sürekli yön değiştiren bir iktidar söylemi vardı. Dün bir kesimi hain ilan ediyor ertesi gün o kesimle el sıkışıp başka bir kesimi şeytanlaştırıyordu. Ancak halkın büyük bir kısmı bu çelişki ve tezatları önemsemeden, Erdoğan ne derse desin alkış tutuyordu. Kendi aralarından çıkan insanlara karsı yapılan haksızlık ve hukuksuzluğu bu denli sorgulamadan alkışlıyorlardı. O zaman gidişatın çok daha kötü olduğunu anladım. Öylesine ki 2010'ların başında bile toplumdaki ayrışmayı hissediyordum. Otoriterleşen bir siyaset dili, kutuplaşan bir toplum ve her şeyin ötesinde eleştirenlerin birer birer susturulması... Michael Foucault'nun söylediği gibi, 'İktidar yalnızca baskıyla değil, insanları normalleştirmekle de işler'... Biz de bu normalleşmeye tanık olduk. Gazeteler kapatıldı, akademisyenler hedef gösterildi, televizyonlarda farklı seslere yer verilmez oldu. Bir akademisyen olarak o zaman da sesimi duyurmaya çalıştım. Konferanslarda, makalelerde, derslerimde hep eleştirel bir bakış açısını korudum. Ama hiçbir şey değişmemişti. Öğrencilerimin soruları artık korkak, meslektaşlarımın sohbetleri temkinliydi. Herkes hissetmişti, rejim artık yalnızca dışımıza değil, içimize de işlemişti" diyerek içini çekmişti.

Esra Hoca gibi kendini yetiştirmiş bir akademisyen tarafından yapılan bu özeleştiri ve analiz son derece mühimdi. Bu sırada kahvemin yanında gelen sudan bir yudum alıp "Hocam tüm bu anlattıklarınız hâlâ 15 Temmuz sonrası suskunluğunuzu açıklamıyor. Bunca yetişmiş insana yapılan kıyıma neden sessiz kaldınız?" diyerek sorumda ısrar ettim.

Esra Hoca yüzüme dikkatlice bakıp, "Eğer hakikati arıyorsan söyleyeyim. İşimize geldi, Gülen Grubuna karşı başından beri şüpheli yaklaşıyorduk. Bu kadar kısıtlı imkânlar ile ortaya koydukları başarıyı aklımız almıyordu. Okulların akademik başarıları bizleri de zorlamaya başlamıştı. Anadolu'dan çıkan sıradan insanlar, bizlerin pozisyonlarına, kadrolarına talip olmaya başlamıştı. Buna müsaade edemezdik. Açıkçası böylesine bir rekabete hazır da değildik. Bu nedenle 15 Temmuz sonrası anlatılanlara, masal olduğunu bile bile inandık ya da inanmak istedik. Öncelikle onlardan kurtulacak, sonra da Erdoğan ile yolları ayıracaktık. 15 Temmuz sonrası ordunun komuta kademesine de Balyoz sanığı askerler gelmişti. Ordu yeniden rejimin teminatı olacak diye düşünmüştük. Ancak çok geçmeden yanıldığımızı anladık. Sizlerin tasfiye edilmesi ile kademe kademe Cumhuriyet'in tüm değerlerini yok ettiler. AB üyelik süreci askıya alındı, konserler iptal edildi, milli bayramlardaki coşkulu kutlamalar ortadan kalktı, üniversitelere kendi adamlarını rektör olarak atadılar. Elimizden bir şey gelmedi. Güvendiğimiz, inandığımız pek çok kişi birer birer saf değiştirdi. Sen bilirsin, Teğmen Çelebi vardı. Ergenekon-Balyoz davalarında Atatürkçü tutumu nedeniyle desteklemiştik. Adeta kahraman ilan etmiştik. Gitti AKP rozeti taktı. Sinan Oğan, Metin Feyzioğlu ve daha niceleri birer birer muktedire biat ettiler." derken yüz ifadesinde belirgin bir öfke vardı.

Sonrasında devam etti "Ordudaki pek çok değerli komutan emekli edildi. Kalanlar ise kendi mevki ve makamlarını düşünmekten ağzını açamaz oldu. Senin anlayacağın, biz suskunluğumuzun bedelini inandığımız tüm değerleri kaybederek ödedik. Atatürk'ü dilinden düşürmeyenlerin menfaat uğruna tüm değerlerini satılığa çıkardığını gördük. Yıllarca kandırıldığımızı, aldatıldığımızı anladık. Bu satranç tahtasında her birimiz birer piyonmuşuz. Oysa biz kendimizi vezir sanıyorduk. İtibar sahibi olma, güçlü görünme sevdamızdan vazgeçemedik. En sonunda büyüttüğümüz, bize asla dokunamaz dediğimiz yılan gelip bizi de soktu. Üniversitelere rektör atamalarından, hariciyeye büyükelçi atamalarına kadar liyakati yerle bir ettiler. Boğaziçi Üniversitesi adeta son kalemizdi. Buraya yapılan rektör atamasına tepkimizi göstermek için sırtımız rektörlük binasına dönük sessiz eylemler yaptık. Kaderin cilvesi olsa gerek suskunluğumuz kendi davamızda da devam etti. Binlerce gün süren sessiz çığlığımızı duyan bile olmadı. Nefes alamaz, fikrimizi beyan edemez olduk. 100 yıllık Cumhuriyeti tek adamın insafına terk ettik." dedi. Bu son cümlede dudakları titreyerek gözleri buğulandı.

Esra Hoca'nın son sözleri her şeyin özeti gibiydi. Yapılan

her şey bir bumerang gibi gelip sahibini buluyordu. Biraz da konuyu uzmanlık alanına çekmek adına "Hocam, pek çok akademisyen, sanatçı, entelektüel kesim de mi böyle düşündü? Topluca bir tepki gösterilemez miydi?" diye sorularıma devam ettim.

Esra Hoca, "15 Temmuz sonrası öylesine bir cadı avı başladı ki, Gülen Grubu adı altında muhalif gördükleri herkesi, yetişmiş insanları, yüzü batıya dönük aydınları tasfiye ediyorlar, itibarsızlaştırıyorlardı. Bu baskı sonucunda akademisyenler, gazeteciler, sanatçılar, Pierre Bourdieu'nun dediği gibi habitusunu yani algılama, hissetme, düşünme, davranma dinamiklerini kaybettiler. Yıllarca alanlarında güven duygusuyla çalışmış, konuşmuş, yazmış insanlar birdenbire, özgürce konuşmanın bir risk olduğu bir dünyada buldu kendilerini. Bir meslektaşımın attığı bir tweet yüzünden yargılandığına, bir öğrencimin ise yalnızca bir kitap bulundurduğu için gözaltına alındığına şahit oldum. Bu yalnızca benim değil, binlerce insanın yaşamını şekillendiren bir korku atmosferiydi. Hannah Arendt'in 'Totalitarizmin Kaynakları' kitabında bahsettiği gibi, 'korku' ve 'yalnızlık' insanların eylem gücünü kırar. Toplum bu süreçte korkuya teslim oldu. Ama korkudan daha derin bir şey vardı: Biat kültürü. Halkın tarihsel kodlarında, güçlü olanın yanında durma alışkanlığı var. Birçok insan, yapılan haksızlıkları görmezden geldi. Bazıları ise doğrudan destek verdi" diyerek yanıtladı sorumu. Kendini öylesine kaptırdı ki sanki üniversitedeki kürsüsünde sosyoloji dersi veriyordu. Onun da hayali ve özlemi daha yaşanabilir bir ülkeyi öğrencilerine emanet etmekti.

Ben bir diğer soruya geçecek iken Esra Hoca sözü tekrar aldı ve "bu arada cadı avı" teriminin nereden geldiğini biliyor musunuz?" diye sordu.

Bu terimi birçok kez duymuş, hatta yazılarımda da kullanmıştım. Ancak açıkçası kaynağını tam olarak bilmiyordum. Başımı biraz da mahcup bir şekilde iki yana sallayarak, "Hayır, bilmiyorum." dedim.

Esra Hoca, beklediği yanıtı almışçasına tebessüm etti ve "Komutanım, sizi bir dakika bekleteceğim." dedikten sonra bahçeden içeri girdi. Birazdan elinde bir kitapla geri döndü. Masaya oturduktan sonra, "Cadı avı insanlık tarihinin en utanç verici trajedilerinden birinin hikayesidir. On altıncı ve on yedinci yüzyılda Avrupa'da sıradan insanlar cadı olmakla suçlandı. Tarihe cadı avcısı olarak geçen Burgonya Yargıcı Henri Boguet, Avrupa'da milyonlarca cadı olduğunu öne sürdü. Onları kilise ve toplum için büyük bir tehlike olarak tanımladı. İnsanlar bu deli saçmasına inandı ya da işlerine öyle geldi. Bu iddialar, cadılıkla suçlanan kırk ila elli bin masum insanın işkence görmesine ve idam edilmesine yol açan kitlesel bir histeri yarattı. Kurbanlar arasında beş yaşındaki çocuklar bile bulunuyordu." dedi.

Elindeki kitabı bana uzatarak "Komutanım, belki birkaç dakikanızı alır ama altını çizdiğim kısımları okursanız, kötülüğün bir salgın hastalık gibi nasıl yayılabildiğini ve insanlığı yok edebildiğini görürsünüz" diye ekledi.

Kitap, Yuval Noah Harari'nin "Nexus" adlı eseriydi. Adını duymuş ve okuma listeme almıştım. Esra Hoca'nın ısrarcı bakışlarını görünce; işaret ettiği paragrafları okumaya başladım:

"Ağustos 1629'da Würzburg Prens-Piskoposunun şansölyesi, devam eden cadı avı hakkında arkadaşına bir mektup yazdı ve bu konuda şüphelerini itiraf etti.

"Cadılar meselesine gelince... Bu yeniden patlak verdi ve bunu anlatmaya kelimeler kifayetsiz kalır. Ah, bunun acısı ve sefaletine şehirde, her rütbe ve cinsiyetten, yüksek ve alçak, hâlâ dört yüz kişi var, hatta din adamları bile, öyle güçlü bir şekilde suçlanıyorlar ki istenen her an tutuklanabilirler... Prens-Piskoposunun yakında pastör olacak kırk kadar öğrencisi var ve bunların arasında on üç veya on dört kişinin cadı olduğu söyleniyor. Birkaç gün önce bir dekan tutuklandı. Kısacası, şehrin üçte biri kesinlikle bu işe karışmış durumda. En zengin, en çekici, en öne çıkan din adamları zaten infaz edildi. Bir hafta önce on dokuz yaşında bir genç kız idam edildi. Bu genç kız hakkında her yerde tüm şehrin en güzel kızı olduğu söylenirdi ve herkes tarafından eşsiz bir tevazu ve saflığa sahip birisi olarak kabul edilirdi. Onu, en iyi ve en çekici kişilerden yedi veya sekiz kişi takip edecek... Ve böylece, Tanrı'yı reddettikleri ve cadı danslarına katıldıkları için birçok kişi idam ediliyor. Yedi yaşındaki çocukların, on, on iki, on dört ve on beş yaşındaki gelecek vaad eden öğrencilerin idam edildiğini gördüm... Fakat bu sefalet hakkında daha fazla yazamam ve yazmamalıyım."

"İnsanlar, kişisel hakaretleri intikam almak ya da ekonomik ve siyasi çıkar sağlamak amacıyla en basit kanıtlarla birbirlerini cadılıkla suçlamaya başladılar. Önerilen sorgulama yöntemleri gerçekten şeytaniydi. Eğer sanık bir cadı olduğunu itiraf ederse, idam edilir ve malvarlığı suçlamayı yapan kişi, cellat ve sorgucular arasında bölüştürülürdü. Eğer sanık itiraf etmeyi reddederse bu, şeytani inatçılığının kanıtı olarak alınır ve ardından korkunç işkencelere maruz kalırdı; parmakları kırılır, vücutları sıcak penselerle kesilir, bedenleri kırılma noktasına kadar gerilir veya kaynar suya daldırılırdı. Er ya da geç bu duruma daha fazla katlanamaz ve itiraf ederlerdi ve nihayet idam edilirlerdi."

"Cadılıkla suçlanan insanlar, suç ortaklarının adını vermeleri için işkenceye tabi tutuluyordu. Bu bilgiler daha sonra diğerlerini hapse atmak, işkence yapmak ve idam etmek için delil olarak kullanılıyordu. Eğer herhangi bir resmi yetkili, akademisyen veya din adamı bu absürt yöntemlere itiraz ederse; bu, onların da cadı olduğunun kanıtı olarak görülebiliyor, bu da tutuklanmalarına ve işkenceye maruz kalmalarına yol açıyordu."

Okumayı tamamladığımda nutkum tutulmuştu. Orta çağın karanlığı sanki memleketin üzerine çöreklenmişti. Burada yazanların farklı versiyonları bu süreçte bizlere yapılmıştı. İşkenceler, adam kaçırmalar, ölümler, malların mülklerin gasp edilmesi, bebeklerin, gencecik kızların, yaşlıların parmaklıkların ardına atılması ve milyonlarca insanın sosyal ölüme terk edilmesi bu topraklarda yaşanmıştı. Kötülük öylesine zirve yapmıştı ki; kanser hastası çocuklar, analarından ayrı bırakılmış hem anasından hem babasından koparılan çocuklar yetim ve öksüz kalmıştı.

Esra Hoca da bu sürecin topluma bakan yanını izah etmişti. "Komutanım burada yazanlar, halkın neden suskun kaldığını da izah ediyor. Ülkede tam bir cadı avı vardı. Rejimin ortaya koyduğu deli saçması yalanlara kitleler inandı ya da inanmaya zorlandı. İtiraz edenler cadı ilan edildi. İnsanlar korkutuldu, bastırıldı ve sindirildi. Maalesef tarih bir kez daha tekerrür etti…"

Esra Hoca'nın dediği üzere tarih tekerrür ediyordu. Ancak bu topraklarda yeni yarınları kurmanın yolu bu kısır döngüyü kırmaktan geçiyordu. Bu nedenle geçmişi ayağımıza pranga yapmadan, bu süreçten ders almamız elzemdi. Yıllardır birbirinden ayrı kalmış insanların birlik ve beraberlik içinde olması gerekiyordu. Esra Hoca, Poyraz, Soner, Hasan Hoca, Kemal ve bu toprakları kaderi bilmiş herkes el ele omuz omuza bu enkazı kaldıracak, hep birlikte geleceği inşa edecekti. Çocuklarımız için, insanlık için, bize umut bağlayanlar için, Anadolu'da yeniden bir diriliş, yeniden bir varoluş destanı yazacaktık! Adalet, eşitlik ve özgürlük temelinde güçlü ve yaşanabilir bir Türkiye inşa edecektik...

YÜZLEŞME

Bu süreçte hakikat mücadelesi büyük oranda sosyal medya üzerinden yürütülmüştü. Kendi hesaplarımızdan gerçekleri anlatmış, kitap yazmış ve zaman zaman sürgündeki gazetecilere ve meslektaşlarımızın kurduğu Alesta kanalına röportajlar vermiştik. Ancak Türkiye'ye döndüğümden bu yana özellikle medyadan uzak durmuş, birçok gazetecinin röportaj teklifini de reddetmiştim. Daha önce söz verdiğim üzere bu dönemde gönül ve kader bağı ile bağlandığım pek çok dostu ziyaret etmiş, karış karış memleketin hâlini görme fırsatı bulmuştum.

Rant ve talan düzeni Anadolu'yu soldurmuş, insanımızı fakirleştirmişti. Ancak herkeste ülkeyi yeniden inşa ediyor olmanın heyecanı vardı. Beni medyadan uzak tutan en büyük neden, yıllardır burada yangının ortasında kalmış, her zorluğa rağmen, zalimin karşısında dimdik durmuş, malı, mülkü, özgürlüğü gasp edilmiş insanlara olan vefaydı. Bizler nispeten daha kolay şartlarda bu mücadeleyi vermiştik. Şimdi ön safları bu insanlara bırakma, birkaç adım geride durma zamanıydı. Ancak uzun süre basından kaçmam yanlış anlaşılabilir endişesi ile ısrarla röportaj teklif eden bir gazetecinin teklifini kabul ettim.

Elbet Bir Gün

Bir zamanlar özellikle Türkiye'de yayın yapan pek çok gazeteci bizleri yok saymıştı. Ancak Talat Bey başından beri beni takip etmiş, paylaşımlarımı beğendiği olmuş, zaman zaman memleketin gidişatında dair yazışmalar yapmıştık. O dönemin koşullarında açıktan açığa olmasa da verdiği bu destek benim için büyük bir anlam taşıyordu. Zira o dönemler mahalle ayrımcılığı yapan çok kişi vardı; yalnızca kendi mağduriyetini ön plana çıkaran ve öteki mahalledeki yangına bir kova dahi su dökmeyen bir kesimdi bunlar. Ağızlarından demokrasi, hak, hukuk ve özgürlük düşürmeyenlerin bizlere yapılan soykırıma varan zulümlere ses çıkarmaması, hatta rejimin nefret dilini aksansız konuşması oldukça üzücü bir durumdu.

Şimdilerde ise devran dönmüş, aradan geçen bu zamanda, neler yaşandığına dair müthiş bir ilgi ve merak vardı. O dönemde yazılmış pek çok kitap tekrar tekrar baskıya giriyor, en gencinden en yaşlısına kadar okunuyordu. Talat Bey gazetede yazmanın yanı sıra bir televizyon kanalında da "Politik Analiz" adında bir program yapıyordu. Bana "Eğer sizin için de uygunsa televizyon programında konuk edelim. Malumunuz bu dönemde gazeteler çok okunmaz oldu" diye de nedenini izah eden bir teklif yaptı. Ben de bu teklifi kabul ettim. Canlı yayınlanacak programda, konuklar tarafından sorular da sorulacaktı. Bir dönemler Babala TV'de buna benzer programlar yapılıyordu. Birçok gazeteci sosyal medya hesabımı takip etmelerine rağmen, bir türlü cesaret edip konuk edememişlerdi. Hatta bu dönemde Hakan Şükür'ün programa çıkması derinlerden gelen baskılar ile iptal edilmişti. O dönem kimse gerçekleri duymak istemiyordu. Ancak her şey vaktini bekliyordu.

Nihayetinde o vakit gelip çatmıştı ve kanalın Ankara stüdyosunda birazdan programa başlayacaktık. Program öncesinde Talat Bey ve programın yapımcısı Serra Hanım canlı yayın olduğu için akışın nasıl olacağını anlattılar. İçeride birkaç yüz civarında seyirci bulunuyordu. Bunların çoğu üniversite öğrencilerinden seçilmişti.

Programın başında Talat Bey kısaca beni tanıttı. "Değerli izleyiciler bugünkü konuğumuz Deniz Kuvvetleri'nde 24 yıl görev yaptıktan sonra 15 Temmuz Kumpası ile mesleğine, üniformasına, memleketine veda etmek zorunda kalmış, sürgündeki yeni hayatında Dünyanın en büyük şirketlerinden biri olan Amazon'da üst düzey yöneticiliğe kadar yükselmiş, 'Henüz Değil' kitabının yazarı Mehmet Dağcı, Komutanım hoş geldiniz programa" dedikten sonra, ilk sorusunu yöneltti: "Ben sizi tanıtırken kısaca özgeçmişinizden bahsettim. Ancak size nasıl hitap etmemi istersiniz. Sosyal medya profilinizde "insan, asker, devlet adamı" yazıyor. Kim var bugün izleyenlerimizin karşısında?"

Yüzümde hafif bir tebessüm belirdi "Öncelikle davetiniz için sağ olun. Sosyal medya profil resmim bu soruya yanıt veriyor. Asker kimliğimi hep korumaya çalıştım. Karşınızda da asker ve devlet adamı oturuyor desem yerinde olur." diyerek karşılık verdim. Aslında bu dünyaya ne ismimiz ne de başında bir sıfatımız olmadan geliyorduk. Buradan göçerken de cenaze namazımız 'er kişi' niyetine kılınıyordu. O yüzden sıfatların bir değeri yoktu. Ancak genç yaşta girdiğim Harp Okulu'nun ilk gününden, meslekten ayrılmak zorunda kaldığım son güne kadar, 24 yıl boyunca askerlik her şeyimizin önüne geçmişti. Yaptığımız pek çok uluslararası görevde de devletimi temsil etmiştim. O yüzden asker ve devlet adamı sıfatını profilime eklemiştim.

Talat Bey ikinci sorusunu yöneltti; "Komutanım hepimiz biliyoruz ki çok ağır bir süreçten geçildi. Sonda soracağımı başta sorayım. Gönül kırgınlığı ya da intikam duygusu hissediyor musunuz?"

Anlaşılan zorlu geçecek bir program olacaktı. Canlı yayında, kitabın ortasından gelecek sorulara yanıt verecektim. Ancak işimi kolaylaştıracak en kilit husus şeffaf ve samimi olmak, duygu ve düşüncelerimi dobra dobra dile getirmekti.

Bu rahatlıkla yanıt verdim; "Memlekete döndüğüm günden bu yana pek çok yüzleşme yaşadım. Akrabalar, dostlar, bize bu zulmü yapanlar, itirafçılar, sessiz kalanlar, görmezden gelenler... Herkesle göz göze geldim. Anlattıklarını dinledim. Gönül kırgınlığı elbette var. Bizler insanız. Ancak asla bir intikam hissi taşımıyorum. Bu süreçte herkes kendi sınavını verdi. Süreçle birlikte ilahi adalet de işledi. Adaletin tesisini dürüst ve vicdanlı hâkim ve savcılara bırakıp geçmişi ayağımıza pranga yapmadan dikiz aynasına dönüp bakmadan yol almamız, ülkemizi hep birlikte inşa etmemiz gerekiyor"

Salondaki izleyiciler bu yanıtı ayakta alkışladı. İster istemez herkeste bir tedirginlik mevcuttu. Toplum hesaplaşmalardan, kin, nefret ve intikam yeminlerinden yeteri kadar çekmişti. Talat Bey, "Biliyorum asker selamı ile pek çok gönül yeniden yakınlaştı ancak bunu bir kez daha sizden duymak çok güzel komutanım. Ben hazır rahatlamışken biraz kolay sorularla devam edeyim. Sürgünde en çok neyi özlediniz?" dedi. Bu soruyu daha önce pek çok kez sormuşlardı. Hiç tereddüt etmeden "En çok geride kalan dostları ve onlarla samimi muhabbetleri özledim." deyince sunucu, "Ben yemekleri dersiniz sanıyordum" diye şakayla karşılık verince, "Yemekten yana şanslıydım. Hemen hemen her yerde bir Türk lokantası bulmak mümkün. Bu süreçte pek çok esnaf da yurtdışına çıkınca aşçılar, fırıncılar, kasaplar ve tabii evde eşler bizi mutfağımızın tadından mahrum etmediler. Hatta bizim olduğumuz şehre birkaç günde bir Türkiye'den uçak kargosu ile tatlı bile geliyordu" diyerek yemek mevzusunu kapattım.

Talat Bey, "Dile kolay yıllar geçti. Karşınızda koca bir devletin tüm imkanlarını kullanan bir güç vardı. Buna rağmen sosyal medya paylaşımlarınızda 'Güzel günlere bir gün daha yaklaştık' diyebiliyordunuz. Hiç ümidinizin kırıldığı, bu devran dönmeyecek dediğiniz zamanlar olmadı mı?" diye sordu.

"Öncelikle "güzel günlere bir gün daha yaklaştık" sözünün sahibi Ethem Yarbay'ı anmadan geçmek istemiyorum. En başından beri cesurca, inanarak mücadele etti. Ben de bu konuda tarihsel olayları çokça inceledim. Dünya, ay, yıldızlar, güneş ve hatta galaksilerin bile sabit kalmadığı, her şeyin değişim içinde olduğu bir kâinatta devranın dönmemesi mümkün değil. Nitekim tarihte hiçbir zulüm kalıcı olmamış, hiçbir zalim ilelebet yaşamamıştır. O yüzden bu sürecin biteceğine dair zerre kadar şüphem olmadı. Evet uzadı, hem de tahminlerin de ötesinde uzadı. Bu nedenle ümitsizliğe ve karamsarlığa düşenler de oldu. Ancak kader bizleri haklı çıkarttı. Bundan dolayı da çok mutluyum." diye yanıt verdikten sonra Talat Bey, "Sizin deyiminizle geçmişi bu programa da pranga yapmak istemiyorum. 15 Temmuz'a ilişkin hakikatler artık ortaya çıktı. Bir kumpas olduğu aşikâr oldu. Ancak benim sorum sizlerin hiç hatası olmadı mı? Bu dönemde çıkardığınız en büyük ders ne idi?" diye zor sorularla devam etti.

"Bu soruyu sürgündeki gazetecilerden Sevinç Hanım da bir röportajda sormuştu. İsterseniz ona verdiğim yanıt üzerinden sizin sorunuzu da cevaplayayım. Ben bir insanım. Tabii ki hata yaptık. Aldığım en önemli dersi söyleyeyim. Zamanında bu ülkede yaşanan birçok haksızlığa gereği kadar karşı durmadığımızı düşünüyorum. İnsanların yaşadıklarına detaylı bir şekilde kafa yormadık. Terör olaylarında köyleri boşaltılan, göçmek zorunda kalan, kurumlar suratına kapatılan Kürt vatandaşlarımız vardı. Denizci olduğum için Güneydoğu'da görev yapmadım ama onların acısını derinden hissetmekle birlikte, görevdeyken bir ses olamadığım kanaatindeyim. Bu sistem tarafından dışlanmış, ötekileştirilmiş insanların dertlerine, acılarına daha derinden yaklaşabilirdim. Daha sahiplenici olabilirdim. Başımıza bu olaylar geldiğinde bunu çok daha iyi anladım. Dersim'den, 5-6 Eylül olaylarına, darbelerden, Sivas katliamına varıncaya kadar pek çok olayda, pek çok kesim hedef alındı bu topraklarda. Bizler de devleti kutsadık, asıl kutsal olan insandı. Bunu çok geç anladık. O nedenle bu dönemde yaptığım hakikat mücadelesinde, haksızlığa uğrayan her kesime destek olmaya, ses vermeye çalıştım. Selahattin Demirtaş, Osman Kavala, Alparslan Kuytul, Mehmet Baransu, Hidayet Karaca, Can Atalay, Yakup Saygılı gibi her kesimden haksız yere mahkûm edilenlere destek verdim. Hatta sırf siyasi nedenlerle yeniden parmaklıkların arkasına konulan, 28 Şubat sanıklarına yapılan hukuksuzlukları dahi dile getirdim.

Diğer bir hatamız da kendimizi yaptığımız görevlere haddinden çok fazla kaptırmamızdı. Bizler işimizi iyi yapınca, çok çalışınca her şey düzelecek sanıyorduk. Ancak büyük resmi, kapalı kapılar ardında oynanan oyunları zamanında fark edemedik. Ne Ergenekon-Balyoz ne de Siyasal İslam'ın bu ülke üzerindeki ağırlığını tam olarak hesap edebildik. Lojman duvarlarının ardında toplumdan uzak kaldık. Eşimizi, çocuklarımızı ve yakın çevremizi ihmal ettik. Düğün, cenaze, bayramlarda bile, "Ben seyirdeyim, kusura bakmayın, vatan görev bekler" dedik. Görev aşkını o kadar yükseğe çıkarmıştık ki en temel bireysel sorumluluklarımızı yerine getiremedik. Etrafımızda örülen tuzakları, kumpasları fark edemedik. İşin özeti başımızı kaldırıp etrafımızda olup bitenlere bakmak, toplumla iç içe olup, gayretimizin nereye gittiğini, toplumun beklentisinin neresinde olduğunu görmek gerekiyor. Dümenin başında olmadığın bir gemide, kendini yırtarcasına kürek çekmek gidilecek limanı değiştirmiyor. Onu hep birlikte öğrenmiş olduk" dedim.

Talat Bey usta bir gazeteciydi. Birbirinden bağımsız gibi gözüken sorularla istediği yöne çekiyordu söyleşiyi: "Bu süreçte size yapılan en büyük eleştiri, madem o kadar donanımlı ve akıllı idiniz. Size yapılan bu kumpası neden fark edemediniz? Görevinize fazlası ile odaklanmış olmaktan mı kaynaklandı bu?" diye devam etti sorularına.

"Kısmen nedeni oydu. Ancak hiçbirimiz başta Genelkurmay Başkanı ve Kuvvet Komutanları olmak üzere, kendi ordusunu satan, pusuya çeken komutanları öngöremedik. Ergenekon-Balyoz ekibinin fişleme listelerinden, tehditlerinden haberdardık, ancak bu kadar şeytani bir kumpasta birbirine benzemez hatta hasım pek çok kesimin bir araya gelebileceğini düşünemedik. O gece askerler Komutanları tarafından terör ihbarı gerekçesi ile tuzağa çekildi. Kurmay zekâsı düşmana karşı en etkili planları yapabilir. Ancak o karanlık geceye kadar ne Erdoğan ne de Ergenekon-Balyoz ekibini düşman bellemedik. Belki de bu konuda çok naif kaldık. En fazla emekli ederler diye düşünüyorduk. Mevki, makam ve rütbeleri geçici gördüğümüz için belki de bunu önemsemedik. Oysa Mustafa Kemal yıllar öncesinden bu tür kumpasları öngörmüş, özellikle dahili bedhahlar hakkında bizleri uyarmıştı. Bu açıdan bakılırsa Atatürk'ü daha iyi anlamamız, yazdıklarını daha derinden okumamız gerekiyormuş. Hazır gençler karşımda iken bu hususun altını da bir kez daha çizmek isterim" diye yanıt verdim.

Talat Bey yüzünde bir memnuniyet ifadesi ile "Beklediğimin de ötesinde bir yanıt aldım. Bizleri suskunluğa iten neden de buydu. Hiçbirimiz devlet büyüklerinin, Genelkurmay Başkanı'nın, Kuvvet Komutanlarının böylesine kirli bir plana dahil olabileceklerini düşünemedik. Diyanet

İşleri Başkanı'ndan, muhalefet parti liderleri ve en tepedeki Erdoğan'a kadar aynı ağızdan konuşulunca onlara inandık. Belki de inanmak istedik" dedikten sonra sözü salondaki genç bir seyirciye bıraktı.

"Merhaba benim adım Sema. Kitabınızı okudum ve sizin gibi milyonlarca insanın maruz kaldığı zulmü gözyaşları ile öğrendim. Gözümüzün önünde yaşananları görememişiz. Bundan dolayı çok üzgünüm. Sizce bunun telafisi nasıl olur? Bizlerin ne yapması, bu sürecin yükünü çekmiş masum insanların gönlünü hafifletir?" diye sordu.

Salon pür dikkat bana bakıyordu. Muhakkak ki herkes adına konuşmak ne hakkımdı ne de mümkündü. "Bu soruya ancak kendi adıma yanıt verebilirim. Tarih kitaplarında da buna benzer pek çok örnekle karşılaştım. Zalimler gücün tamamını ele geçirdiğinde insanların kimisi korkusundan, kimisi kaygısından suskun kalmayı tercih ediyor. Ancak bizim odak noktamız bence ilerisi olmalı. Sizin bana içten bir şekilde bu soruyu sormanız bile benim gönlümü hafifletti. Benim gönlüm hafiflerken yeni gönüllere yük binmesini de istemem. Hep birlikte, omuz omuza, 'adalet, eşitlik, özgürlük' temelini sağlamlaştırırsak, dahili ve harici düşmanlara bir daha böyle fırsatlar vermez isek tüm gönüller rahatlayacak, anaların yüreğindeki yangın sönecek, gözlerindeki yaş dinecektir. Sevgi, saygı ve kardeşlik ile algı, kin ve nefret duvarlarını yıktığımızda; bu günlerin pek çok yükü geride kalacaktır" dedim. Genç kız aldığı yanıttan memnun olsa gerek yüzündeki tedirginlik gitti ve ayrı bir dinginlik geldi.

Sonrasında birkaç sıra arkada oturan yaşlı bir amca söz alarak, "Komutanım bunlar öylesine hasarlar verdiler ki bu topraklara ve insanımıza. Siz inanıyor musunuz başaracağımıza? En az elli yıl kaybettik, nasıl olacak da yakalayacağız bize birkaç tur atan devletleri?" diye kaygısını dile getirdi.

Sosyal medyada yıllardır yazmanın bir güzelliği de bu ve benzeri pek çok soru almanız ve defalarca kez durumu analiz etmekti. Evet, bu gerçekten başarması zor bir hedefti. İnsanımız yılların yorgunluğu ve çaresizliği ile bitap düşmüştü. Ancak bize bu toprakları bırakan atalarımız türlü çaresizlikler içinde, nice imkânsız görünen işleri başarmışlardı. Osmanlı küçücük bir beylikten dünyaya hâkim olan bir İmparatorluğa ulaşmıştı. Mustafa Kemal ve onun yanı başında kurtuluş mücadelesini veren milletimiz, her şeye rağmen vatan toprağını düşmana yar etmemişlerdi. Bu millet yeter ki birlik olsun, yeter ki inansın, yeter ki odaklansın üstesinden gelemeyeceği bir durum olmazdı, olamazdı.

Yaşlı amcaya, "Bu topraklarda 90 milyonu aşkın insan, tek yürek olduktan sonra hiç dert etmeyin. Bunun örnekleri çok. İkinci Dünya Savaşı'nda yerle yeksan olan Almanya ve Japonya en bariz örnekler. Aslına bakarsanız bu süreçte kayıpların yanında büyük kazançlar da elde ettik. Gerçek bir demokrasi, kuvvetler ayrılığı, bağımsız yargı, basın ve denetim kurumlarının önemini tam olarak anladık. Özgürlüğün paha biçilmez olduğunu bir kez daha gördük. Yurtdışında on binlerce insanımız yetişti. Daha da ötesi bir kene gibi bu topraklara yapışan derin devlet ve kılıktan kılığa girerek milli ve dini değerlerimizi istismar eden şarlatanlardan kurtulduk. O yüzden koşar adımlarla 'adalet, eşitlik, özgürlük' temelinde ilerleyeceğiz. Bundan hiç şüphem yok, sizlerin de olmasın" dediğimde salondaki coşku görmeğe değerdi.

Talat Bey alkışları kesmek zorunda kaldı. Bana dönerek "Komutanım gençler koşmaya hazır. Eğer bizi genç sayarsanız biz de hazırız" dedikten sonra "İlk kitabınız çocukluğunuzdan itibaren Amazon'a girinceye kadar geçen hayatınızı anlatıyor. Ancak ondan sonrası yok. Bize o dönemi kısaca anlatır mısınız? Amazon'da yükselmek zor oldu mu?" diye konuyu değiştirdi.

"O dönem öylesine değişik bir duygu içindeydik ki; her şeyimizin gasp edildiği bir anda, Amazon gibi dünya devi bir şirkete yönetici olarak girmiştim. Üstüne en son robotik teknolojiye sahip Amerika'daki en büyük lojistik deposunu açmak kısmet oldu. Başlangıçta tabii ki zorlandım. Sorumluluğumda yüzlerce işçi, onlarca yönetici vardı. Bu alanda bir tecrübem yoktu. Bugüne kadar da akademik ve askeri terminoloji ağırlıklı İngilizcem vardı. Ancak 24 yıllık askeri tecrübe, liderlik, planlama, kriz yönetimi gibi pek çok bilgi ve yetenek bana yardımcı oldu. Daha önce ABD'de Purdue Üniversitesi'nde işletme yüksek lisansı yaptığımdan; ekonomi, pazarlama, insan kaynakları yönetimi gibi pek çok dersi de almıştım. Gerek askeri gerek akademik bir temel olunca; onun üzerine hızlıca bir şeyler inşa edebildim. İlk altı ay günde 14-15 saat çalışıyordum. İki yıl sonra günde bir milyon ürün gönderen işletmede, üst düzey yöneticiliğe terfi ettim. İki bine yakın işçi ve 70-80 civarında yönetici bana bağlıydı"

"Sonrasında Seattle'daki Amazon'un lojistik biriminden teklif geldi. Kanada ve ABD'de 400'e yakın dağıtım istasyonundan sorumlu mühendislik departmanının ilk kurulumunda görev aldım. Ekibimle birlikte milyar dolarlık projeler yönettik. Kompleks lojistik problemlere yönelik çözümler geliştirdik. Bunlardan birisi de paket dağıtım hızını yarım güne düşüren programdı. Müşteri bir siparişi verdiği andan itibaren, 12-16 saat içerisinde dağıtıma olanak sağlıyordu. AMZL bünyesinde 200'ün üzerindeki dağıtım merkezinde bu programı açan ekibi yönettim.

Pek çok arkadaşım gibi benim de amacım en verimli çağımızda, aldığımız onca eğitim ve edindiğimiz tecrübe ile ülkemizi kalkındırmak ve ordumuzu güçlü kılmaktı. Maalesef süreç farklı şekilde işledi. Altın çöpe atılmakla değer kaybetmiyordu. Bu süreçte tasfiye edilen donanımlı insanlar pek çok alanda yeni yetenekler kazandılar, başarılara imza attılar. Bizlere iftira atanlara inat alnımızın akı ve sahip olduğumuz yeteneklerle her işte başarılı olabileceğimizi göstermiş olduk. En önemlisi de çoluğumuzu çocuğumuzu haram lokmaya, ele güne muhtaç etmedik" diyerek uzun bir yanıt verdim. Seyirci pürdikkat beni dinliyordu.

Talat Bey, "Komutanım gerçekten sizin adınıza gurur verici olduğu kadar bizler adına da derin bir kayıp. Yarım kalan ikinci kitabı muhakkak bitirmelisiniz. Eminim buradaki ve ekranları başındaki tüm izleyiciler istifade edeceklerdir. Bakarsınız onların arasında da yeni Amazon yöneticileri çıkar, sizlerin adımlarınızı takip eder" dedikten sonra "Sürgün yıllarınızda orada yaşayan Türklerle nasıl bir ilişkiniz oldu. Uzak durmaya mı çalıştınız? Size orada da düşmanlık eden oldu mu?" diye bir soru yöneltti.

Talat Bey benim hesabın ne kadar sıkı bir takipçisi olduğunu ortaya koyarcasına, bana sosyal medyada sıkça sorulan soruları soruyordu. Cevaben, "Tabii gerek iş gerekse de komşuluk münasebetiyle, pek çok kesimden insanımız ile tanıştım. Sağcısı, Solcusu, Türkü, Kürdü, Alevisi, Kemalisti, Gayrimüslimi, Gülen Hareketi mensubu ve dahası. Her kesimden güzel dostluklar kurduğum, ailece görüştüğüm, evimi ve soframı açtığım insanlar oldu. Hiçbirinden bir zarar görmedim. Kimsenin birbirinin hakkına, hukukuna göz diktiğine şahit olmadım. Daha da önemlisi, ekilen kin ve nefret tohumları ve algı duvarlarına rağmen insanımızın elinden geldiğince birbirine destek olduğuna ve yol gösterdiğine bizzat tanıklık ettim. Ülkemizde nefret dili ve ötekileştirme ile insanları birbirine düşman ettiler. İnsanımızı bölerek, her dönem farklı bir kesimi hain ilan ederek toplum üzerinde baskı kurdular. Artık bu kirli zihniyet geride kaldı, yurtdışında olduğu gibi burada da soframızı birbirimize açacak, omuz omuza gelecek, arkada bırakılan enkazı kaldıracağız" diyerek bitirdim.

Sorular birbiri ardınca geliyordu. Muhakkak ki merak edilen çok şey vardı. Bir sonraki soru için salondaki bir seyirciye mikrofon uzatıldı; "Benim adım Fırat, benim gibi sizin hayatınızı kitaplarınızdan tanıyan okuyucuların merak ettiği bir konuyu sormak istiyorum. Çocuklarınız nasıl? Fatih nasıl oldu? Yanlış anlamayın, maksadım özel hayatınızı deşelemek değil ancak kitabın satırlarında Fatih'i, Nilgün'ü, Hakan'ı sanki birer kardeşimiz gibi gördük. Aileden birisi olduk, o yüzden son durumlarını da öğrenmek istedim" dedi.

Meraklı bakışlar arasında "İyiler çok şükür. Hayatımız inişli çıkışlı olsa da bize verilenlerin güzelliklerine odaklanıp devam ediyoruz. Ameliyatlar, nöbetler Fatih'in de bizim de hayatımızın bir parçası oldu. Elimizden gelenlere odaklanıp gerisini Mevla'mıza havale ediyoruz. Hakan genç bir mimar artık. İki özel kardeşle büyümenin, onlara her koşulda destek olmanın mükâfatını almışa benziyor. Zira alanında en önde gelen okulunu ilk sıralarda tamamladı. Nilgün kızımız evin neşesi olmaya devam ediyor. Fatih'ten hem biz hem de doktorlar çok şey öğrendi. O yüzden sağlığı ve gelişimi çok daha iyi. Ortaokula gidiyor. İleride doktor olacağım diyor. Ancak bilmiyor ki onun her bir gülüşü annesinin de benim de her derdime şimdiden derman oluyor" dedim.

Talat Bey yüzünde samimi bir bakış ile "Onlara dua eden milyonlarca insan var. Gülüşleri hiç solmasın dilerim" temennisinden sonra "Artık programı bitirme vakti geldi. Son sözlerinizi alabilir miyim?" diyerek sözü tekrar bana bıraktı.

"Şunu belirtmek isterim ki kayıp gibi görünen yılların

içinde pek çok kazanç da var. Ülkemizde diriliş rüzgarları her geçen gün daha kuvvetli esecek. Bir zamanlar elinde bir sırt çantası ile bu topraklara veda etmek zorunda kalanlar, parmaklıkların ardında özgürlüğü gasp edilenler birikimleri ve donanımları ile bu dirilişin bir parçası olacak. Gerek yurtiçinde gerekse yurtdışında vatan sevdalıları el birliği ile güzel günleri, daha yaşanılır ve daha güçlü bir Türkiye'yi inşa edeceğiz. Gelecek nesiller bu dönemi bir diriliş destanı olarak okuyacak, anlatacak, dilden dile dolaştıracaklar. Buna tüm kalbimle inanıyorum" diyerek sözlerimi tamamladım.

Söylediğim her bir kelimeyi adeta yaşamıştım. Üstelik seyircideki coşkuya bakılacak olursa, böyle düşünen ve hisseden bir tek ben de değildim...

Elbet Bir Gün

Mehmet DAĞCI

GÖNÜL BAĞI

Bu sabah içimde ayrı bir heyecanla uyandım. Belki de hayatımın en anlamlı günlerinden birini yaşayacağım bir yola çıktım. Bu süreçte mesleği elinden alınmış, öğrencilerinden koparılmış ve tebeşir kokulu sınıfından yıllarca mahrum edilmiş Ayşe Öğretmen için, İzmir Atatürk Lisesi'nde bir mesleğe dönüş töreni planlanmıştı. Okulun müdürü yıllar önce birlikte aynı sıralarda okuduğumuz, delikanlılık yıllarını birlikte geçirdiğim yakın bir dostumdu. Zulmün en ağır olduğu dönemde dahi dostluğuna zerre zeval getirmemiş, görevden ayrıldığım ilk günden beri yanımda olmuş, telefon numaramı rehberinden silmemişti. Kısa görüşmelerimizde bana "Mehmet hiç kafana takma. Bu günler geçecek, yine yan yana geleceğiz. Yine eski günleri anacağız" diyerek moral vermeden kapatmazdı. Her bir KHK sonrası, öğretmenler odasından meslektaşları birer birer eksilirken, bunun derin ızdırabını duyanlardandı. O zamanlarda da ben onu teselli eder, "Güzel günlere bir gün daha yaklaştık Rıza Hocam" diyerek gönlündeki yangını birazcık olsun hafifletmek isterdim. Aynı yaşta olmamıza rağmen Rıza Hocam diye hitap ediyordum. Zira benim hayatımda da iz bırakan, kendisinden çok şey öğrendiğim insanlardan birisiydi.

Devran dönüp güzel günler kapımızı çalınca, Rıza Hoca tek tek öğretmen arkadaşlarını aramış, görevlerine yeniden dönmeleri için onları yüreklendirmişti. Yaptığı görüşmelerde "Bizden geçti Hocam" diyenler çıksa da birçoğu bu anı yıllarca beklemişti. Öğrencilerine kavuşma hayali onları ayakta tutmuştu. Şimdi de Rıza Hoca mesleğe dönen ve kendi okuluna atanan Ayşe Öğretmen için bir karşılama, bir kavuşma töreni düzenlemişti. Beni ısrarla davet etmiş, yıllardır hayalini kurduğumuz bu anlardan birine şahitlik etmemi istemişti.

İzmir'e daha önce birçok kez gelmiştim. Bunların çoğu tatbikatlar kapsamında liman ziyaretleri içindi. Ancak bendeki İzmir hatıralarının en derini Fatih'i, Ege Üniversitesi Hastanesi'ne yatırdığımız günlerde saklıydı. Nöbetleri bir türlü geçmek bilmemiş, ben gemiye çıkınca çok daha fazla şiddetlenmişti. Aksaz-İzmir arası 4-5 saat süren yollarda, bir elim Fatih'in elini tutarak, bir yanım eşime teselli vererek kaç kez hastaneye yetiştirmiştik. Kimi zaman Konak Orduevi, kimi zaman da Kordon Orduevi'nde kalıyorduk. İzmir'in renkli ışıkları, Kordon boyunca kurulu restoranlardan gelen kahkahalar bize uzak kalıyordu. Yüreğimizde bir yangın, bu derde bir deva bulabilir miyiz ümidi ile hastane hastane, doktor doktor koşuyorduk. İzmir o koşuşturmacalardan yalnızca bir tanesiydi.

İzmir'e iner inmez havaalanında Rıza Hoca'yı karşımda buldum, "Ben senelerce yolunu bekledim. Bizde misafir oluyorsun, boynumu vursan seni göndermem otele" diye ısrar edince yaptığım otel rezervasyonunu iptal ettirerek evin yolunu tuttuk.

Rıza Hoca'nın iki evladı da okumuş, kızı babası gibi öğretmen olmuş, oğlu ise hukuk fakültesine girmişti. Babasının haksızlık ve hukuksuzluklara karşı mertçe duruşu onu teşvik etmişti. Eve vardığımızda eşi Türkan Hoca bizleri karşıladı,

Rıza Hoca "Hanım kırk yılda bir araya gelmişiz, kalkmış otel rezervasyonu yaptırmış" diyerek beni şikâyet etti. Sürgün yıllarında memleket hasretini gidermenin bir yolu da dizileri izlemekti. Pek çok diziyi eşimle son bölümüne kadar izlediğimiz olurdu. Gönül Dağı, İnci Taneleri, Yunus Emre aklıma ilk gelenlerdi. Bu akşam İnci Taneleri dizisinde hapisten çıktıktan sonra, eczacı arkadaşı Kasım'ın evine ziyarete gelen Azem Hoca gibi hissetmiştim. Yaşadıklarım bir diziye konu olsa, bu akşam kesinlikle sahnelerden birisi olurdu diye düşünüyordum. Yılmaz Erdoğan o dizide haksız yere ömrünü hapislerde geçirmiş, çocuklarından ayrı düşmüş, eşinin katili sanıldığı için yapayalnız kalmış Azem Hoca'yı canlandırmıştı. Arkadaşı eczacı Kasım ve eşi öğretmen Nergis, kim ne derse desin dostlarına bir an olsun güvenini kaybetmemişlerdi. Onun suçsuzluğuna inanmış ve kapılarını ilk açanlardan olmuşlardı. Rıza Hoca ve kendisi gibi öğretmen olan Türkan Hoca bu süreçte daima yanımızda durmuştu.

Yemekten sonra karanfil kokulu çayları yudumlarken geçmişe dalıp gitmiştik. Bu süreçte "Acaba hangi KHK'da ismimiz olacak" diye bekleyip durmuşlar. Arkadaşları birer birer giderken, görevde kalmak onlara da garip gelmiş. Ancak "Bunda da vardır bir hayır" deyip, her zamanki gibi dört elle işlerine sarılmışlar. Bu süreçte evlerine iki öğretmen maaşı girmiş. Ancak Türkan Hoca'nın maaşına hiç dokunmadan işleri ve aşları gasp edilen arkadaşlarına destek olmuşlar. Mesleğe dönüş töreni yapacakları Ayşe Öğretmeni de bu süreçte tanımışlar.

Bundan dört yıl önce, arkadaşlarından birine Türkan Hoca'nın maaşından ayırdıkları parayı vermeye gitmişler. Arkadaşı "Rıza Hocam, Türkan Hocam, ben özel ders vermeye başladım. Çok şükür artık ihtiyacım kalmadı ancak bizim apartmana genç bir kız taşındı. Bizim gibi KHK'lı, edebiyat öğretmeni. Eşini tutuklamışlar, iki yıldır hapiste. Ayşe öğretmen bir kızı ile yalnız başına kalmış. Memlekette insanların yargılamasına, yargılamayanların acıyarak bakmasına dayanamayıp buraya taşınmış. Belki özel ders veririm deyip kalabalıklar arasında yalnızlığı seçmiş. Sizin için de uygunsa ona verelim bize düşeni" demiş.

Rıza Hoca bunları anlatarak, "Türkan da ben de gözlerimizde yaşla dinlemiştik. Bizi üzen bu hikâyenin sevindiren tarafı ise; arkadaşımızın gönlünün genişliği olmuştu. İhtiyacının ötesindeki bir kuruşu kabul etmemiş, o da bizim gibi kime destek olabiliriz derdine girmişti. O gün bir kez daha anladık doğru tarafta olduğumuzu. Getirdiğimiz parayı Ayşe Öğretmen'e verilmek üzere bıraktık. Sonrasında neredeyse her hafta onları ziyaret ediyor, markete ya da pazara gittiğimizde muhakkak surette bir poşet de onlara dolduruyorduk. O dönemde sanki bir hafiye gibi destek verenlerin peşine düşüyorlar ve sık sık operasyonlar yapıyorlardı. Ancak ne ben ne de eşim korkmadık, yanlış bir şey yapmadığımızı biliyorduk. Bu yüzden bir tek sefer aksatmadık ziyaretlerimizi.

En büyük endişemiz bir mahcubiyet duygusu oluşturmaktı. O yüzden arkadaşın evine erzak ve maaştan pay ettiğimiz kısmı bırakıp gidiyorduk. Birkaç ay sonra gittiğimizde 'Eğer vaktiniz varsa Ayşe Hocamı da çağırayım. Her seferinde sizleri soruyor ve tanışmayı çok istiyor' demişti. Eşim Türkan Hanım 'Kızı mahcup etmeyelim' dese de 'Belki yapabileceğimiz başka bir şey vardır' deyip kabul etmişti. Birkaç dakika sonra kapı çalmış, Ayşe Öğretmen kızıyla birlikte içeri girmişti. Arkadaşım daha tanıştırmadan eşime sarılmış ve dakikalarca öylece kalmışlardı. Bu kadar ağır bir süreci, kızına hem ana hem de baba olarak geçiren, eşinin arkasında dimdik duran güçlü kadın, sanki birkaç dakikalığına annesinin nazlı kızı olmak istemişti. Akrabalık bağı anne karnında, kordon bağıyla birbirine bağlanarak başlıyordu. Gönül bağı ise zor zamanda, hiç tanımadığı birinin yamacında durmakla oluşuyordu. O anda eşim ve Ayşe Öğretmen arasında kordon bağından daha kuvvetli, kan bağından daha öte ve sağlam bir gönül bağı kurulmuştu. Yokluk içinde bir gram iyilik, gönül terazisinde tonlarca ağırlık çekiyordu.

O günden sonra Ayşe öğretmen kızımız, kızı Zehra da torunumuz oldu. Görüş gününe, eşine gideceği vakit bizim evi de bir telaş sarar, Türkan 'Orası soğuk olur' diyerek muhakkak yün bir kazak koyardı. Zira zulüm karanın en zifiri tonunda devam ediyordu. Ayşe Öğretmen'in eşini Erzurum'da bir cezaevine göndermişler, aynı şehirde eşinin, kızının soluduğu havayı soluma ihtimalini dahi ellerinden almışlardı. Bazen iki kişilik uçak parasını denkleştiremediğimizden görüşe kızını götüremez, bize emanet ederdi.

Yokluk günleri o kadar ağır gelirdi ki. O zamana kadar aklımızdan hiç para, pul veya zenginlik geçmemişti. Ancak o dönemde dünyanın en zengini biz olalım istedik. Bir kız çocuğu birkaç ayda bir, birkaç dakikalığına görebileceği babasından yokluk nedeniyle mahrum kalıyordu. Bir baba saçının kokusunu bir tek nefes çekse dünyalar onun olacak kızından mahrum kalıyordu. Mehmet bilirsin, İzmir yazın da kışın da güneşli olur. Ama biz yıllarca gölgede, karanlıkta kaldık. Senin yazdığın gibi her gün hakikat güneşinin doğmasını bekledik" diyerek o zorlu günleri özetlemişti.

Rıza Hoca'nın anlattıkları beni bir yandan bir yana savurmuş, "Keşke zamanında daha çok çalışsak, daha fazla destek olabilsek, her babayı kızına, her kızı babasına kavuşturabilseydik" diye düşünüyordum. Beni neden ısrarla yarınki törene davet ettiklerini de çok iyi anlamıştım.

Geçmişi anmak; sanki iki tarafı keskin bir bıçağın sırtında ya da manzarası muhteşem bir uçurumun kenarında yürümek gibiydi. Duygular bazen geçmişin soğuk kışında donuyor, bazen bugünün sarı sıcağında çiçek açıyordu. Şimdi de donan duygularımızın imdadına karanfil kokulu çay yetişmişti. Türkan Hoca çayları tazelemiş, odadaki ağır havanın yerini baharı müjdeleyen karanfil kokusu almıştı. Bu duyguların arasında sürgünde yaşadığım bir anı aklıma gelmişti. Mesleği elinden alınan bir öğretmen arkadaşla geçmiş günleri konuşurken; ceketinin düğmelerini açıp iç cebinde duran üç adet kalemi göstermişti. "Bu ceket bana öğrencilerimi hatırlatıyor. En son dersimde bu ceketi giymiştim, bu kalemleri de en son o gün kullanmıştım. O günden beri cebimden hiç çıkarmadım bu kalemleri. Ne zaman içime bir özlem çökse, bu ceketle gidiyorum işe. Tıpkı okulda öğrencilerime ders vermeye gider gibi" demişti. Bu süreçte çok daha iyi imkanlara kavuşmuş olmasına rağmen içindeki meslek ve öğrenci sevgisi ilk günkü tazeliğinde kalmıştı. Belki de o saf sevginin mükâfatı idi şimdilerde yaşadığımız bahar esintileri.

Bunları düşünürken, biraz da bu duygulardan kaçarcasına "Yarın nasıl bir tören olacak?" diye sordum.

Türkan Hoca heyecanla "Mehmet, çok güzel olacak. Yarın Ayşe Öğretmen'in okuldaki ilk günü. İlk dersine girecek, ona öylesine bir sürpriz hazırladık ki anlatamam" diyerek heyecan içinde yanıt verdi.

Ben biraz daha detay konusunda ısrar etsem de "Sana da sürpriz olsun istiyoruz" diyerek beni de merakta bırakmışlardı. Bu arada saat gecenin üçü olmuş, Rıza Hoca, bir telaşla "Neredeyse sabah olacak, Türkan yoldan gelen misafir bu kadar ayakta tutulur mu..." diye takılarak odamı göstermişti. Dostluk ne kadar değerli bir şeydi. Dostun olduğu yerde yalnızlık hissi yok oluyordu. O gün Rıza ve Türkan Hoca'nın evinde, dostlukları ve gönüllerinin sıcaklığı kalbimi ısıtmıştı.

Ertesi sabah birkaç saat uykudan sonra kalkıp okula

geç kalan çocuklar gibi bir telaşla evden çıktık. Okula vardığımızda hafif bir rüzgâr esiyor, bayrak gönderde nazlıca dalgalanıyordu. Bayrak direğinin hemen yanı başında da büyük bir Atatürk posteri asılmıştı. Bir asker selamı ile selamladım. Sanki kendimi Harp Okulu mezuniyet töreninde gibi hissettim. Yüreğim kıpır kıpırdı. En az bahçede bekleyen öğrenciler kadar heyecanlıydım. Bir kez daha bana bu günleri gösterdiği için şükrettim Allah'a.

Bu arada Rıza Hoca tüm hazırlıkları tek tek kontrol ediyor, Türkan Hoca da okulun bahçesini dolduran aileler ve davetlilerle ilgileniyordu. Onlar da sanki düğünleri varmış da son hazırlıkları yapıyormuşçasına telaşlıydı. Sonunda beklenen an geldi, Ayşe öğretmen, eşi ve kızı Zehra okulun kapısında gözüktü. Ben Rıza Hoca'nın odasından, genişçe bir pencereden bu anı izliyordum. Rıza Hoca, Türkan Hoca ve öğretmenlerin tamamı Ayşe Öğretmen'i kapıda karşıladılar, binanın girişine asılan "Hoş geldin Ayşe Öğretmenim" yazılı bir pankartın altında dakikalarca birbirlerine sarıldılar.

Okul adeta bir bayram yeri gibiydi. Aileler ve öğrenciler dış bahçeden okulun girişine kadar bir koridor oluşturmuşlardı. Ayşe Öğretmen sevgi seli içinde bu koridordan yürümeye başladı. Gözlerinden bahar yağmurları gibi yaşlar akıyor, hangi tarafa döneceğini, kime selam vereceğini şaşırıyordu. O sırada en önemli sürprizi kaçırmayayım diye ben de bahçeye indim ve onları takip etmeye başladım. Daha önce planlandığı şekilde, Rıza Hoca Ayşe Öğretmeni sınıfına doğru çıkarıyordu. Onların arkasında bizler yürüyorduk. Sınıfın kapısına kırmızı bir kurdele konmuş, adeta bayramlık kıyafetini giymiş çocuklar gibi süslenmişti.

Rıza Hoca kapıda durdu. Kalabalığın da gelmesini beklerken, "O kapının ardında ne var?" diye ben de iyiden iyiye merak etmeye başladım.

Rıza Hoca "Ayşe Öğretmenim, sınıfına hoş geldin. Yalnızca bir öğretmen olarak değil, vefalı bir eş ve güçlü bir anne olarak verdiğin mücadeleye bizler şahidiz. Sabrın sonunun selamet olduğunu bir kez daha gördük. Mesleğe dönüşün hayırlı uğurlu olsun" diyerek kapının önünden bir adım geriye çekildi. Coşkulu bir alkış onu takip etti ve herkes sürpriz anını beklediğinden zaman sanki bir anlığına dondu. Ayşe Öğretmen titreyen elleri ile kapıyı açar açmaz, sınıfta onu bekleyen eski öğrencileri sıralarında ayağa kalktı ve "Hoş geldin Öğretmenim!" diyerek selamladılar.

Birden öğrencilerini karşısında gören Ayşe öğretmen, her birine tek tek sarılıyor, hiçbirini unutmadığını ispat etmek istercesine, isimlerini söylüyor ve başlarından öpüyordu. Sanki bir öğretmen öğrencilerine değil de bir ana çocuklarına kavuşuyordu. Sanki askerden gelen elleri kınalı evlatlarını karşılıyordu, uzak diyarlara gidip de bayramlaşmak için dönen çocuklarını sarıyordu...

Bu arada Türkan Hoca yanıma geldi ve "Mesleğe veda etmek zorunda kaldığında o zaman sınıfında okuyan öğrencilerin ailelerine ulaştık ve Ayşe Öğretmen'in göreve döndüğünü, kendisine bir sürpriz yapacağımızı anlattık. Onları da çocukları ile okula davet ettik. Her birisi adeta koşarak geldi buraya" diyerek bu tablonun arka planını anlatıverdi. Hem Rıza Hoca'ya hem de Türkan Hoca'ya gönülden teşekkür ettim. Bana ömrümün en güzel, ömrümün en anlamlı, ömrümün en duygusal anlarından birine şahitlik etme fırsatı vermişlerdi. Onlara olan dostluğum ve gönül bağım bir kez daha doruklarda dolaşıyordu.

Ayşe Öğretmenin sınıfında ise geçmişin tüm hüzünleri, dargınlıkları, küskünlükleri yok olmuştu. İşte bu sınıflardan yükselecekti diriliş sancakları. Rıza Hocalar, Türkan Hocalar, Ayşe Öğretmenler yetiştirecekti zihni engin bir deniz gibi berrak, gönlü okyanuslar kadar geniş nesilleri...

Elbet Bir Gün

Mehmet DAĞCI

Yazarın hayat yolculuğu Anadolu'nun küçük bir ilçesi olan Yahyalı'da başladı. Maddi koşullar nedeniyle dokuz yaşında çalışmaya başladı. 1992 yılında Deniz Harp Okulu'na girerek yirmi dört yıl ülkesine ve dünya barışına hizmet etti.

Deniz Kuvvetleri'nin en genç firkateyn komutanlarından birisi olarak görev yapan yazar, NATO ve Birleşmiş Milletler kapsamında pek çok uluslararası harekata katıldı. Bu görevlerde değişik coğrafyaları ve kültürleri tanıma, farklı ülkelerden meslektaşları ile çalışma imkânı buldu.

ABD'de Purdue Üniversitesi'nde "işletme", Türkiye'de Deniz Harp Akademisi'nde "uluslararası ilişkiler" yüksek lisansını tamamladı. Siyaset bilimi alanında devam eden doktora eğitimi kapsamında, NATO'nun stratejik dönüşüm ihtiyacını çalıştı. Türkiye'yi Fransa Deniz Görev Gücü Karargâhı ve NATO Transformasyon Komutanlığı'nda temsil etti.

Yazar, 15 Temmuz sonrasında başlatılan cadı avı kapsamında, Deniz Kurmay Kıdemli Albay rütbesinde üniformasına veda etmek zorunda kaldı. Halen yaşamakta olduğu ABD'de taksi şoförlüğünden Amazon'da üst düzey yöneticiliğe kadar uzanan bir yolda, başarılarını sıralamaya devam etti.

Özgürlükleri elinden alınmış yüzbinlerce masum insanın sesi olmayı hedefleyen yazar, Türkiye'de yaşanan hukuksuzlukları ve otoriterleşmeyi anlatan çeşitli makaleler yazdı. Kendi hayat hikayesi üzerinden, yakın tarihte yaşanan olayları, bir asker ve diplomat gözüyle anlattığı "Henüz Değil" isimli birinci kitabı yoğun ilgi gördü. Kitap "The List" adıyla İngilizce olarak da okuyucularıyla buluştu.

"Adalet, eşitlik ve özgürlük" temelinde bir ülke için mücadele eden yazar, bu alandaki fikirlerini yaptığı paylaşımlar, röportajlar ve katıldığı pek çok haber programında dile getirdi. Bu kitabında ise politik kurgu dalında, Türkiye'ye yönelik gelecek öngörülerini, 15 Temmuz'a dönük gün yüzüne çıkan hakikatleri ve ülkesine kavuşma hikayesini anlattı.

HENÜZ DEĞİL
"Elbet Bir Gün"

MEHMET DAĞCI

Anadolu'nun küçük bir ilçesinde başlayan ve Amerika Birleşik Devletleri'ne uzanan bir hayat yolculuğu. 24 yıllık hizmetten sonra, üniformasına, işine ve ülkesine veda etmek zorunda kalan bir denizcinin hikayesi. Taksi şoförlüğünden, Amazon'da üst düzey yöneticiliğe kadar uzanan bir başarı öyküsü.